图1.51 图T1-1

图2.24 选中连续的选项

图3.58 没擦除前的图像

图3.60 擦除后的图像

图3.65 原图

图3.81 原图

图3.87 裁剪后图像

图3.96 原图像

图3.120 原图像

图3.123 原图像

图3.132 原图像

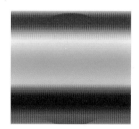

图3.137 彩虹效果

图4.1 自动颜色调整前

图4.2 自动颜色调整后

图4.7 原图像

图4.9 阴影/高光后

图4.20 原图像　　　　图4.22 调整后的效果　　　　图4.34 原图　　　　图4.36 "色阶"值为6

图4.46 原图像　　　　图4.47 色彩平衡的效果　　　　图4.48 原图像　　　　图4.49 去色后效果

图3.120 原图像　　　　图4.52 变化后的效果　　　　图4.59 原图像　　　　图4.61 调整后效果

图5.48 T5-5　　　　图5.49 T5-6　　　　图5.50 T5-7　　　　图5.51 最后效果

图9.30 原图像

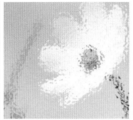
图9.32 "磨砂"效果

图9.33 原图像

图9.35 海洋波纹效果

图9.61 原图像

图9.63 "马赛克"效果

图9.67 原图像

图9.69 彩色铅笔效果

图10.8 打印预览芭比娃娃

图10.9 打印预览鲜花

图12.8 最终效果　　　　图12.18 最终效果　　　　图12.33 最终效果　　　　图12.49 原图像

图12.50 发型　　　　图12.51 合成照片　　　　图13.80 合成婚纱照　　　　图13.49 移花接木2

图13.81 婚纱照　　　　　　　　图 13.84 合成婚纱照

图14.1 最终效果　　　　图14.16 最终效果　　　　图14.37 水果包装　　　　图14.55 粽子包装袋

21世纪高等学校计算机规划教材

21st Century University Planned Textbooks of Computer Science

图形图像处理——Photoshop CS3

Graphic & Image Processing——
Photoshop CS3

李淑华 李秀光 主编

高校系列

人民邮电出版社

北 京

图书在版编目（CIP）数据

图形图像处理：Photoshop CS3 / 李淑华，李秀光主编.
北京：人民邮电出版社，2009.3
21世纪高等学校计算机规划教材. 高校系列
ISBN 978-7-115-18900-4

Ⅰ. 图… Ⅱ. ①李…②李… Ⅲ. 图形软件，Photoshop
CS3－高等学校－教材 Ⅳ. TP391.41

中国版本图书馆CIP数据核字（2008）第155117号

内 容 提 要

本书系统介绍 Photoshop CS3 软件操作与应用技巧。本书共分 14 章，1～10 章主要介绍 Photoshop CS3 概述、选区的建立与修改、图像的绘制与编辑、图像色彩的调整、图层、通道与蒙版、形状和路径、文字、滤镜、综合设计及图像的输出等必要的基础知识；11～14 章介绍数码照片的编辑与输出、人像修饰与美容、照片特效制作、创意与包装设计等有实用价值的实例。

本书适合电脑动画类专业、平面广告设计专业、多媒体专业作为教材使用，也可供各类平面设计人员学习参考。

21 世纪高等学校计算机规划教材——高校系列

图形图像处理——Photoshop CS3

◆ 主　　编　李淑华　李秀光
　　责任编辑　须春美

◆ 人民邮电出版社出版发行　　北京市崇文区夕照寺街 14 号
　　邮编　100061　电子函件　315@ptpress.com.cn
　　网址　http://www.ptpress.com.cn
　　北京楠萍印刷有限公司印刷

◆ 开本：787×1092　1/16
　　印张：15.75　　　　　　　　　彩插：2
　　字数：412 千字　　　　　　　　2009 年 3 月第 1 版
　　印数：1－3 000 册　　　　　　2009 年 3 月北京第 1 次印刷

ISBN 978-7-115-18900-4/TP

定价：29.00 元

读者服务热线：(010)67170985　印装质量热线：(010)67129223
反盗版热线：(010)67171154

前　言

　　Adobe 公司推出的 Photoshop 是目前世界上最著名、使用最广泛的图像处理软件之一，是一个具有图像修饰、编辑以及彩色绘图功能的软件，可以帮助设计师们将自己的创意、灵感转变为可以显示、打印、出版的图片。设计师们可以创建和发行具有丰富视觉效果的交流资料，通过印刷品、Web、光盘等各种媒体来树立专业公司和个人的形象。

　　Photoshop 具有功能强大、实用易学等特点，因而被广泛应用于图像创意、特效文字、照片修饰、广告设计、商业插画制作、影像合成、效果图后期处理等领域。

　　为了便于读者最大限度地将所学知识应用于具体的实践之中，我们集中了一批有丰富教学经验和较高美术专业水准的教师，设计并编写了《图形图像处理——Photoshop CS3》一书，该书的最大特色体现在以下 3 个方面。

　　第一，运用 Photoshop CS3 最新技术，构建完整、实用的知识体系，满足各类人员的实际需要。本书在系统、全面地介绍该软件的各项功能的基础上，突出重点，特别是筛选出了各种必备知识并加以分类，以求最大限度地满足了读者需要。

　　第二，将艺术理念与图形图像处理技术融于一体，用艺术的思想，创意的观念，创作每一实例，使艺术与数字技术有机结合，大大提高了全书的创意效果和艺术含量。

　　第三，书中介绍了大量实用且具有艺术价值的实例，并按应用范围加以分类，极大地方便了教师教学和学生扩展知识的需要。

　　Photoshop 就像画家手中的笔，要学会画画，首先应该学会笔的基本使用方法，调色的方法等。用 Photoshop 进行图形创作，要学会软件中各种工具的基本方法以及各种参数的设置方法。本书通过典型实例使读者在学习中体会软件的功能和实际的使用方法。

　　本书由李淑华、李秀光担任主编，由张融雪、田丰、邢秀芳、刘鑫担任副主编。李秀光编写了第 1 章、第 2 章和第 11 章，李淑华编写了第 5 章和第 6 章，张融雪编写了第 3 章、第 4 章、第 7 章和第 8 章，田丰编写了第 9 章，刘鑫编写了第 10 章，邢秀芳编写了第 12 章至第 14 章，于修理参与了部分图像制作。

　　由于编者水平有限，书中难免存在错误和不妥之处，恳请广大读者批评指正。

编　者
2008 年 9 月

目 录

第1章
Photoshop CS3 概述

Photoshop 是 Adobe 公司推出的适用于 Windows 2000/XP/和 Windows NT 平台的图形图像处理软件。强大的图形图像处理功能和操作易用性，使得它从问世开始就受到了广大用户的喜爱并广泛应用于各行各业，特别是在广告设计、书籍装帧、图片编辑等行业，一直占据着领先地位。

Photoshop 的成功与其紧跟市场、升级快有着直接的关系。在 2002 年 3 月 Adobe 公司推出了有重大改进的 7.0 版本，相隔一年多的时间，又推出了新版本。新版本因其与 Adobe 公司的其他产品组成了一个创意套装组合，取创意组合（Creative Suite）英文单词的字头，故将新版本取名为 Photoshop CS，Photoshop CS3 是目前的最新版本。

本章从认识 Photoshop CS3 界面入手，介绍 Photoshop CS3 的基本概念和处理图像必须掌握的基本操作。同时，还将介绍 Photoshop CS3 新增加的主要功能。

本章要点

◇ 熟悉 Photoshop CS3 的界面，掌握界面中各元素的用途和基本用法。

◇ 掌握图像的模式、分辨率、色彩管理、文件的格式等概念，学会图像文件的新建、保存等操作。

◇ 掌握图像的显示控制、颜色的设置及绘图辅助工具的使用。

◇ 掌握控制面板的基本使用知识，初步了解图层的概念。

◇ 掌握 Photoshop CS3 新增加的主要功能。

1.1 Photoshop CS3 的操作界面

在计算机中安装了 Photoshop CS3，就可以在"开始"菜单的"程序"中，找到启动 Photoshop CS3 的命令，选中后单击即可启动 Photoshop CS3。

1.1.1 界面元素及界面的管理

1. 界面元素

学习任何应用软件，都是从认识其操作界面开始的。Photoshop CS3 的操作界面如图 1.1 所示。

（1）标题栏：在标题栏上左边显示的是 Photoshop CS3 软件的名称和图标，右边显示的是"最小化"、"最大化"和"关闭"程序窗口的控制按钮。

（2）菜单栏：共包括了 10 组菜单命令，除了这 10 组命令外，在图像窗口和一些控制面板上单击鼠标右键，还可以调出快捷菜单命令。

标题栏
菜单栏
选项栏

图像窗口

工具栏

面板组合栏

图 1.1　Photoshop CS3 的操作界面

（3）选项栏：选项栏中的内容随所选用的工具不同会发生变化，利用它可以设置所选工具的属性。在"窗口"菜单中，选择"选项"命令，可控制选项栏的显示或隐藏。

（4）工具栏：工具栏的上部为 22 个工具组，其中共包含了 60 个工具。下部为前景色与背景色设置工具和编辑模式的转换工具。在"窗口"菜单中，选择"工具"命令，可控制工具栏的显示或隐藏。有关工具栏的详细介绍，请参见 1.1.2 小节中的相关内容。

（5）图像窗口：我们所要编辑的图像就显示在该窗口中。在"文件"菜单中，选择"打开"命令，可以打开一个或同时打开多个图像窗口。每个窗口上方都有标题栏，标题栏左边显示图像文件的名称，右边是"最小化"、"最大化"和"关闭"图像窗口的控制按钮。图像窗口左下角显示着图像的显示比例。

（6）面板组合栏：Photoshop CS3 提供了 19 个控制面板，有关控制面板的详细介绍，请参见 1.1.3 小节中的相关内容。

2．界面的管理

"窗口"菜单就是用来管理操作界面的，如图 1.2 所示。

（1）"排列"命令：用来排列图像窗口。当打开两个以上图像窗口时，该命令才变为可用。它的下级子菜单与 Windows 操作系统对窗口的管理命令是一致的。

（2）"工作区"命令：用来快速布局操作界面。它的下级子菜单，如图 1.3 所示。

◇"存储工作区"命令：如果你的工作需要经常使用一些固定的控制面板，每次启动 Photoshop CS3 后都进行重新

图 1.2　"窗口"菜单

配置，那就太麻烦了。当你将操作界面设计好后，可以执行该命令，打开"保存工作区"对话框。在"名称"文本框中，输入新工作区的名称，然后单击"保存"按钮，当前操作界面即被系统保存。新工作区的名称将会出现在子菜单中。当需要时，只要单击工作区的名称，就会快速调出所保存的操作界面。例如，我们已经保存了"个性 1"和"个性 2"两个操作界面，这两个工作区名称将出现在子菜单的下面，如图 1.4 所示。

图 1.3　"工作区"子菜单

图 1.4　保存了新工作区后的子菜单

　　◇"删除工作区"命令：只有在创建了新的工作区后该命令才会变为可用。执行该命令，打开"删除工作区"对话框。在"工作区"文本框中，选择要删除的工作区名称，单击"删除"按钮，然后，打开"确认"对话框，进行确认，所保存的操作界面即被删除。

　　◇"默认工作区"命令：执行该命令后，工作界面将恢复到默认设置状态。

　　余下的窗口命令，除了工具、选项的显示或隐藏命令外，其余均为控制面板的显示或隐藏命令。命令前若有对号，说明该控制面板显示在操作界面中；命令前若没有对号，说明该控制面板处于隐藏状态。

1.1.2　工具栏

　　工具栏在默认情况下，以单列方式显示在屏幕的左侧，如图 1.5 所示。拖动工具箱的标题栏可移动工具栏的位置。

　　工具栏最上边的双三角形是用来切换工具栏显示模式的。用鼠标单击双三角形，即可实现显示模式的切换。双列工具栏如图 1.6 所示。

　　22 个工具组中共有 60 个工具可用来绘制、编辑和查看图像。当将鼠标指针停在某个工具按钮上时，将显示该工具的名称和快捷键。工具组右下角有黑色小三角提示符，表明该工具组位置中有两个以上的工具。将鼠标指针停在工具组上，按住鼠标左键不放或单击一下鼠标右键即可显示出隐藏的工具。工具图标前有黑色小正方形提示符，表明该工具为工具组中的当前工具，即显示在工具组其他工具的最上面。将鼠标指针移到同组的其他工具上单击一下，可切换组中的当前工具。

每个工具的具体用法，在后续章节中都会讲到。下面介绍工具栏下半部各种工具的作用。

（1）前景色色框：决定了画笔、铅笔、油漆桶等工具的绘图颜色，也决定了一些滤镜工具和渐变工具的颜色效果。

（2）转换前景色和背景色工具：单击该工具可使前景色和背景色互换，快捷键为 X 键。

（3）默认颜色工具：单击该工具将前景色设置为黑色，背景色设置为白色，快捷键为 D 键。

（4）背景色色框：决定了橡皮擦工具所擦出的颜色，其余操作同前景色。

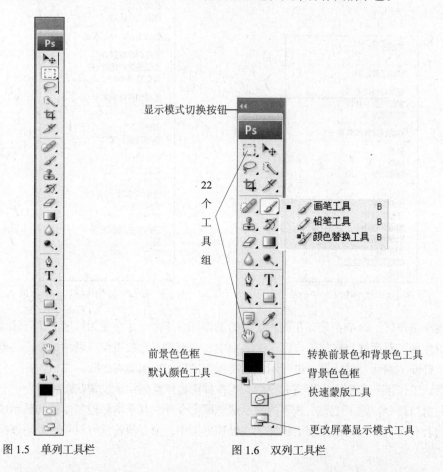

图 1.5　单列工具栏　　　　　　　图 1.6　双列工具栏

（5）快速蒙版工具：只有在建立复杂选区时，才使用该模式，具体操作参见 2.4.1 小节的相关内容。

（6）更改屏幕显示模式工具：该工具的下级菜单如图 1.7 所示。

◇ 标准屏幕模式：图 1.1 中的图像窗口即为标准屏幕模式。

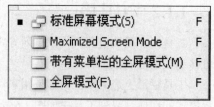

图 1.7　屏幕模式选项

◇ Maximized Screen Mode（最大屏幕模式）：在该模式下，图像窗口将占满面板组合栏左边的窗口。

◇ 带有菜单栏的全屏幕模式：在该模式下，图像窗口将占满除菜单栏和选项栏的所有窗口。

◇ 全屏模式：该模式与上一模式基本相同，只是缺少了菜单栏。

1.1.3 控制面板的使用

1. 控制面板的一般操作

控制面板是 Photoshop CS3 的一项很有特色的设置功能，每个控制面板都有各自独特的功能。本书在讲解工具和命令时，将对用到的控制面板配合实例加以介绍，帮助读者快速掌握各种控制面板的操作。在此处只介绍控制面板的共性操作，使读者对控制面板有一个整体的认识。

Photoshop CS3 对操作界面进行了很大的调整，将操作面板组合在了一起，如图 1.8 所示。单击组合栏左侧的按钮，可以打开相对应的面板，如图 1.9 所示。

图 1.8 面板组合栏　　　　　　　　　　　图 1.9 单击按钮可调出相应面板

（1）在组合栏内，拖动某个面板的选项卡，可以将该面板拖出组合栏，变为独立的面板。图 1.10 所示为"颜色"控制面板。每个控制面板都有标题栏，用鼠标拖动标题栏，可移动控制面板的位置。

（2）在标题栏的右侧有"最小化"和"关闭"按钮。单击"最小化"按钮，控制面板将折叠起来，以最小化显示，如图 1.11 所示。同时，"最小化"按钮变成了"恢复"按钮。单击"恢复"按钮，控制面板将重新展开。单击"关闭"按钮，将隐藏控制面板。

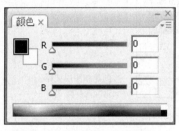

图 1.10 "颜色"控制面板　　　　　　　图 1.11 折叠的"颜色"控制面板

（3）标题栏的左侧为选项卡。每个控制面板都有自己的选项卡，单击选项卡可使相应的控制面板显示在同组其他控制面板的前面。

（4）在"关闭"按钮的下边，是控制面板的菜单提示符。单击提示符可打开控制面板的菜单命令，不同的控制面板具有不同的菜单命令。

（5）大多数控制面板的最下边都有一排面板工具按钮。使用这些工具按钮可以对控制面板进行操作。

（6）控制面板的大小与其他 Windows 窗口一样是可以调整的。拖动 4 个边框或右下角的大小框，即可以改变控制面板的大小。

2. 控制面板的显示或隐藏

利用"窗口"菜单可以控制所有控制面板的显示或隐藏，除此之外还可以用快捷键来控制。

（1）按一下 Tab 键，选项栏、工具栏和所有控制面板都将被隐藏，操作界面只剩下了标题栏、菜单栏和图像窗口。再按一下 Tab 键，被隐藏的各项又重新显示。

（2）按下 Shift 键的同时，再按下 Tab 键，只控制所有控制面板的隐藏或显示。选项栏和工具栏不受影响。

3. 图层概念简介

在制作一个内容复杂的图像时，可以将图像中的不同部分独立地放在不同的图层上。由于图层是透明的，在图像窗口看到的整体效果就和画在一个图层上一样。这样做给图像处理带来了极大的方便，用户对任意一个图层上的内容进行编辑处理，都不会影响到其他的图层。可以说，强大的图层功能在 Photoshop CS3 中占有很重要的地位。为了更好地学习 Photoshop CS3，首先应对图层的概念有一个清晰的认识。下面简单介绍一下"图层"控制面板（见图 1.12），有关图层的更详细内容请参见第 5 章。

（1）"图层可见"按钮：该图标的存在代表该图层上的内容，在图像窗口处于可见状态。用鼠标单击该按钮，图标消失，该图层上的内容被隐藏，再单击图标位置，图层又处于可见状态。

（2）"当前处理层"按钮：该图标所在图层缩略图的四周是彩色的，此图层被称作为当前处理图层。对图像进行的所有操作都是对当前处理图层所进行的。

（3）"链接图层"按钮：按住 Shift 键，可以选中连续的图层；按住 Ctrl 键，可以选中不连续的图层。图层选中后，单击该按钮，在选中的图层上就会出现这种 3 个环套在一起的标志，表明这些图层是链接在一起的。对链接在一起的图层，可以进行统一的操作。在链接图标上单击，图标消失，各图层又变为了独立图层。

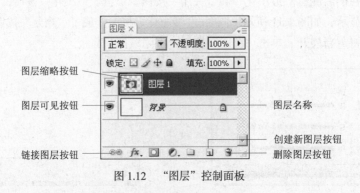

图 1.12　"图层"控制面板

（4）"创建新图层"按钮：单击该按钮即可建立新的图层。

（5）"删除图层"按钮：一般称其为"垃圾箱"，不要的图层用鼠标拖到该按钮上即被删除。

（6）图层名称：新建立的图层，系统都会给出一个默认的名称。在图层名称上双击后，可以重新给图层命名。

（7）"图层缩略"图标：是图层的标志。通过它用户才能识别出不同的图层。

1.2　Photoshop CS3 的基础知识

本节主要介绍学习 Photoshop CS3 必须掌握的一些基本概念和一些经常用到的文件管理方面的操作。

1.2.1　图像的基本常识

1. 图像的基本常识

在计算机中，一切信息都被转化为数字信息来进行处理，图像也不例外。Photoshop CS3 是图像处理软件，在学习图像处理操作之前，要先了解有关图像的基本常识，为学习好 Photoshop CS3 打下理论基础。

（1）矢量图

在计算机中，图像分为矢量图和点阵图两大类。矢量图是由 Illustrator、Flash、AutoCAD 等矢量绘图软件绘制而成的。矢量图的轮廓线是由数学公式精确计算而得到的。对于这种图形，计算机只记录几何形状、线条粗细、填充色彩等信息。矢量图有两大优点，一是它的文件所占用的存储空间很小，二是对图形做任意地放大或缩小时，图像不会失真。可以将矢量图调入 Photoshop CS3，将其转变成点阵图，再对其进行处理。

（2）点阵图

点阵图也经常被称作为位图，它是由许许多多的点组成的，这些点即为像素。对于这种图像，计算机要记录图中每个像素的颜色信息，所以点阵图文件所占用的存储空间大。它的优点是可以逼真地表现出五彩缤纷的色彩和景物。漂亮的风景图片和扫描进计算机中的照片都是点阵图图像。Photoshop CS3 就是编辑和处理这类图像的软件。

（3）分辨率

点阵图的质量品质由两方面的因素所决定，一是像素点的大小，二是记录每个像素点所占用的二进制位数。

分辨率就是用来衡量像素多少的单位，意思为每英寸长度上有多少个像素点。分辨率越高像素点就越多，因而图像的清晰度就越好。但分辨率高，表现图像所用的像素个数就越多，因而存储图像所需的存储空间就会变大，处理图像时也会占用更多的内存空间。若计算机的资源不够，就会使处理图像的过程变得很缓慢，进而影响工作效率。图像的分辨率设置为多少才合适，这要根据图像的用途而定。Photoshop CS3 中默认的分辨率为 72 像素/英寸，这正好与屏幕在 800 像素 × 600 像素设置下的分辨率相等。我们在做练习和制作网络图像时都可以使用默认分辨率。但图像要打印输出时，最好将分辨率设置为 300 像素/英寸。

2. 色彩模式

像素的位深是计算机在表现每个像素点颜色时所用的二进制位数。一个二进制位称为 1bit。位深的数值越大，图像的色彩就越丰富。像素的位深值与图像的色彩模式有关。

为了图像不同的应用需要，人们设计了不同的色彩模式。同一种颜色，在不同的色彩模式中，表示它的数据也不相同。模式决定了用来显示和打印 Photoshop 文档的色彩模型。下面介绍几种常用的色彩模式。

（1）位图模式：该模式中只有一个颜色通道，这个通道只用一个二进制位来表示。所以位图模式中每个像素的位深为 1bit，即每个像素非黑既白，没有颜色的过渡，因此位图模式的图像为黑白图。

（2）灰度图模式：该模式中也只有一个颜色通道，这个通道可以选择 8bit 的位深，也可选择 16bit 的位深。虽没有彩色信息，但每个像素都是介于黑色与白色之间的 2^8=256 或 2^{16}=64K 种灰度中的一种，故其图像的亮度变化是很丰富的。若要将一幅彩色图像变成位图图像，必须先将其转变成灰度图，去掉颜色后才能转变成位图图像。灰度值也可以用黑色油墨覆盖的百分比来表示（0%灰等于白色，100%灰等于黑色）。

（3）RGB 模式：该模式由红（Red）、绿（Green）和蓝（blue）3 个单色通道和一个 RGB 混和通道组成。3 种原色的光线以不同的亮度组合来形成每一个像素点的颜色，RGB 模式显色的原理是色光加色法。若选择每个通道为 8 bit，像素的位深值即为 24bit。当 3 种颜色的值都为 255 时，在屏幕上形成的是白色；值都为 0 时，在屏幕上形成的是黑色。这 3 种基色中的每一种都有一个从 0~255 的取值范围。当用户把 256 种红色值、256 种绿色值和 256 种蓝色值进行不同组合时，可以产生 224~1 670 余万种颜色。若选择每个通道 16bit，颜色的变化范围就更大了。一般来说 24bit 的位深就足够了。位深增加一倍，图像的尺寸也会增加一倍。因为 RGB 模式与屏幕的色彩模式相同，所以在屏幕上编辑图像时都选用该模式。

（4）CMYK 模式：该模式由青（Cyan）、洋红（Magenta）、黄（Yellow）和黑（Black）4 个单色通道和一个 CMYK 混和通道组成。该模式产生色彩的原理与 RGB 不同，印刷到纸张上的图像是用上述 4 种颜色油墨来再现色彩，其显色原理是色料减色法，相加的颜色越多，图像越暗。当 4 种颜色油墨都为 100%时，在纸上显现的是黑色；当 4 种颜色油墨都为 0%时，在纸上显现的是白色。在编辑图像时不宜选择该模式。只有在排版印刷时才将图像的色彩模式转变为该模式。

（5）Lab 模式：该模式是由明度 L、从绿到洋红的光谱变化 a 和从蓝到黄的光谱变化 b 3 个通道组成，以可见光的模式来表达色彩的，它包含的色彩范围最广。Lab 色彩模式与设备无关，不管使用什么设备(如显示器、打印机、计算机或扫描仪)创建或输出图像，产生的颜色都保持一致。该模式是不同模式之间转换时计算机内部使用的一种中间色彩模式。

（6）HSB 模式：是以人的眼睛为基础，描述了颜色的 3 种基本特性。H 分量代表色相，是从物体反射或透过物体传播的颜色。在 0~360 度的标准色轮上，色相是按位置度量的，如图 1.13 所示。在通常的使用中，色相是由颜色名称标识的，比如红（R）、黄（Y）、绿（G）、青（C）、蓝（B）和洋红（M）。S 分量代表饱和度，有时也称彩度，是指颜色的强度或纯度。在标准色轮上，从中心向边缘饱和度是递增的。B 分量代表亮度，是颜色的相对明暗程度，通常用从 0%（黑）到 100%（白）的百分比来度量。虽然可以在"拾色器"对话框中，定义此种模式的颜色，但不用这种模式来创建和编辑图像。

图 1.13　标准色轮图

（7）索引模式：该模式所采用的技术，是从图像中提取 256 种典型的颜色作成颜色表。图像中每个像素的颜色值都与颜色表中的某一个值相对应。因为大多数图像中所包含的颜色数目有限，所以索引技术能在缩小图像尺寸的同时，基本保证图像的质量。因此，互联网上的图像经常使用该模式。注意从网上下载的索引模式图像要将其转换为 RGB 模式后才能更好地进行编辑操作。

图像的色彩模式可以在新建图像文件时设置，也可以在"图像"菜单中，选择"模式"命令进行转换。

1.2.2　图像格式

图像文件的数据信息，采用何种方式在计算机中进行表示和存储，涉及文件格式的问题。每种绘图软件产生的图像文件都有各自的文件格式，目前已有上百种。Photoshop CS3 支持几十种文件格式，因此能很好地支持多种应用程序。在 Photoshop CS3 中，不仅可以打开大多数的点阵图，也可以打开矢量图，只要掌握常见的文件格式就可以了。

（1）PSD 格式：PSD 格式是 Photoshop 的默认格式。PSD 格式可以很好的保存图层、通道、路径、蒙版等信息。且该格式是唯一支持全部色彩模式的图像格式。将图像存储为该格式，方便我们对图像的后期修改和编辑。

（2）BMP 格式：BMP 格式是微软公司开发的 Microsoft Pain 的固有格式，这种格式被大多数软件所支持。BMP 格式采用了一种叫 RLE 的无损压缩方式，对图像质量不会产生影响。由于该格式的文件尺寸小，故互联网上的很多图像采用该格式。

（3）PDF 格式：PDF 格式是由 Adobe Systems 创建的一种文件格式，它可以包含矢量图和位图图形，允许在屏幕上查看电子文档。PDF 文件还可被嵌入到 Web 的 HTML 文档中。

（4）JPEG 格式：JPEG（Joint Photographic Experts Group）意为联合图形专家组，是最常用的图像格式。它有很高的、可调整的压缩比，并且是真彩色格式，可保留多达 1.67 千万种颜色，最适合保存有丰富色彩变化的图像。需要注意的是，这是一种有损压缩格式，随着压缩比的提高，图像质量将会下降。JPEG 格式被大多数的图形处理软件所支持，还被广泛地用于制作网络的静态图像。

（5）GIF 格式：GIF 格式是输出图像到网页最常采用的格式。GIF 采用 LZW 压缩，将色彩限定在 256 色以内，最小颜色数可为 2。因此，更大地缩小了图像的尺寸。GIF 格式支持动态图像和透明背景，这是它在网络上比较流行的主要原因。

（6）PNG 格式：PNG 格式是一种新型的文件格式。该格式是专门用来为网络优化压缩图像而设计的。它支持动态图像和透明背景。有人预计它将是未来互联网图像的主要格式。

（7）TIFF 格式：是一种非失真的压缩格式（最高为 2～3 倍的压缩比）。这种压缩是文件本身的压缩，即把文件中某些重复的信息采用一种特殊的方式记录，文件可完全还原，能保持原有图像的颜色和层次，优点是图像质量好。用于排版印刷的图像，一般都要存储为该格式。

1.3　文　件　操　作

1.3.1　新建文件

要创建一个新的图像文件，在"文件"菜单中，选择"新建"命令，打开"新建"对话框，如图 1.14 所示。

（1）"名称"选项：在文本框中，可输入图像文件的名称，若不输入，系统默认的名称为"未标题-1"。

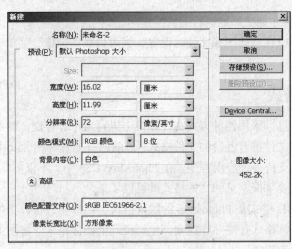

图 1.14 "新建"对话框

（2）"预设"选项：该选项用来设置图像文件的尺寸。单击文本框右边的下拉按钮，打开其下拉列表框如图 1.15 所示，其中列出了许多固定的图像尺寸供选择。若我们经常要用到一种特定的图像尺寸，而在选项菜单中没有，可以将"宽度"和"高度"设置好，然后单击右侧的"存储预设"按钮，打开"新建文档预设"对话框。单击"确定"按钮，设置即被保存并出现在预设选项菜单中。以后就可以直接选择该尺寸了。在保存图像尺寸的同时还可以将分辨率、模式等设置一起保存。

（3）"宽度"和"高度"选项：若预设中没有所需要的尺寸，可以根据需要直接输入图像文件的宽度和高度的数值，并可选择单位。单击单位后面的下拉按钮，打开其下拉列表框如图 1.16 所示，一般选择像素或厘米。

图 1.15 "预设"下拉列表选项

图 1.16 "单位"下拉列表选项

（4）"分辨率"选项：系统默认的分辨率为"72 像素/英寸"。在做练习或制作网络图像时，不必修改默认值。但作品最后要打印输出，在文件尺寸不太大的情况下，最好将该值设置为 300 像素/英寸。

（5）"颜色模式"选项：该选项用来设置图像的色彩模式。单击其下拉按钮，打开其下拉列表框如图 1.17 所示，可以从中选择一种所需要的模式。

（6）"背景内容"选项：该选项用于设置新建文件的背景层颜色。单击其下拉按钮，打开其下拉列表框如图 1.18 所示。

图 1.17　"颜色模式"下拉列表选项　　　　图 1.18　"背景内容"下拉列表选项

◇ "白色"选项：新建图像的背景色为白色。

◇ "背景色"选项：新建图像的背景为工具箱中背景色的颜色。

◇ "透明"选项：新建图像的背景色为透明。此选项建立的是一个普通的图层。

以上各选项均设置好后，单击"确定"按钮，我们就可以开始编辑新建的图像了。

（7）"颜色配置文件"与"像素长宽比"选项：对于普通用户，这两项不必修改。

1.3.2　打开文件

1. 用命令方式打开文件

若要将以前存盘的图像文件调出来进行编辑，在"文件"菜单中，选择"打开"命令，打开"打开"对话框，如图 1.19 所示。

图 1.19　"打开"对话框的 OS 模式

在对话框中查找要打开的文件有如下几种方法。

（1）在"查找范围"文本框中，单击选项提示符，打开计算机文件资源选项表，在列表中，查找并选择文件所在的文件夹，使其出现在"查找范围"文本框中。在文本框中出现的文件夹，被称为当前文件夹。当前文件夹中的内容，将在文件列表窗格中展开。

（2）在文件列表窗格左边的资源列表中，直接单击"我最近的文档"或其他 4 个选项进行查找。

（3）利用收藏夹工具进行快速查找。在对话框右上角单击"收藏夹工具"，将打开"选项"菜单，如图 1.20 所示。

◇"添加收藏夹"命令：使用该命令可以向收藏夹中添加文件夹。添加的方法是：将经常使用的文件夹选中为当前文件夹，然后选择该选项，文件夹的路径就会出现在收藏夹的下面。经常使用的文件夹可用这种方法直接调入，以减少查找的时间。

◇"移去收藏夹"命令：使用该命令可以将不需要的文件夹从收藏夹中删除。删除的方法是：选择该选项，将打开"从收藏夹中移去文件夹"对话框，如图 1.21 所示。在"文件夹"列表框中，单击选项提示符，在打开的列表中，选中所要删除的文件夹，单击"移去"按钮，即可将文件夹从收藏夹中删除。

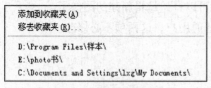

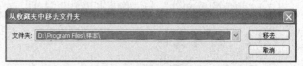

图 1.20　收藏夹选项菜单　　　　　图 1.21　"从收藏夹移去文件夹"对话框

（4）收藏夹工具的左侧是 4 个工具按钮，利用它们也可以快速查找到所需要的文件。

"返回"按钮：可返回到上次展开的文件夹。

"返回上级文件夹"按钮：可返回到当前文件夹的父文件夹。

"新建文件夹"按钮：可以在当前文件夹中，建立新的文件夹。

"查看选项"按钮：单击该按钮，将打开查看选项菜单，如图 1.22 所示。

◇"缩略图"命令：选择此命令，当前文件夹中的图像文件将以缩略图加文件名的形式，在文件列表窗格中展开。一般都应选择该命令，这样便于图像文件的查找。

◇"平铺"命令：选择此命令，当前文件夹中的图像文件将以大图标加文件名的形式，在文件列表窗格中展开。

◇"图标"命令：选择此命令，当前文件夹中的图像文件将以较大图标加文件名的形式，在文件列表窗格中展开。

◇"列表"命令：选择此命令，当前文件夹中的图像文件将以小图标加文件名的形式，在文件列表窗格中展开。

◇"详细信息"命令：选择此命令，将显示文件的名称、大小、类型、修改日期等信息。在名称的后面有一个三角提示符，如图 1.23 所示。该提示符可用来排序文件。默认情况下为正三角，文件名以升序排列。用鼠标单击正三角，正三角变为了倒三角，文件名将以降序排列。

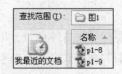

图 1.22　查看选项菜单　　　　　图 1.23　排序提示符

在文件列表窗格中，选中要打开的文件，文件的名称将显示在"文件名"文本框中。在"文件类型"文本框中，单击下拉按钮，其下拉列表框如图 1.24 所示，其中共列出了 20 多种文件格式供选择。从中可以看出 Photoshop CS3 具有处理多种格式文件的强大功能。

文件类型的下边是当前选中文件的缩略图。

```
Photoshop (*.PSD;*.PDD)
Photoshop EPS (*.EPS)
Photoshop DCS 1.0 (*.EPS)
Photoshop DCS 2.0 (*.EPS)
EPS TIFF 预览 (*.EPS)
JPEG (*.JPG;*.JPEG;*.JPE)
Photoshop PDF (*.PDF;*.PDP)
Photoshop Raw (*.RAW)
PICT 文件 (*.PCT;*.PICT)
Scitex CT (*.SCT)
TIFF (*.TIF;*.TIFF)
大型文档格式 (*.PSB)
所有格式
```

图 1.24　文件类型选项菜单

（5）"使用 Adobe 对话框"按钮：单击该按钮，"打开"对话框将转换为如图 1.25 所示的显示模式。单击该模式最下边的"使用 OS 对话框"按钮，对话框又转换为如图 1.19 所示的显示模式。两种显示模式的使用方法基本相同。

以上各选项均设置好后，单击"打开"按钮，文件即被打开。

2．使用浏览器打开文件

浏览器的功能非常强大，利用它大大方便了对图像的预览和打开操作，例如，可以快速预览、标记和排序图像；可查看图像较详细的信息；可以很方便地批量处理图像。浏览器是一个很好的图像文件管理器，与 Windows 的资源管理器的界面也很相似。在"文件"菜单中，选择"浏览器"命令，或单击选项栏上的浏览器图标，即可打开浏览器窗口。

图 1.25　"打开"对话框的 Adobe 模式

1.3.3　关闭和保存文件

在"文件"菜单中，关于关闭和保存文件的命令共有 5 个。分别为"关闭"、"全部关闭"、"存储"、"存储为"和"存储为 Web 所用格式"。下面分别介绍每个命令的功能和用法。

（1）"关闭"命令：快捷键为 Ctrl + W。对于刚打开的文件，还没有进行任何处理就想关闭，应用这个命令后文件直接关闭。若已作了处理或是新建的文件，系统会打开对话框询问是否保存更改。单击"是"按钮，将打开"存储为"对话框。所有软件的存储对话框基本相似，只是"格式"下拉列表中的选项不同，默认格式为 PSD 格式。若存储为其他格式，要在"格式"文本框中进行选择。

（2）"关闭全部"命令：可一次性关闭所有打开的图像窗口。

（3）"存储"命令：快捷键为 Ctrl + S。对于已保存过的文件，按 Ctrl + S 可以将最新编辑过的内容存盘；对于新建的文件，打开"存储为"对话框。

（4）"存储为"命令：当前编辑的文件已保存过，若不想更改已保存过的文件，可使用"存储为"命令，将新编辑的内容以其他的名称保存。

（5）"存储为 Web 所用格式"命令：这个命令主要是对静态图像进行优化存储。优化存储就是让制作出来的图像不但品质好，而且易于网上传输，达到图像品质和传输速度二者兼顾的目的。

1.4　图像处理与测量

图像窗口的移动、调整、多个窗口的排列和切换，这些都属于计算机基础知识的内容，在这里就不介绍了。本节仅介绍 Photoshop CS3 特有的图像显示控制操作与辅助绘图工具。

1.4.1　图像的显示控制

1."导航"控制面板

"导航"控制面板，如图 1.26 所示。该控制面板专门为控制图像的显示而设置的，其各项参数含义如下。

（1）"显示比例"：此处的数据与图像窗口标题栏中的数据二者是一致的，其变化范围理论上为 0.01%～1600%。在此处也可以直接修改数值来精确控制图像的显示比例。初学 Photoshop 的人往往不太注意图像的显示比例问题，只看图像在屏幕上的显示大小，会给操作带来一些不必要的麻烦。

（2）"缩小"按钮：单击该按钮，可使图像按比例缩小显示。

（3）"缩放"滑块：左右拖动滑块可以粗略地缩小或放大图像的显示比例。这种方法使用起来很方便。

图 1.26　"导航"控制面板

（4）"放大"按钮：单击该按钮可使图像按比例放大显示。

（5）"缩略图"：此处显示的是当前图像窗口的缩略图。

（6）"视图框"：当图像不能在图像窗口完全显示时，缩略图上出现红色的视图框。框内的图像即是图像窗口中的可见部分。用鼠标拖动视图框，可改变图像窗口的显示范围。

2. 抓手工具和放大工具

这两个工具配合使用，对处理大的图像非常方便。快速调用这两个工具有 3 种方法。

（1）按住 Ctrl + 空格键，光标就会变成放大镜。

（2）按住 Alt + 空格键，光标就会变成缩小镜。

（3）按住空格键，光标就会变成抓手工具。

3. 显示控制命令

在"视图"菜单中，有 5 个控制图像显示的命令，下面介绍这些命令的作用。

（1）"放大"命令：与"导航"控制面板中"放大"按钮的功能相同。

（2）"缩小"命令：与"导航"控制面板中"缩小"按钮的功能相同。

（3）"按屏幕大小缩放"命令：使图像尽可能大地完整显示，显示比例由系统确定。

（4）"实际像素"命令：使图像以 100% 的比例显示。用鼠标双击"放大工具"与该命令的执行效果相同。

（5）"打印尺寸"命令：使图像以实际打印尺寸显示。

4. 图像的像素大小和打印尺寸的关系

图像的像素大小和打印尺寸之间有一定的关系。计算机屏幕的分辨率设置好后，屏幕像素点的大小是固定的。

例如，新建两个图像文件，都以像素为单位，设置它们的"宽度"和"高度"相同，并使分辨率正好相差一倍。在屏幕上，两个图像的显示窗口一样大。但分辨率高的图像打印尺寸正好比分辨率低的小一倍；再新建两个图像文件，都以厘米为单位，设置它们的尺寸相同，并使分辨率正好相差一倍。在屏幕上分辨率高的图像的显示尺寸正好比分辨率低的大一倍，但它们的打印尺寸是相同的。

由以上可知：像素尺寸相同时，两个图像中包含的像素个数相同，在屏幕上看是一样大的，但打印输出时，因分辨率不同，故像素的大小就发生了变化。所以，打印尺寸就会不同，反之，是一个道理。因此，如果设计网络图像，就以像素为单位，以大多数人的显示器为标准，来确定图像的尺寸。如果图像最后要打印输出，则要以厘米或毫米为单位。

1.4.2　辅助绘图工具

为了方便在编辑图像时使光标精确定位，Photoshop CS3 提供了一些辅助绘图工具，下面介绍经常使用的 4 种辅助工具："标尺"、"信息"控制面板、网格和参考线。

1. 标尺

（1）在"视图"菜单中，选择"标尺"命令，可显示或隐藏标尺，快捷键为 Ctrl + R。水平标尺显示在图像窗口的顶端，垂直标尺显示在图像窗口的左侧。默认的原点位置在左上角的标尺交叉处。

（2）若想更改原点的位置，将鼠标放在标尺的交叉处，向图像上拖动，释放鼠标即可改变标尺原点的位置。若想让原点复原，只要双击左上角的标尺交叉处即可。

2. "信息"控制面板与测量器

（1）"信息"控制面板在正常情况下，由上至下依次显示光标所在处的 RGB 和 CMYK 的值、x 轴和 y 轴的坐标值、文档的大小及当前工具的使用提示，如图 1.27 所示。

（2）测量器与吸管工具在一个工具组中。要测量两点之间的距离，只要选择该工具，然后从起点拖动到终点即可。测量的结果可以在"信息"控制面板上看到，如图 1.28 所示。

图 1.27　"信息"控制面板 1　　　　　　图 1.28　"信息"控制面板 2

图中的各种测量数据的意义如下。

（1）X、Y：起点处 x 轴和 y 轴的坐标值。

（2）A：为起点和终点连线与 x 轴之间的夹角。

（3）D：为起点到终点的距离。

（4）W：为起点和终点连线在水平方向上的距离。

（5）H：为起点和终点连线在垂直方向上的距离。

还可以测量两条直线之间的夹角。方法为先拖出第一条直线，然后将光标放在两条线的顶点处，在拖动第二条直线时按住 Alt 键，就可以测出两条线之间的夹角。

3．网格

在编辑有对称内容的图像时，使用网格要比使用标尺更方便。

（1）显示网格。执行菜单"视图"/"显示"/"网格"命令。

（2）显示或隐藏网格。按快捷键为 Ctrl + '。

4．参考线

为了更精确地绘制图形，还可拉出参考线作为辅助线。前提是标尺可见，然后将鼠标放在标尺上，直接拖动即可拖出参考线。由水平标尺可拖出水平参考线，由垂直标尺可拖出垂直参考线。

（1）参考线的移动：按住 Ctrl 键或选择移动工具，将鼠标指针放在参考线上，当其变成双箭头时，拖动鼠标即可移动参考线的位置。对不需要的参考线可直接拖出图像窗口。

（2）执行菜单"编辑"/"预设"/"单位与标尺"命令，可改变标尺的单位。

（3）执行菜单"编辑"/"预设"/"参考线与网格"命令，可改变参考线的颜色；还可以改变网格的颜色和网格样式及间隔。

1.5　色彩的管理与设置

1.5.1　色彩的管理

Photoshop CS3 是最强的图像处理软件，处理色彩是它优于其他软件的专长。但在实际工作中，很多人会遇到这样的尴尬：精心处理的图片，在屏幕上看起来效果棒极了，可打印出来却令人大失所望；制作出的漂亮主页，上传到了网络却黯然无光。造成这一切的原因，很可能是各种设备间的颜色不匹配。

1. 显示图像与使用图像的差导

人的眼睛所能见到的颜色范围是很大的，而计算机的彩色屏幕按 RGB 模式表现出来的光与色，只不过是其中的一部分。人们把色彩模式所能表现的颜色范围称为色域。

常用的 RGB、CMYK 和 Lab 三种色彩模式的色域是不相同的。Lab 模式能表现的颜色范围最大，CMYK 模式则最小。印刷机采用的色彩模式就是 CMYK 模式。同一个色彩模式，由于所使用的颜色配置文件不同，还存在着不同的色彩空间。同一幅图片用不同的输出设备输出，有时会得到不同的效果，图 1.29 所示图像很好地说明了这个问题。因此，要进行色彩管理。

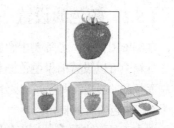

图 1.29　同一图像在不同设备上的显示

不同设备的色彩空间之间存在着差别，怎样使系统生成和谐的色彩，这正是色彩管理所要解决的问题。一个色彩管理系统要协调不同设备的色彩空间之间的差别，使色彩在不同的设备上尽可能一致地被表现。

2. 色彩管理方法

Photoshop CS3 将大多数的色彩管理控制都集中在一个对话框中，大大地方便了使用者。在"编辑"菜单中，选择"颜色设置"命令，打开"颜色设置"对话框，如图 1.30 示。

对话框中各项参数含义如下。

（1）"设置"下拉列表框：列表中列出了 4 种色彩管理模块。根据图像的不同用途，选择相应的模块。色彩管理模块自动管理不同色彩模式之间的色彩协调问题及各种输出设备之间的色彩协调问题。

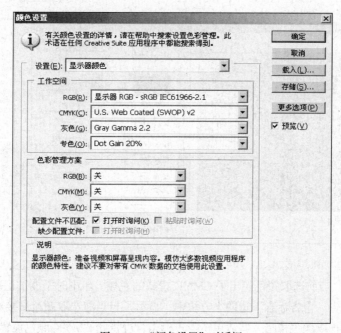

图 1.30　"颜色设置"对话框

（2）"工作空间"选项区域：工作空间为每种色彩模式指定了它们各自的工作颜色侧面。工作颜色侧面负责制定每一种颜色的数值与它们可视化外观相吻合，它为每一种色彩模式又确定了一个更小的颜色范围。由于大多数人对这些文件不太理解，所以一般采用默认设置即可。

（3）"色彩管理方案"选项区域：该选项区域指定如何管理特定色彩模式中的色彩，也会处理色彩描述文件的读取与嵌入、嵌入色彩描述文件与工作空间不符之处以及在文件之间移动色彩的方式。

1.5.2 颜色的设置

在编辑图像时，经常要用到前景色和背景色。为了方便用户对前景色和背景色的设置，不仅在工具箱中可以设置前景色色框和背景色色框，而且还设有"拾色器"、"颜色"控制面板、"色板"控制面板和"吸管工具"。下边分别介绍它们的使用方法。

1."拾色器"的使用

单击工具箱中的前景色或背景色色框，打开"拾色器"对话框，如图 1.31 所示，在"拾色器"对话框中，可以选择需要的颜色。

对话框中各项参数含义如下。

（1）颜色拾取区域：想选取哪种颜色，用鼠标在该区域单击即可，单击处系统用一个小圆圈来标记。

（2）色谱条：用鼠标在色谱条上单击，色谱条的两侧会出现一对三角形的小滑块，拖动滑块，颜色拾取区域的色域随之发生变化。二者结合操作，便于我们找到所需颜色。

（3）当前选取颜色：即颜色拾取区域，小圆圈标记的颜色。

（4）原来颜色：即原来前景色或背景色色框中的颜色。

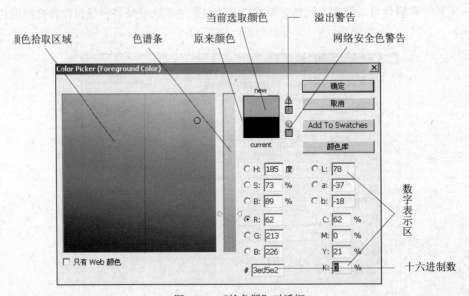

图 1.31 "拾色器"对话框

（5）溢出警告：当前选取颜色超出了 CMYK 模式的色域，印刷时不能被正确地打印输出，系统就会给出溢出警告。警告标志下边的小方块中，显示了与当前选取颜色最接近的 CMYK 颜色，该颜色只是比当前选取颜色稍暗一些。单击警告标志，可将此 CMYK 颜色设置为当前选取颜色。

（6）网络安全色警告：网络安全色是指浏览器使用的 216 种颜色。使用这些颜色可以确保你所制作的网络图像，上传到互联网后颜色不失真。若当前选取颜色不在这 216 种颜色之内，系统就会给出这种警告标志。在警告标志下边的小方块中，显示了与当前选取颜色最接近的网络安全色。单击警告标志，可将此网络安全色设置为当前选取颜色。

（7）数字表示区：该区域列出了当前选取颜色用 4 种不同模式表示时，每个分量所对应的数值。

在数字表示区选中哪个分量，在色谱条上就显示哪个分量的色谱。默认选项为 HSB 中的 H 分量。所以，色谱条上显示的是从 0 度(下边)到 360 度(上边)的色相变化，色彩的变化与标准色轮图是一致的。其他分量读者可以自己选择一下，观察不同分量色谱变化的情况，会加深对色彩模式概念的理解。

（8）十六进制数：该数值是 RGB 的值所对应的十六进制表示。在图 1.31 上，R、G、B 的值分别为 62、213、226，与十六进制的换算关系为：R 分量的值$(3E)_{16}=3 \times 16 + 14=(62)_{10}$，G 分量的值$(D5)_{16}=13 \times 16 + 5=(213)_{10}$，B 分量的值$(E2)_{16}=14 \times 16 + 2=(226)_{10}$。在网络图像处理中，都是用十六进制数来表示 RGB 的值，而我们日常的习惯是使用十进制数。二者的关系清楚了，会方便我们对颜色的使用。

（9）"只有 Web 颜色"复选框：默认情况下，该选项为未选中状态。所以，在颜色拾取区域会出现超出 216 种网络安全色的颜色。若选中该选项，在颜色拾取区域显示的都是网络安全色，如图 1.32 所示。

当前选取颜色设置好后，单击"确定"按钮。即完成了对前景色或背景色的设置。

（10）"颜色库"按钮：如果用户所编辑的图像，能确定最终在什么型号的打印机上输出，可以单击"颜色库"按钮，打开"自定颜色"对话框，如图 1.33 所示。

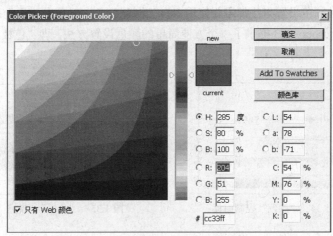

图 1.32　只有 Web 颜色的"拾色器"

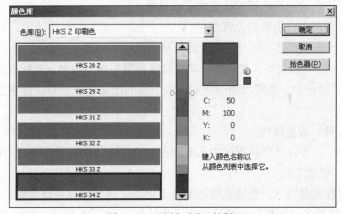

图 1.33　"颜色库"对话框

◇ 选择不同印刷公司的色彩体系："色库"下拉列表框中，提供了许多家印刷公司的色彩体系，要选择与你的输出设备相一致的色彩体系。若不清楚可向厂家咨询。

◇ 选择不同的色库，色谱条上即显示出该色库的颜色变化范围。拖动滑块，选择大致的颜色范围，在颜色拾取区域选择确切的颜色，单击"确定"按钮，即将前景色或背景色换成了颜色库的颜色。也可以单击"拾色器"按钮，返回到"拾色器"对话框。

◇ 颜色库中的每种颜色都能精确地利用 C.M.Y.K 的不同比例合成，从而为印刷提供方便。

2. 使用"颜色"控制面板设置颜色

"颜色"控制面板，如图 1.34 所示，其中各项参数含义如下。

（1）前景色色框：单击该色框，色框的四周出现轮廓线，改变此色块中的颜色可同时改变工具箱中前景色色框的颜色。

（2）背景色色块：使用方法同上，用来设置背景色。

（3）溢出警告：与"拾色器"上的溢出警告完全相同，表明当前所选颜色超出 CMYK 模式的色域。

（4）色谱条：将光标放在光谱条上后，光标变成吸管，单击可直接采集颜色。

（5）分量滑块与数字显示框：调节每个分量的滑块可改变数字显示框中的数字，也可以在数字显示框直接输入数字，以确定颜色。

3. 使用"色板"控制面板设置颜色

前面介绍的两种颜色设置方法都需要使用者自己调配颜色。对非专业人士来说，设置起来可能会有些困难。Photoshop CS3 提供了一个方便简单的颜色设置方法，即"色板"控制面板，如图 1.35 所示。

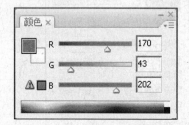
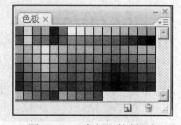

图 1.34 "颜色"控制面板　　　　图 1.35 "色板"控制面板

我们将光标放到某个色块上，光标指针就成了吸管。

◇ 单击色块，该色块的颜色就被设置成了前景色。

◇ 按住 Ctrl 键再单击，设置的是背景色。

◇ 按住 Alt 键，光标变成了剪刀，单击就会从"色板"中删去该色块。

◇ 用户也可以向"色板"中添加色块。将光标放在面板的空白处，光标变成了油漆桶，单击即将前景色填加到了面板中。也可以使用控制面板下面的增加色块和删除色块工具来进行色块的增加和删除操作。

4. 用"吸管工具"设置颜色

使用"吸管工具"，可以直接从图像中选取颜色，这给修复图片带来了很大的方便。

（1）直接使用"吸管工具"

◇ 选取了"吸管工具"后，直接在所需颜色上单击，该颜色就被设置成了前景色。

◇ 按住 Alt 键再单击，该颜色就被设置成了背景色。

（2）快速调用"吸管工具"

◇ 使用"画笔"等绘图工具绘图时，按住 Alt 键，绘图工具就变成了"吸管工具"。

◇ 按住 Shift + Alt 组合键，绘图工具就会变成颜色取样器，单击某种颜色后，可在"信息"面板上看到取样点的颜色值，如图 1.36 所示。

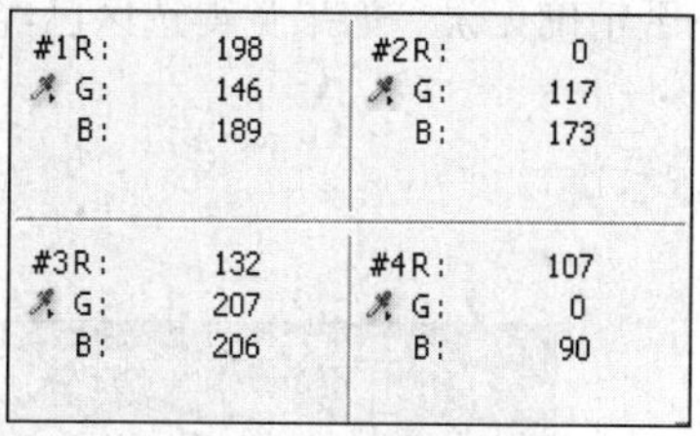

#1 R:	198	#2 R:	0
G:	146	G:	117
B:	189	B:	173
#3 R:	132	#4 R:	107
G:	207	G:	0
B:	206	B:	90

图 1.36　4 个取样点的值

最多可创建 4 个取样点。要删除取样点时，按住 Ctrl 键光标就变成了移动工具，直接将取样点拖到图像外，取样点即被删除。

1.6　Photoshop CS3 的新增功能简介

与 Photoshop 以前的版本相比，CS3 版本增加了许多功能强大、操作方便的新功能。这些新的功能不仅使 Photoshop 强化了图像处理功能，使其在该领域继续保持绝对领先优势，而且在数码摄影技术、手机图像和动态视频技术方面都有很大突破。

本节重点介绍这些新功能的使用方法。

1.6.1　快速选择工具

Adobe Photoshop CS3 新增的"快速选择工具"功能非常强大，给用户提供了快速创建选区的方法。这一工具与"魔棒工具"归为一组。Adobe 认识到"快速选择工具"要比"魔棒工具"更为强大，所以将"快速选择工具"显示在工具组默认位置，而将"魔棒工具"藏在里面。

（1）"快速选择工具"使用起来却非常方便。例如，要将图 1.37 中所示的花朵作为选区，只要选择该工具，在花朵范围内随意勾画一下，即可在花朵上作成选区。

（2）"快速选择工具"的使用方法是基于画笔模式的。也就是说，利用该工具可以"画"出所需的选区。如果是选取离边缘比较远的较大区域，就要使用大一些的画笔大小；如果是要选取离边缘较近的较小区域，则换成小尺寸的画笔大小。这样才能尽量避免将背景像素扩入选区。

（3）在所有选择工具的选项栏，都增加了一个"Refine Edge（优化边缘）"按钮，该按钮的作用是对选区的边缘进行更进一步地优化，并像在快速蒙版模式下那样仔细查看选区，查看时会有一个白色或黑色的背景。

单击该按钮会打开如图 1.38 所示的"Refine Edge（优化边缘）"对话框，调解对话框中的各选项，可以对所做的选区边缘做精细调整。

◇ "Radius（半径）"选项：该选项控制边缘半径的大小。

◇ "Contrast（对比度）"选项：该选项控制边缘处颜色与选区内颜色的对比度。

◇ "Feather（羽化）"选项：该选项控制边缘处羽化程度的大小。

◇ "Smooth（光滑度）"选项：该选项控制边缘处的光滑度。

◇ "Contrct/Expand（收缩/扩展）"选项：该选项控制选区面积的大小。

在调整这些选项时，可以实时地观察到选区的变化，从而在应用选区之前确定所做的选区是否精确无误。如果觉得选区已经优化得不错，就可以单击"确定"按钮，确定所作的选区。

图 1.37　花朵图片

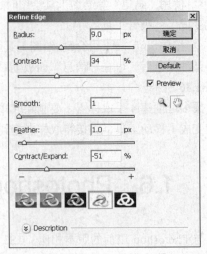

图 1.38　"Refine Edge（优化边缘）"对话框

1.6.2　"Black & White（黑与白）"命令

在"图像"菜单的"调整"子菜单中，新增加了"Black & White（黑与白）"命令。这个命令不仅可以很方便地将彩色图片转换为灰度图，而且还可以通过选项调节，将灰度图变为茶色等单色图。也可以通过调整某一种颜色的数值，实现控制照片中相应部分亮度的功能。

选择"Black & White（黑与白）"命令后，打开"Black & White（黑与白）"对话框，如图 1.39所示。

（1）"Preset（预设）"下拉列表框：该选项存放了许多预设的滤镜效果，选择不同的滤镜，图片会呈现不同的黑白对比度。这个选项与"照片滤镜"命令有些相似。

（2）色系控制滑块选项：共有 6 个控制滑块选项。分别为"Reds（红色）"、"Yellows（黄色）"、"Greens（绿色）"、"Cyans（青色）"、"Blues（蓝色）"和"Magentas（洋红）"。拖动某一控制滑块，就可以改变图片中相应色系的亮度。这种调整最大的好处就是调整的时候，调整某一色系时，只针对图片中所有该色系的像素作出调整，而不会对其他不相关的色系有影响。这样，就能更加精确地调整图片中不同的色彩区域，作出最满意的效果。

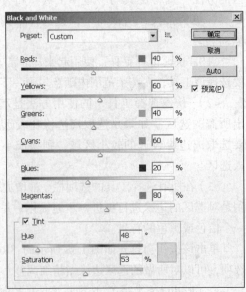

图 1.39　"Black and White（黑与白）"对话框

（3）"Tint（色调）"选项区域：勾选该复选框后，可以给灰度图加上任意的单一色调。

◇　"Hue（色相）"选项：拖动该选项的控制滑块，可以选择色调的颜色。

◇　"Saturation（饱和度）"选项：拖动该选项的控制滑块，可以调整所选颜色的饱和度。

◇　可以单击右面的颜色框，打开"拾色器"对话框，直接选取所需的颜色。

1.6.3 "Clone Sauce（克隆源）"控制面板

"Clone Sauce（克隆源）"控制面板是与"仿制图章"和"修复画笔工具"配合使用的。该面板的出现，扩展了这两个工具用途。选择工具选项栏和面板上的不同选项，可以使原来只能一对一简单克隆的工具，允许定义多个克隆源（采样点），就好像 Word 有多个剪贴板内容一样。另外克隆源可以进行重叠预览，提供具体的采样坐标，可以对克隆源进行移位缩放、旋转、混合等编辑操作。克隆源可以是针对一个图层，也可以是上下几个图层，还可以是所有图层，这比之前的版本增加了许多模式。

1. "克隆源"控制面板介绍

在使用"Clone Sauce（克隆源）"控制面板之前，要先选择"仿制图章"或"修复画笔工具"。在这两个工具的选项栏里都增加了"Sample（样式）"选项。单击下拉按钮，在打开的列表框中有 3 个选项，如图 1.40 所示。

（1）"Current layer（当前图层）"选项：选中该选项，只克隆当前图层上的图像。

（2）"Current & Below（当前层及其下面的图层）"选项：选中该选项，只克隆当前图层及其下面所有图层上的图像。

（3）"All Layers（所有图层）"选项：选中该选项，将克隆所有图层上的图像。

（4）在"Sample（样式）"选项右旁边的按钮，为"忽略调整图层"按钮。如果在图像中存在调整图层，选中该按钮，则调整图层将不被复制。

"Clone Sauce（克隆源）"面板，如图 1.41 所示。

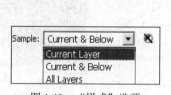

图 1.40 "样式"选项   图 1.41 "Clone Sauce（克隆源）"面板

"克隆源"面板各项参数含义如下。

（1）面板的最上方，有 5 个小图章，这 5 个小图章是用于存放克隆源的，也就是说可以同时定义 5 个克隆源，选中哪个按钮，画笔就对哪个克隆源进行复制。

（2）"Offset（位移）"选项：选项中的"X"和"Y"值为克隆源点到复制处的距离。该值可以自动记录鼠标单击处的坐标值，也可以直接在文本框中输入数值，以确定新复制图形距离原图形的距离。

（3）"W"和"H"选项：为新复制图像的宽和高的缩放值。"H"选项下边的选项为新复制图像旋转的角度。

（4）"Show Overlay（显示覆盖）"复选框：当选中该复选框后，用户所做的克隆源的整个图形将形成一个遮罩层覆盖在原图像上。当鼠标移动的时候，遮罩会随之移动。当按下鼠标涂抹遮罩后，在形成一个复制图形的同时，遮罩会依照鼠标移动的方向与距离，出现在下一个复制位置上。

（5）"Opacity（透明度）"选项：定义遮罩的透明度。下拉列表框中的几种模式，定义了遮罩的显示效果。

（6）"Auto Hide（自动隐藏）"复选框：选中该复选框，在涂抹复制图形时，会自动隐藏遮罩。

（7）"Invert（反相）"复选框：选中该复选框，遮罩的颜色将转换为相反的颜色。

2. "克隆源"控制面板的使用

下面举例说明"Clone Sauce（克隆源）"面板的使用方法。

（1）打开如图 1.42 所示的图片。图中的小树在单独的图层上。

（2）选取"仿制图章工具"，在选项栏的"Sample（样式）"选项中，选择"Ourrent Layer（当前图层）"选项。

（3）打开"Clone Sauce（克隆源）"面板，在 5 个克隆源中，选择一个空白的克隆源。将"W"和"H"选项设置为"80%"；选中"Show Overlay（显示覆盖）"复选框。面板的设置如图 1.43所示。

（4）将小树所在图层设置为当前图层。按住 Alt 键后，单击鼠标左键，这时在小树的上面出现遮罩。

（5）移动鼠标，将遮罩移到小树的右边。按下鼠标左键，涂抹复制出第 2 棵小树。复制后遮罩自动移到了第 3 棵小树的位置。再按下鼠标左键，复制出第 3 棵小树。复制后遮罩自动移到了第 4 棵小树的位置。如图 1.44 所示。

| 图 1.42　一棵树的图片 | 图 1.43　"克隆源"面板 | 图 1.44　复制后的图片 |

（6）如果还要复制，就继续涂抹。否则，在画面上只存在 3 棵小树。

1.6.4　"Animation（动画）"控制面板

Adobe Photoshop CS3 取消了原来捆绑在一起的 ImageReady。将 ImageReady 中的"Animation（动画）"面板保留在了 Adobe Photoshop CS3 中。下面介绍"Animation（动画）"控制面板的使用及动画的制作方法。

1. "Animation（动画）"控制面板

"Animation（动画）"控制面板，如图 1.45 所示。下面分别介绍控制面板上各按钮的功能。

（1）设置帧延迟：单击每个帧下面的小三角提示符，打开"设置帧延迟"选项菜单，如图 1.46所示，可根据动画效果的需要，选择帧延迟的时间，单位为秒。

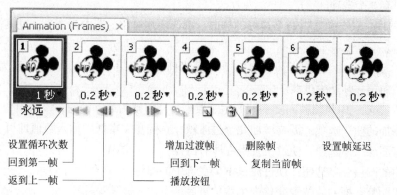

图 1.45　"Animation（动画）"控制面板

◇ "无延迟"选项：即设置帧延迟为 0 秒。

◇ 0.1 秒、0.2 秒、0.5 秒、1.0 秒等选项，设置固定时间。

◇ "其他"选项：该选项可以将帧延迟设置为任意的时间。选中该选项，打开"设置帧延迟"对话框。在文本框中，输入帧延迟的时间，然后单击"确定"按钮，任意时间的帧延迟即设置成功。

（2）设置循环次数：单击该三角提示符，打开"循环次数"选项菜单，如图 1.47 所示。

◇ "一次"选项：动画从第一帧到最后一帧只播放一次。

◇ "永远"选项：动画循环播放，直到单击"停止播放"按钮后，播放才会停止。

◇ "其他"选项：在打开的对话框中，可随意输入循环的次数。

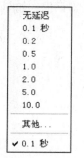

图 1.46　帧延迟

图 1.47　循环选项

（3）回到第一帧：单击该按钮，将第一帧设为当前帧。

（4）返到上一帧：单击该按钮，将当前帧的上一帧设为当前帧。

（5）播放按钮：单击该按钮，开始播放动画。同时该按钮变为停止播放按钮。

（6）回到下一帧：单击该按钮，将当前帧的下一帧设为当前帧。

（7）增加过渡帧：为了使相邻两帧的动画效果更流畅，可用该按钮在两帧中间插入过渡帧。单击该按钮，打开"过渡"对话框，如图 1.48 所示。

◇ "过渡"选项：该选项用于确定过渡产生的位置。在其

图 1.48　"过渡"对话框

下拉列表框中有 3 个选项。

"选区"选项：只有在选中两个连续的帧时，该选项才可用。选中该选项，过渡帧产生在两个连续帧的中间。

"下一帧"选项：由当前帧向下一帧过渡。若当前帧为最后一帧时，该选项变为"第一帧"，即由最后一帧向第一帧产生过渡。

"上一帧"选项：由当前帧向上一帧产生过渡。若当前帧为第一帧时，该选项变为"下一帧"。

◇ "要添加的帧"选项：需要增加几个过渡帧，直接在文本框中输入数值即可。

◇ "所有图层"单选钮：使过渡发生在所有图层。

◇ "选中的图层"单选钮：使过渡只发生在选中的图层。

◇ "位置"复选框：使位置变化产生均匀过渡。

◇ "不透明度"复选框：使不透明度变化产生均匀过渡。

◇ "效果"复选框：使图层效果产生均匀过渡。

（8）复制当前帧：单击该按钮，将当前帧复制为新帧。

（9）删除帧：选中不需要的帧，单击该按钮，选中的帧即被删除。

（10）单击控制面板的菜单提示符，打开控制面板菜单命令，如图 1.49 所示。各命令功能如下。

◇ "新建帧"命令：与创建新帧按钮的作用相同。

◇ "删除帧"命令：与删除帧按钮的作用相同。

◇ "删除动画"命令：执行该命令，将删除所有帧。

◇ "拷贝帧"命令：将当前帧复制到剪贴板。

◇ "粘贴帧"命令：执行该命令，打开"粘贴帧"对话框，如图 1.50 所示。在对话框中可以选择一种粘贴方式。

图 1.49 "动画"控制面板的选项菜单

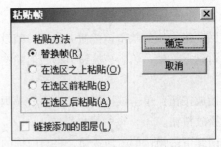

图 1.50 "粘贴帧"对话框

"替换帧"选项：使新帧替换当前帧。

"在选区之上粘贴"选项：使新帧粘贴到当前帧的上面。当前帧隐藏在新帧下面，并不被删除。

"在选区前粘贴"选项：使新帧插在当前帧的前面。

"在选区后粘贴"选项：使新帧插在当前帧的后面。

◇ "选择全部帧"命令：可以使所有的帧被选中。

◇ "Go To（转到）"命令：选择该选项，打开下级菜单。可以选择将第一帧、最后一帧、上一帧或下一帧设置为当前帧。

◇ "过渡"命令：与控制面板上的增加过渡帧工具作用相同。

◇ "反向帧"命令：执行后，可使帧的排列顺序倒置。

◇ "优化动画"命令：执行该选项打开"优化动画"对话框，直接选中对话框上的两个选项即可对动画进行优化。

◇ "从图层建立帧"命令：所有图层都绘制好后，执行该命令后图层会由下至上自动在动画控制面板上排列成帧。

◇ "将帧拼合到图层"命令：执行该命令后，会自动为控制面板上的所有帧重新创建图层。

◇ "跨帧匹配图层"命令：执行该命令后，可以将当前图层的图形、可视性及图层样式匹配到所有帧。

◇ "为每个新帧创建新图层"命令：执行该命令后，只每个新帧自动创建新的图层。

◇ "新建在所有帧中都可见的图层"命令：使新建立的图层显示在所有状态或所有帧中。

◇ "调板选项"命令：在打开的对话框中，可以选择帧图标的大小。

2. 幻灯片效果动画的制作

这种动画也被称为逐帧动画，与传统动画的制作过程类似。制作步骤如下。

（1）首先要在草纸上或脑子里设计好动画的小脚本，即动画中每一帧上显示的内容。然后，将每帧上的内容依次绘制在不同的图层上。本例中，每个图层上只有米老鼠的眼睛形状不同，形成米老鼠睁眼闭眼的动画。

（2）使"Animation（动画）"控制面板可见，此时控制面板上只有一帧。根据动画的需要设置好帧延迟。然后单击控制面板的菜单提示符，执行"从图层建立帧"命令，图层就按由下至上的顺序排布在动画控制面板中，如图 1.45 所示。单击播放按钮，就可以欣赏动画了。

习　题

1. 思考题

（1）矢量图和点阵图的区别是什么？

（2）为什么要进行颜色管理？

（3）Photoshop CS3 增加了哪些主要的新功能？

2. 填空题

（1）同时显示/隐藏选项栏和工具箱的快捷键是_____。

（2）Photoshop CS3 默认的文件格式是_____。

（3）调出放大镜的快捷键是_____。

3. 选择题

（1）只需移动鼠标，就可以画出正确选区的工具是（　　）。

　　A）快速选择工具　　　B）替换颜色工具　　　C）修补工具　　　D）魔术棒工具

（2）使用快速蒙版工具，可以建立（　　）。

　　A）选区　　　　　B）蒙版　　　　　C）通道　　　　　D）路径

（3）使前景色、背景色互换颜色的快捷键是（　　　）。

　　A）X　　　　　　　　B）D　　　　　　　　C）A　　　　　　　　D）Z

（4）隐藏选项栏、工具栏和所有控制面板，只需按（　　　）键。

　　A）Ctrl　　　　　　　B）Shift　　　　　　　C）Alt　　　　　　　D）Tab

实　　训

【实训 1.1】　图像的显示比例。

【实训目的】　掌握导航器的使用。

【实训要点】　控制图像的显示比例。

【实训步骤】

（1）打开图 T1-1，如图 1.51 所示。再打开"导航器"控制面板，如图 1.52 所示。图 1.52 左下角的数字，标明了当前窗口图像的显示比例为 100%。单击"缩小"、"放大"按钮或拖动缩放滑块均可改变图像的显示比例。

（2）单击"放大"按钮或向右拖动缩放滑块，可增加图像的显示比例，如图 1.53 和图 1.54 所示。通过两张图的对比，可以看到：导航器缩略图上红色方框内为图像窗口当前显示内容。将鼠标指向缩略图时，鼠标指针变为手形，拖动红色边框，可以改变图像窗口的显示位置。

（3）单击"缩小"按钮或向左拖动缩放滑块，可减小图像的显示比例，如图 1.55 和图 1.56 所示。

图 1.51　T1-1

图 1.52　"导航器"控制面板

图 1.53　放大图像

图 1.54　"导航器"控制面板

图 1.55 缩小图像

图 1.56 "导航器"控制面板

【实训 1.2】 距离和角度的测量。

【实训目的】 掌握"信息"控制面板的使用。

【实训要点】 测量工具的使用。

【实训步骤】

（1）打开图 T1-2，如图 1.57 所示，让我们来测量顶棚支架的跨度。选择测量工具，按住 Shift 键，在支架的一端按下鼠标左键，拖动到另一端释放鼠标左键，在图像上出现一条黑色的测量线，支架的跨度即为"信息"控制面板上的"D: 2.00"，如图 1.58 所示。

（2）用鼠标将测量线拖到图像外，即可将其删除。

（3）测量支架两根斜梁间的夹角：先由下至上沿左边的斜梁拖出第一条斜线，将鼠标停在斜梁的顶点处，按住 Alt 键，再按下鼠标左键，沿右边的斜梁拖出第二条直线，如图 1.59 所示。斜梁间的夹角即为"导航器"上的"A: 119.9°"，如图 1.60 所示。

图 1.57 T1-2

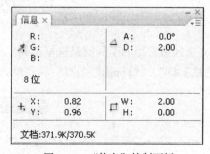

图 1.58 "信息"控制面板

图 1.59 角度的测量

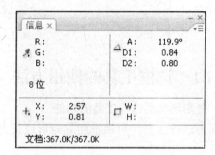

图 1.60 "信息"控制面板

第2章
选区的建立与修改

使用 Photoshop CS3 处理图像时，为了达到某种效果，经常需要建立一个选区，以确定要编辑的对象，使编辑操作只对选区范围起作用，而对非选区范围无效。Photoshop CS3 提供了多种建立选区的工具，熟练掌握这些工具的用法，能够在实际工作中灵活使用这些工具，是一项重要的基本技能。

本章要点

◇ 各种建立选区工具的使用及操作技巧。

◇ 利用快速蒙版建立选区。

◇ "选择"菜单命令的使用。

◇ "移动工具"的使用及操作技巧。

2.1 选框工具

建立选区最常用的工具就是选框工具。选框工具组中共有 4 种选框工具，"矩形选框工具"、"椭圆选框工具"、"单行选框工具"和"单列选框工具"，如图 2.1 所示。

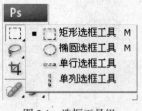

图 2.1 选框工具组

2.1.1 选框工具的使用方法

1. 矩形和椭圆选框工具的功能

"矩形选框工具"可用来建立矩形或正方形选区。"椭圆选框工具"可用来建立椭圆或圆形选区。

选取矩形或椭圆选框工具后，可进行如下操作。

（1）在图像上拖动鼠标，即可建立矩形或椭圆形选区。

（2）若拖动鼠标时按住 Shift 键，可建立正方形或圆形选区。

（3）若拖动鼠标的同时按住 Shift + Alt 组合键，则以拖动的起点为中心，建立正方形或圆形选区。

选区建立好后，用户进行的所有操作都只针对选区。按下 Alt + Delete 组合键，选区内即被前景色填充。如果图像上没有选区的话，前景色将填充整个图像。按住 Ctrl + Delete 组合键可用背景色填充选区或整个图像。

2．单行和单列选框工具的功能

"单行选框工具"和"单列选框工具"，可建立只有一个像素宽的水平选区或垂直选区。选取这两个工具后，只要在图像上单击即可建立选区。这两个工具一般用来在图像上加直线。

3．选框工具的操作练习

（1）在"文件"菜单中，选择"新建"命令，新建 200 像素 × 100 像素的 RGB 文档。

（2）使用"矩形"选框工具，绘制一长方形选区。按下 Alt + Delete 组合键，用前景色填充选区。

（3）选取"单行选框工具"，在图像上单击，建立第一个直线选区，然后按住 Shift 键，此时十字光标下多了一个小加号，为添加选区标志。此时单击鼠标，可再建立下一条直线选区。用同样方法建立第 3 条选区。完成后的图像窗口如图 2.2 所示。

（4）在"编辑"菜单中，选择"描边"命令，打开 "描边"对话框，如图 2.3 所示。在"宽度"文本框中输入"1"，在"颜色"文本框中，用鼠标单击，在打开的"拾色器"对话框中，选取白色。其余的选项采取默认值。单击"确定"按钮，即可在图像上加 3 条白线。

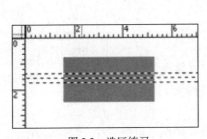

图 2.2　选区练习

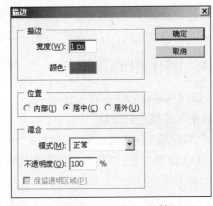

图 2.3　"描边"对话框

（5）用户还可以在白线的上边加上黑线，用以突出线条的显示。按向上方向键（↑），使选区向上移动 1 个像素。按一下 D 键将前景色设置为黑色，再执行"描边"命令。此时会发现，宽度选项延用了上次的设置，只有颜色与前景色相同。直接在"描边"对话框上单击"确定"按钮，即可在 3 条白线的上边加上 3 条黑线。

4．选区的移动

当鼠标指针出现在选区内的时候，鼠标指针变成了空三角下面加个矩形的图标。这个图标表示可以移动选区。移动选区有如下 3 种方法。

（1）按下鼠标左键拖动，即可随意移动选区的位置。

（2）若要微调选区的位置，可以使用方向键，向上（←）、向下（↓）、向左（←）、向右（→）移动选区。按一下方向键，选区移动一个像素。

（3）使用 Shift + 方向键，一次可使选区移动 10 个像素。

5. 选区中图像的移动

建立好选区后，选择移动工具，选区移动图标就变成了黑色实心三角下加个小剪刀的图标。此时拖动鼠标，选区内的图像也会随之移动。使用方向键也可以微调所选图像的位置。

6. 选框工具的选项栏

选框工具的选项栏分为 3 个部分：选区的组合方式、羽化和消除锯齿以及样式。熟悉这些选项的含义和具体用法，将有助于建立选区的操作。选框工具的选项栏，如图 2.4 所示。

图 2.4　选框工具的选项栏

2.1.2　选区的组合方式

当图像上已存在选区，再向图像上加选区时，新的选区与原有的选区之间怎样组合，取决于用户所选取的组合方式。图 2.5 所示为组合方式图标，从左向右各图标的含义如下。

（1）新选区选项：选中此种组合方式后，原有选区被取消，只保留新建的选区。

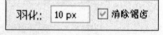

图 2.5　组合方式

（2）添加到选区选项：新旧选区组合在一起，形成新的选区。Shift 键是该选项的快捷键。

（3）从选区中减去选项：从原有选区中减去新旧选区的重叠部分。Alt 键是该选项的快捷键。

（4）与选区交叉选项：只保留新旧选区重叠的部分。Shift + Alt 组合键是该选项的快捷键。

利用不同的组合方式，可以制作一些特殊形状的选区。

2.1.3　羽化和消除锯齿

图 2.6 所示为羽化和消除锯齿选项。

1."羽化"的概念和作用

"羽化"的作用是使选区的周围产生一个过渡，可直接在文本框中输入 0～250 像素的数。羽化值越大产生过渡的范围越大。这种效果经常被用在图像合成上。

图 2.6　羽化和消除锯齿

图 2.7 和图 2.8 所示为 Photoshop CS3 样本文件夹中的两张示例图片，同时将两张图片打开。在图 2.8 上作出椭圆选区，然后在按住 Ctrl 键的同时拖动鼠标，将选区内的图形复制到图 2.7 中。

图 2.7　原图像　　　　　　　　　　　　图 2.8　原图像

在进行复制过程中，制作选区时羽化值设置的不同，会直接影响到图片合成的效果。图 2.9 所示为将羽化值设为 0 时，作出选区的效果。复制的图层与背景图之间界线明显。图 2.10 所示则是将羽化值设为 60 时，作出选区的效果，复制的图层与背景图之间产生了过渡，消除了生硬感。

图 2.9　无羽化

图 2.10　羽化值为 60

2. "消除锯齿"的作用

"消除锯齿"的作用是使选区的边缘变得平滑。因为在默认情况下，点阵图图像是由方形的像素点组合而成。当图像中有曲线或斜线时，容易产生锯齿状。当选中消除锯齿选项后，系统会在锯齿之间填入中间色调，使画面看起来比较平滑。只有在选取了"椭圆选框工具"时，"消除锯齿"选项才有意义。图 2.11 所示为选中"消除锯齿"选项时的图像效果，图 2.12 所示为没有选中"消除锯齿"选项时的图像效果。

图 2.11　选中了"消除锯齿"选项的图像效果

图 2.12　没有选中"消除锯齿"选项的图像效果

2.1.4　选区的样式

选区的"样式"共有 3 个选项："正常"、"固定长宽比"和"固定大小"，如图 2.13 所示。

（1）"正常"样式：是系统默认的样式，也是最常用的样式。选中此样式，可用鼠标拖出长宽比为任意的矩形或椭圆选区。

（2）"固定长宽比"样式：选择此样式后，需要在"宽度"和"高度"的文本框中，输入相应

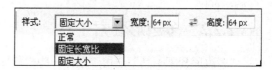

图 2.13　选区的样式

的比例数字，再作出的选区长宽比会受此比例值的约束。

（3）"固定大小"样式：需要在"宽度"和"高度"的文本框中，输入固定的宽度和高度的数字，可精确地作出固定大小的选区。

2.2 套 索 工 具

在套索工具组中有 3 个工具："套索工具"、"多边形套索工具"和"磁性套索工具"，如图 2.14 所示。该工具组中，选项栏里的"选区组合方式"、"羽化"和"消除锯齿"选项与选框工具中的使用方法完全相同。本节只讲解与之不同的内容。

图 2.14 套锁工具组

2.2.1 套索工具

"套索工具"用于制作要求精度不太高的不规则选区。图 2.15 中所示的选区就是利用"套索工具"用手画的。"套索工具"的使用方法如下：

选取"套索工具"，将光标移到图案的边缘。按下鼠标左键不放，拖动鼠标选取所需要的范围。当终点与起点汇合时，放开鼠标左键即完成选区的制作。若终点与起点没汇合时就松开鼠标左键，系统会自动用直线将终点和起点连接起来。

在需要从原有选区中，删除或增加某些区域时经常使用该工具。

图 2.16 所示为用"魔棒工具"制作的选区，图中的 3 朵花都在选区范围内。现在需要从选区中去掉中间那一朵花上的选区，可以使用"套索工具"。具体的操作方法如下。

（1）选取"套索工具"，按住 Alt 键，将光标移到要去掉的选区旁，按下鼠标左键，在要去掉的选区四周用手画出选区。

（2）当松开鼠标左键时，选区范围就剩下了上下两朵花，如图 2.17 所示。

图 2.15 用套索工具画的选区

图 2.16 去掉部分选区

图 2.17 去掉后的效果

2.2.2 多边形套索工具

"多边形套索工具"适用于制作一些三角形、五角星、多边形等有棱角的选区。图 2.18 所示为用"多边形套索工具"制作的选区。"多边形套索工具"的使用方法如下。

（1）选取"多边形套索工具"，在选择区域的起点处用鼠标单击一下，由起点处开始引出一直线，单击下一个落点，两点间以直框线相连接。

（2）单击下一个落点，最后回到起点，光标下会出现表示汇合的小圆圈，单击即完成选区的制作。

（3）若由于图像颜色的影响，汇合点不易发现的话，可以双击鼠标实现起点和终点的自动连接。

"多边形套索工具"与"套索工具"的切换方法：在使用"多边形套索工具"时，按住 Alt 键，该工具就变成了"套索工具"。在使用"套索工具"时，按住 Alt 键，"套索工具"就变成了"多边形套索工具"。

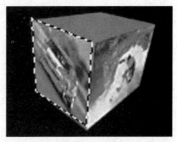

图 2.18　用"多边形套锁"作的选区

2.2.3　磁性套索工具

1. "磁性套索工具"的使用

使用"套索工具"很难作出比较精确的选区。Adobe 公司为用户提供了一个弥补"套索工具"不足的新工具——"磁性套索工具"。"磁性套索工具"是一种能够自动识别边缘的套索工具。图 2.19 所示为使用"磁性套索工具"建立了精确选区。"磁性套索工具"的使用方法如下。

（1）选中"磁性套索工具"，在图像上单击选区的起点，然后沿选区的边缘移动鼠标(不用按左键)，就像有磁性吸附一样，选框线会自动吸附到所选图案的边缘，当回到起点处，出现表示汇合的小圆圈时，再单击鼠标，完成选区的建立。若小圆圈没出现，双击也可以让选区闭合。

图 2.19　用"磁性套锁"作的选区

（2）在移动鼠标的过程中，选框线上会自动出现节点。需要时，单击一下鼠标也会出现一个节点。当某个节点位置不正确时，按 Delete 键可后退一个节点。

2. "磁性套索"的选项栏

"磁性套索工具"的选项栏比其他选择工具多出了几个选项，如图 2.20 所示。各项参数的含义如下。

（1）"宽度"选项：用于设置"磁性套索工具"选取时的探察距离，可输入 1～256 的整数。数值越大探察的范围越大，数值越小探察的范围就小。

图 2.20　磁性套索的部分选项栏

设置时要根据所选图像边缘距其他图像边缘的距离而定。

（2）"边对比度"选项：用于设置套索对图像边缘的敏感度，在文本框中可输入 1%～100%的数值。数值大可探察图像与环境对比度大的边缘。当数值较低时，则探察对比度较低的边缘。

（3）"频率"选项：用来制定套索节点的连接速度，在文本框中可输入 0～100 的数值。数值越大节点的密度就越大，框线的光滑程度越高，选区形成的也越快。

（4）"光笔压力"选项：此选项为使用绘图板压力以更改钢笔的宽度。

2.3　魔棒工具

"魔棒工具"与其他选择工具不同，它是根据像素的颜色相同或相近来建立选区。它的使用方法非常简单，只要在所选取的图案上单击一下，所有与单击处颜色相同的区域就成为了选区。"魔棒工具"操作虽然简单，但非常实用。本节重点讲解"魔棒工具"选项栏的使用方法。

2.3.1　"魔棒工具"的选项栏

"魔棒工具"的选项栏与其他选择工具相比，多出了几个特有的选项，如图 2.21 所示。

图 2.21　"魔棒工具"的选项栏

选区的组合方式和"消除锯齿"选项与上面介绍的完全相同。"容差"、"连续的"和"用于所有图层"则是新出现的选项。下面详细介绍一下这 3 个选项。

1. "容差"选项

该选项用来设置选取范围的大小。可直接在文本框中输入 0～255 之间的数值，默认值为 32。输入的值越大，选择的颜色范围越广，符合要求的像素就越多，所以建立的选区范围就越大；输入的值越小，选择的颜色范围越近似，所建立的选区范围也越小。"容差"确定后，只要在所选择的图像上单击，就建立起了与"容差"值相对应的选区。图 2.22 所示是"容差"值为 50 时所建立的选区，两朵花上只有一部分被包括在选区中。图 2.23 所示是"容差"值为 125 时所建立的选区，两朵花的所有像素都被包括进了选区。

图 2.22　"容差"值为 50　　　　图 2.23　"容差"值为 125

在实际操作中，如图 2.22 所示的情况，可以不用修改容差的值，而是按下 Shift 键，连续单击未进入选区范围的花朵区域，同样会达到如图 2.23 所示的效果。

2. "连续的"选项

选中了此选项后，在右边的那朵花上单击一下，只在右边的那朵花上建立了选区，如图 2.24 所示。因为选中此选项后，被包括在选区中的像素都是相连接的。若取消了此选项，不连接的相似像素都会被包括在选区中，其效果与图 2.23 相同。

3. "用于所有图层"选项

此选项用于具有多个图层的图像。选中此选项，所有图层上相似的像素都会被包括在选区范围内。未选中此选项，只有当前图层上相似的像素被包括在选区范围内。

图 2.24　选中连续的选项

如图 2.25 所示，3 个草莓放置在 3 个图层上。将选项栏按如下设置："容差"设置为 80、不选中"连续的"选项、不选中"用于所有图层"选项。在"图层"控制面板上，将中间草莓所在的图层设为当前图层，然后在中间草莓上单击，就只在中间的草莓上建立了选区。

按 Ctrl＋D 组合键，取消建立的选区。将"用于所有图层"选项设置为选中，其余的选项都不改变。这时再单击中间的草莓，3 个图层上的草莓就都包括在了选区内。其效果如图 2.26 所示。

图 2.25　未选用于所有图层

图 2.26　选中用于所有图层

2.3.2　魔棒的使用技巧

"魔棒工具"的使用技巧是，在背景色单一的图像上快速建立起选区。图 2.27 所示的图形比较复杂，但其背景色却很单一。对于这类图片，使用"魔棒工具"只需两步，即可将复杂的图形作成选区。

（1）取消"连续的"选项，然后用"魔棒工具"在背景上单击一下，所有背景都被包括进了选区，如图 2.27 所示。

（2）按下 Ctrl + Shift + I 组合键进行反选，复杂的图形选区即制作完毕，如图 2.28 所示。

图 2.27　背景选区

图 2.28　图形选区

2.4　快速蒙版工具和选择命令

尽管我们已学了 8 个建立选区的工具，但在实际工作中，还会遇到一些难题。如一个形状非常复杂且与周围环境的颜色比较相近的图像需要建立选区时，使用前面介绍的选择工具，都不太好实现，这时可使用"快速蒙版工具"。"快速蒙版工具"的位置，如图 2.29 所示。

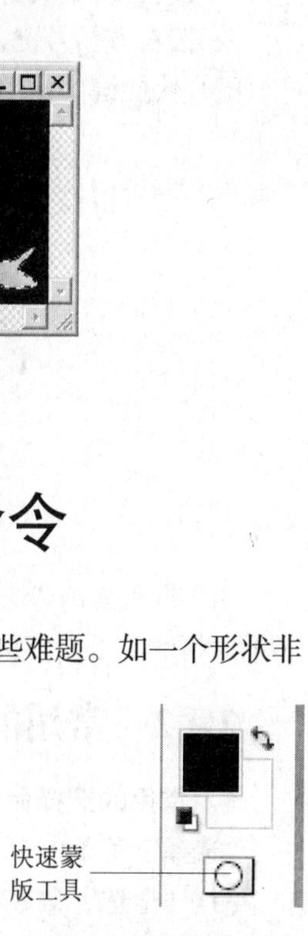

2.4.1　用"快速蒙版工具"建立选区

下面通过一个实例来说明"快速蒙版工具"的使用方法。如图 2.30

快速蒙版工具

图 2.29　快速蒙版工具

所示，人物的头发和围巾的颜色与背景色相近，若想将头像从背景中抠出，使用"快速蒙版工具"比较合适。具体操作步骤如下。

（1）首先用"套索工具"在原图像上围绕人物头像画出一个大致的选区，如图 2.31 所示。

图 2.30　原图　　　　　　　　　　　　　图 2.31　大致的选区

（2）单击"快速蒙版工具"，此时图像中非选区范围被红色的蒙版所遮盖。只有选区范围正常显示，选区的边框线暂时被隐藏，如图 2.32 所示。

（3）按 D 键，将前景色和背景色设为默认颜色。接下来要用黑色或白色画笔精确地修改蒙版。选择画笔工具，用黑色画笔可以增加蒙版的区域，即扩大非选区范围；白色画笔可以擦除蒙版，即扩大选区范围。

这一步的操作很重要，直接关系到选区的精确度。为了既好又快地完成操作，要尽量使用快捷键。除了放大镜、缩小镜和抓手工具的快捷键外，还应掌握的快捷键有：

◇ 按 X 键，可以进行黑色和白色画笔的快速切换；

◇ 按左方括号键，可缩小画笔；

◇ 按右方括号键，可增大画笔。

配合快捷键的使用，我们可以很快地修改好蒙版区域。修改好的蒙版效果如图 2.33 所示。

图 2.32　大致的蒙版　　　　　　　　　　图 2.33　精确的蒙版

（4）再次单击"快速蒙版工具"，红色蒙版消失，出现了修改后的选区边框线。如果觉得选区还不太精确，可以多次重复步骤（2）到步骤（4）的操作，直到选区非常精确为止。

2.4.2　常用的选择命令

1. 常用的选择命令

"选择"菜单中有些命令在编辑图像时会经常用到，用户应熟记这些命令的快捷键。

（1）"全选"命令：快捷键为 Ctrl + A。执行该命令会将整个图像窗口选中。

（2）"取消选区"命令：快捷键为 Ctrl + D。图像中存在选区时，执行该命令，选区即被取消。

（3）"重新选择"命令：快捷键为 Shift + Ctrl + D。在执行"取消选区"命令后，执行该命令将恢复已经取消的选区。

（4）"反选"命令：快捷键为 Shift + Ctrl + I。图像上已存在选区的情况下，执行该命令，原选区范围变成了非选区；原来非选区范围变成了选区。

（5）"色彩范围"命令：该命令是依据图像中的颜色特点建立选区。与魔棒工具建立选区的原理是一致的。

2."修改"命令

执行菜单"选择"/"修改"命令，打开下级子菜单，如图 2.34 所示。

（1）"边界"命令：可以在原选区的边缘扩出一个边界选区来。该命令可用来给图像加上一个轮廓线。例如，图 2.35 所示为原来的选区，执行"边界"命令，打开"边界选区"对话框，如图 2.36 所示。在"宽度"文本框中，可输入 1～200 的整数。本例中输入"10"后，单击"确定"按钮，就形成了边界选区，如图 2.37 所示。

图 2.34　"修改"子菜单

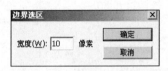

图 2.35　原来选区　　　图 2.36　"边界选区"对话框　　　图 2.37　扩边后的选区

（2）"平滑"命令：该命令的作用是根据所输入的半径值，使矩形选区的 4 个直角变成圆角。注意，羽化的作用也可以使矩形选区的 4 个角平滑，但是选区的边缘同时被羽化了。但平滑命令只是使 4 个角平滑，选区填充颜色后，四周并不产生过渡。

例如，图 2.38 所示为原来选区，执行"平滑"命令，打开"平滑选区"对话框，如图 2.39 所示。在"取样半径"文本框中，可输入 1～100 的整数，单击"确定"按钮，就形成了平滑的选区。向选区中填入颜色后的效果，如图 2.40 所示。

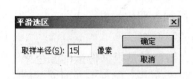

图 2.38　原来选区　　　图 2.39　"平滑选区"对话框　　　图 2.40　平滑后的选区

该命令的另一个作用是规范选区。在使用魔棒或通过执行"色彩范围"命令建立的选区，常常会包括一些不必要的零散区域，造成选区的框线非常不规则。执行该命令后，即消除了那些不想要的区域。

（3）"扩展"命令：该命令的作用是根据所输入的宽度值，使原选区向外扩大范围。

例如，图 2.41 所示为原来选区。执行"扩展"命令，打开"扩展选区"对话框，如图 2.42

所示。在"扩展量"文本框中，可输入 1～100 的整数，单击"确定"按钮，就使原来的选区扩大了，如图 2.43 所示。使用"油漆桶工具"，单击选区内新扩出的区域，也可以给原图像加上边框。

图 2.41　原来选区　　　　图 2.42　"扩展选区"对话框　　　图 2.43　扩展后的选区

（4）"收缩"命令：它与"扩展"命令的执行过程相同，只是该命令的执行结果是使原选区向里面缩小固定的范围。

例如，图 2.44 所示为原来选区，执行"收缩"命令，打开"收缩选区"对话框，如图 2.45 所示。在"收缩量"文本框中，可输入 1～100 的整数，单击"确定"按钮，选区就向里收缩了。使用"油漆桶工具"，给新选区填入前景色，同样可达到给图案加边框的目的，如图 2.46 所示。

图 2.44　原来选区　　　　图 2.45　"收缩选区"对话框　　　图 2.46　收缩后的选区

（5）"Feather（羽化）"命令：这个命令的含义，与选框工具选项栏上的"羽化"选项基本上相同，只是两者在操作步骤上有些区别。选项栏上的"羽化"选项，必须在选区没建立之前输入羽化值。当选区建立好后，再修改选项栏上的羽化值，对已经建立的选区不起作用。而执行菜单中的"羽化"命令，则可以修改已有选区的羽化值。

选择"羽化"命令，打开"羽化选区"对话框，如图 2.47 所示。在"羽化半径"文本框中，输入所需要的羽化值，输入的数值范围可为 0.2～250，然后单击"确定"按钮，即可给已有选区加上羽化效果。

3."扩大选区"和"选取相似"命令

"扩大选区"和"选取相似"命令都是根据像素的颜色来扩大选区范围。使用这两个命令的前提是，图像上非选区范围

图 2.47　"羽化选区"对话框

里，还有颜色与选区内颜色一致的图像，通过执行这两个命令，将其扩进为选区范围。两者的不同之处，"扩大选区"只能扩进与原选区相邻的像素。而"选取相似"则将不相邻的像素也扩进了选区。

例如，图 2.48 所示的图像上有 4 朵紫色小花，只有中间右边位置的一朵被选中。执行"扩大选区"命令后，只有与原选区相连的另一朵花被扩进了选区范围，如图 2.49 所示。若在图 2.48 基础之上执行 "选取相似"命令，图中的紫色小花都被扩进了选区，如图 2.50 所示。

图 2.48 原来选区　　　　图 2.49 扩大选区后的效果　　　　图 2.50 选取相似后的效果

2.4.3 变换选区

上面介绍的选区修改命令分别是依据输入数值或是颜色来调整选区的范围。但实际工作中经常还需要依据图像的形状，对选区进行拉伸、扭曲等操作，这就必须使用"变换选区"命令来达到目地。

1. 用"变换选区"命令修改选区

如图 2.51 所示，当需要根据这个机器零件的内径作选区时，可以先作一个大致的椭圆形选区，然后选择"变换选区"命令，这时选区的四周出现带有 8 个控制点的矩形外框。

（1）将鼠标移出矩形外框，鼠标指针变成了双箭头弧线，此时按住鼠标左键拖动，就可以旋转选区，使选区改变方向。

（2）将鼠标指针移至矩形框内，鼠标指针变成了黑色三角，此时按住鼠标左键拖动，就可以移动选区，使选区改变位置。

（3）将鼠标指针放在控制点上，鼠标指针就变成了带有双箭头的直线，此时按住鼠标左键拖动，就可以缩放选区，使选区改变大小。

2. 用快捷菜单修改选区

经过以上调整还没有达到要求，可以单击鼠标右键，弹出快捷菜单如图 2.52 所示，可以从中选择命令，进一步修改选区。

图 2.51 修改与变换选区　　　　图 2.52 变换快捷菜单

（1）"自由变换"命令：执行该命令后可以旋转、移动和缩放选区。

（2）"缩放"命令：执行该命令后只可以缩放和移动选区，但不能改变选区的角度。

（3）"旋转"命令：执行该命令后只可以改变选区的角度和移动选区，但不能改变选区的面积。

（4）"斜切"命令，选中该命令后，将鼠标指针放在矩形框 4 个角的控制点上，鼠标指针变成了灰色的三角，此时按住鼠标左键拖动，可使选区只在一个方向上发生倾斜。图 2.51 所示图像在原有的基础上加入斜切变化就可以作成很适合的内径选区。调整好后，按回车键确认，选区变化即完成。

（5）"扭曲"命令：该命令的使用方法与斜切命令相同，只是扭曲命令使选区产生扭曲变形，而斜切命令使选区产生倾斜的效果。

（6）"透视"命令：选中该命令，拖动鼠标时，可同时使两个顶角发生缩放，可使选区产生近大远小的透视效果。

下面的 5 个命令都比较直观，用户自己试一下，即可掌握用法。

3. 变换选区的选项栏

当选择"变换选区"命令后，选项栏如图 2.53 所示。

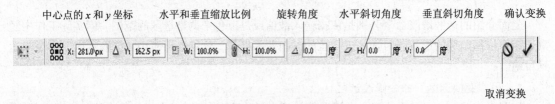

图 2.53 "变换选区"选项栏

在使用鼠标进行选区变换时，选项栏内的各项随着鼠标的移动而变化。当需要精确变换时，可以直接在选项栏内输入数值，选区就会随输入数值的变化而发生变化。选项栏上各选项含义如下。

（1）中心点的 x 和 y 坐标：文本框内显示的是选区原中心点的坐标值。若修改框内的数值，选区的中心点就会随之移动。也可以用鼠标拖动中心点，改变其位置。

（2）水平和垂直缩放比例：在文本框内输入数值，选区面积可按其进行缩放。在 W 和 H 两个文本框之间有个链接图标。图 2.53 中的此图标处于未选中状态，此时修改其中一个数值另一个数值不会跟着发生变化，可以按任意比例缩放选区。单击该图标，图标四周出现边框，变为约束长、宽比状态，此时修改其中的一个数值，另一个也会随之变化。

（3）旋转角度：想将选区旋转一个固定的角度时，可直接在此文本框中，输入旋转的角度数值。输入正值，选区顺时针旋转。输入负值，选区逆时针旋转。在图 2.54 和图 2.55 中，灰色矩形标明选区的原位置，分别将选区旋转 30 度和 –30 度后，效果如图 2.54 和图 2.55 所示。

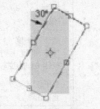

图 2.54 旋转 30 度

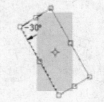

图 2.55 旋转–30 度

对于旋转选区的操作特别强调两点：

◇ 在用拖动鼠标的方法旋转选区时，按住 Shift 键可以控制选区按照 15 度的整数倍旋转；

◇ 中心点是选区旋转的轴心。想使选区以哪一点旋转，在旋转操作之前，要先将中心点移动到该点。

（4）水平斜切角度：可以使选区在水平方向上产生斜切。输入正值时，选区的上边框向左移动。输入负值时，选区的上边框向右移动。图 2.56 和图 2.57 分别为斜切 30 度和 - 30 度的效果。

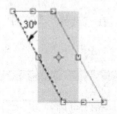 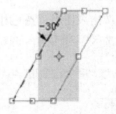

图 2.56　水平斜切 30 度　　　　　　　图 2.57　水平斜切-30 度

（5）垂直斜切角度：可以使选区在垂直方向上产生斜切。输入正值时，选区的左边框向上移动。输入负值时，选区的左边框向下移动。图 2.58 和图 2.59 所示分别为斜切 30 度和 - 30 度的效果。

 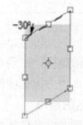

图 2.58　垂直斜切 30 度　　　　　　　图 2.59　垂直斜切-30 度

（6）"取消变换"按钮：单击此按钮，选区恢复原状。快捷键为 Esc。

（7）"确认变换"按钮：单击此按钮，确认选区的变化，快捷键为回车键。

2.4.4　选区的保存与载入

1．选区的保存

经过一系列调整作出的选区，若在以后编辑过程中，还要用到这个选区，或者为了组合出特殊的选区，就需要将当前的选区保存起来。

选区是作为通道来存储的。在"选择"菜单中，选择"存储选区"命令，系统会打开"存储选区"对话框，如图 2.60 所示。

（1）"目的"选项区域：是用来设置选区存储路径的。

◇ "文档"选项：单击下拉按钮，弹出两个选项供选择，一个是当前图像文件名，另一个是"新建"。选择当前文件名，选区会存储到当前文件中。选择"新建"，系统会新建一个文件将选区存入其中。

◇ "通道"选项：单击下拉按钮，弹出下拉列表框。若在"图层"控制面板上选中了某个图层，图层的名称会出现在第一个选项中。选中图层名称，将给当前图层建立蒙版。若在当前文件中已保存有选区，保存的选区名称也会出现在选项菜单中。选中已保存的选区名称，会将当前选区组合到其中。"新建"选项是将当前选区在一个新通道中存储。

◇ "名称"选项：当将选区作为一个新的通道存储时，要在"名称"文本框中，输入选区的名称。

（2）"操作"选项区域：是用来选择选区组合方式的。只有在通道选项中，选择了已保存过的选区后，此选项区域才需要设置。这些组合方式与前面介绍过的选区组合方式完全一致。

（3）将各项设置完后，单击"确定"按钮，选区即可被作为通道保存起来。

2．选区的载入

将存储的选区调出来使用，要使用"载入选区"命令。在"选择"菜单中，选择"载入选区"命令，打开"载入选区"对话框，如图 2.61 所示。

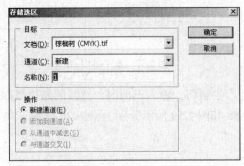

图 2.60　"存储选区"对话框

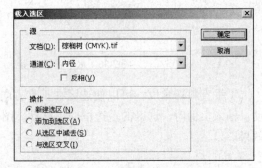

图 2.61　"载入选区"对话框

"载入选区"对话框的使用与"存储选区"对话框的使用相似。只是多了一个"反相"复选框。选中该选项，调入的选区将为原选区的反选方式。

3．保存和载入选区的操作

下面举例说明以上两个命令的使用。

（1）将图 2.51 作的机器零件内径选区调整好后，执行"存储选区"命令，在"名称"文本框中，输入"内径"，单击"确定"按钮，选区即被存储。

（2）用同样的方法作出机器零件的外径。

（3）执行"载入选区"命令，打开"载入选区"对话框。在通道下拉列表框中，选择"内径"通道，在"操作"选项栏中选择"从选区中减去"单选按钮，再单击"确定"按钮，最终的效果如图 2.62 所示。这里将机器零件的前口作成了选区。因为原来的前口边缘不明显，作成了选区后，就可以对边缘进行进一步处理了。

应当说明的是，作好了内径选区后，直接执行"扩边"命令，达不到目的。因为"扩边"、"收缩"和"扩展"命令，只

图 2.62　制作好的选区

在形状精确度要求不高时使用，它们的优点是快捷方便，但在形状精确度要求高时，则不适用。

2.4.5　移动工具

"移动工具"在图像编辑过程中，也是一个经常使用的工具。除路径工具、切片工具和抓手工具外，无论正在使用什么工具，只要按住 Ctrl 键，当前工具就会变成"移动工具"。

1．"移动工具"的选项栏

"移动工具"的选项栏，如图 2.63 所示。

（1）"自动选择图层"选项：选中此选项后，用鼠标单击某一图像时，该图像所在的图层即被

自动设置为当前图层，用鼠标拖动该图像，即可将该图像移动位置。若不选中此选项，当前图层不会自动改变，鼠标不论单击在哪个图像上，拖动时只有当前图层上的图像被移动。

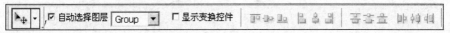

图 2.63　"移动工具"的选项栏

（2）"显示定界框"选项：选中此选项后，当前图层上图像的四周会自动出现带有 8 个控制点的定界框，此时可以对该图像进行变形操作，其操作与 2.4.3 小节中介绍的变换选区操作相似。

例如，图 2.64 所示的大树在单独的图层上，将大树所在的图层设为当前图层，在选项栏上将"显示定界框"选项选中。此时，大树的四周就自动出现了定界框。我们可以直接对大树进行旋转、缩放和移动操作，效果如图 2.64、图 2.65 和图 2.66 所示。

图 2.64　旋转图层　　　　　图 2.65　缩放图层　　　　　图 2.66　移动图层

变换完成后，按回车键确认变换；按 Esc 键，放弃变换。

在定界框存在时，单击鼠标右键，同样会出现如图 2.52 所示的快捷菜单。可以对图层上的图像进行相应的变形操作，变换时的选项栏与图 2.53 完全相同。

"移动工具"选项栏的后面两个选项组为"对齐链接的图层"和"分布链接的图层"，这部分内容将在 5.1.5 小节中进行介绍。

2. 对图像进行快速复制

移动工具除了可以移动选区中的图像外，还可以快速对选区中的图像进行复制。

例如，如图 2.67 所示，将花朵作成选区。选择移动工具后，按住 Alt 键，用鼠标拖动选区到新的位置后，释放鼠标，即可得到一朵花的复制品。重复操作，可得到多朵花的复制品，如图 2.68 所示。

图 2.67　原图像　　　　　　　　　图 2.68　复制后的图像

在复制过程中，如果同时按住 Shift 键，只能在原图的水平、垂直和 45 度角的方向上复制图像。

习　题

1．思考题

（1）为什么要在图像上建立选区？建立选区的工具有哪些？

（2）有两种为选区设置"羽化"值的方法，这两种方法的区别是什么？

（3）修改选区的子命令有几个？它们的作用都是什么？

2．填空题

（1）选区的组合方式有_____、_____、_____和_____4种。

（2）取消选区的快捷键为_____。

（3）在使用"画笔"、"橡皮擦"等工具时，需要调用"移动工具"，最快捷的调用方法是_____。

（4）使用鼠标快速复制图像的操作过程是_____。

3．选择题

（1）按（　　）键，可快速缩小画笔。

　　A）左方括号　　　　　　B）右方括号　　　　　　C）左括号　　　　　D）右括号

（2）取消选区的快捷键为（　　）。

　　A）Ctrl + D　　　　　　B）Ctrl + S　　　　　　C）Ctrl + A　　　　　D）Ctrl + V

（3）"反选"命令的快捷键为（　　）。

　　A）Shift + Ctrl + I　　　B）Shift + Ctrl + D　　　C）Ctrl + I　　　　　D）Shift + I

（4）在使用移动工具时，按住（　　）键后拖动鼠标，可对选中的对像进行复制。

　　A）Shift　　　　　　　　B）Ctrl　　　　　　　　C）Alt　　　　　　　D）Enter

实　训

【实训 2.1】　圆筒和圆锥。

【实训目的】　练习选区的组合。

【实训要点】　渐变的编辑、选区的组合和图像的自由变换。

【实训步骤】

（1）新建一个 500 像素×400 像素的文件。用深蓝色和浅蓝色渐变填充背景层。

（2）选择矩形选框工具，在窗口的左半部建立矩形选区。

（3）选择渐变工具，单击选项栏上的渐变条，打开"渐变编辑器"对话框。建立具有 4 个色标的新渐变，如图 2.69 所示。单击"确定"按钮，关闭"渐变编辑器"对话框。

（4）建立一个新图层，将渐变的类型设置为线性渐变，由左向右填充矩形选区。

（5）选择椭圆选框工具，在矩形的上方建立椭圆形选区。选择渐变工具，由右向左填充选区，作出圆筒的上面，如图 2.70 所示。

（6）将椭圆形选区移到圆筒的下面，执行菜单"选择"/"变换选区"命令，调出选区变换框，将选区的高度适当增加，按回车键确认变换。选择矩形选框工具，在按住 Shift 键的同时，拖出矩形选区，与椭圆形选区组合成新选区，如图 2.71 所示。

（7）按 Shift+Ctrl+I 组合键，将选区反选，再按 Delete 键，将圆筒下边多余的部分去除。按 Ctrl+D 组合键，去掉选区，完成圆筒的制作。

（8）新建一个图层。选择矩形选框工具，在圆筒的右边建立矩形选区。重复步骤（4），用渐变填充选区。

（9）按 Ctrl+T 组合键，调出变换控制框。单鼠标右键，在弹出的快捷菜单中，选择"透视"命令，向中间拖动左上角或右上角的控制点，使 3 个控制点重合，如图 2.72 所示。按回车键确认变换。

（10）按照处理圆筒下面的方法，使圆锥的下边变为曲线，即完成所有的操作。最终效果如图 2.73 所示。

图 2.69　"渐变编辑器"对话框

图 2.70　作出圆筒的上面

图 2.71　作出圆筒的下面选区

图 2.72　使 3 个控制点重合

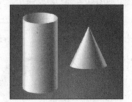

图 2.73　最后效果

【实训 2.2】设计三色环。

【实训目的】相交选区的建立。

【实训要点】相交选区的建立、图层效果的使用。

【实训步骤】

（1）新建一个 300 像素 × 200 像素的文件。

（2）按 Ctrl+R 组合键，调出标尺，拉出两条在窗口中心点相交的辅助线。

（3）新建一个图层。选择椭圆选框工具，按住 Shift+Alt 组合键，在辅助线相交点处拖动鼠标，制作圆形选区。将前景色设置为蓝色，按 Alt+Delete 组合键，将前景色填入选区，效果如图 2.74 所示。

（4）按 Ctrl+D 组合键，取消选区。按住 Shift+Alt 组合键，在辅助线交叉点处拖动鼠标，制作一个小的圆形选区。按 Delete 组合键，删除选区内的蓝色，得到圆环，如图 2.75 所示。

（5）执行菜单"图层"/"图层样式"/"斜面与浮雕"命令，打开"图层样式"窗口，将"样式"设置为内斜面，"深度"值设为最大，单击"确定"按钮，为圆环添加了立体效果。

（6）新建一个图层，使背景层不可见。执行菜单"图层"/"合并可见层"命令，使圆环与它的效果层合并为一个图层，再使背景层可见。

（7）将圆环所在图层设为当前层。在按住 Ctrl 键的同时，按两下 J 键，复制出两个圆环。用移动工具将两个复制的圆环排列在原圆环的左下和右下方。

（8）将前景色设置为绿色，选择替换颜色工具，将左边圆环所在的图层设为当前层，用鼠标在圆环上涂抹，使圆环变为绿色。用同样的方法使右边的圆环变为红色。再用移动工具去掉参考线，效果如图 2.76 所示。

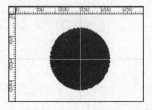
图 2.74　画一个圆形

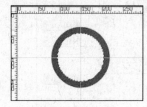
图 2.75　制作圆环

图 2.76　复制圆环

（9）按住 Ctrl 键，在"图层"控制面板上，用鼠标单击蓝色圆环的缩略图，再同时按住 Shift+Ctrl+Alt 组合键，用鼠标单击绿色圆环的缩略图，在两个圆环交界处建立了上下两个选区，如图 2.77 所示。

（10）按住 Alt 键，用套索工具在下面的选区周围画一个选区，将其去掉，只保留了上面的选区。将绿色圆环所在的图层设置为当前层，按 Delete 键，删除选区中的绿色。用橡皮擦去留在蓝环上的痕迹，使两个圆环产生了套在一起的感觉。用同样的方法处理红色圆环，即得到了嵌套的三色环，如图 2.78 所示。

图 2.77　建立交叉选区

图 2.78　最后效果

第3章
图像的绘制与编辑

作为专业的图像处理与绘制软件，Photoshop CS3 提供了丰富的绘画和修饰类工具，因此 Photoshop CS3 具有其他软件不可比拟的强大绘制与编辑图像的能力。本章将介绍图像处理中最基本的操作。熟练地掌握并运用这些基础知识，可以有效地提高图像处理的效率。

本章要点

◇ 绘画和装饰类工具的通用属性设置。

◇ "画笔"控制面板的使用方法。

◇ 各种绘画和装饰类工具的使用方法及使用技巧。

◇ 图像编辑的基本常识和基本命令。

3.1　绘画和修饰类工具使用

为了更好地绘制和编辑图像，在使用绘画和修饰类工具之前，首先要对工具进行设置，如光标的形状、颜色的不透明度、画笔的尺寸、画笔的形状等。这些设置工作，需要用到"预设"命令和"画笔"控制面板，更多的是在每个工具的选项栏上进行设置。绘画和修饰类工具的选项栏中，有很多属性是共性的。本节先介绍这些共性的内容，以后在介绍每个工具时，只介绍其特有属性。

3.1.1　光标形状的设置

使用绘画和修饰类工具时，根据编辑工作的需要可以选择不同的光标形状。执行菜单"编辑" / "首选项" / "显示与光标"命令，打开"首选项"对话框，如图 3.1 所示。该对话框中包括"绘画光标"和"其它光标"两个选项栏，可以很方便地设置画笔光标形状。

1. "绘画光标"选项栏

该选项栏用来设置画笔、铅笔、修补工具、图章、橡皮擦等工具的光标形状。其各参数含义如下。

（1）"标准"单选项：光标显示为工具图标的形状，如图 3.2 所示。这种方式可以提醒新用户，当前使用的是什么工具。

（2）"精确"单选项：光标显示为十字形，如图 3.3 所示。在需要光标精确定位时，这种形状的光标是很有用的。

（3）"正常画笔笔尖"单选项：光标显示为与选择的画笔尺寸相同的圆圈，标明了工具的实际尺寸，如图 3.4 所示。

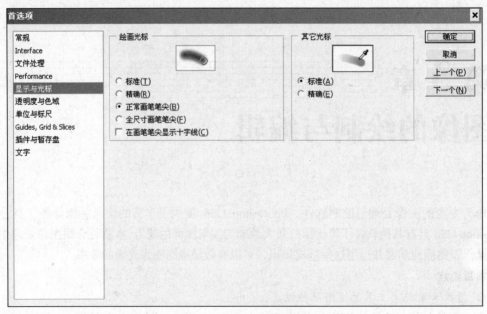

图 3.1　"首选项"对话框

图 3.2　工具图标的形状　　　　图 3.3　十字形（不清楚）

（4）"全尺寸画笔笔尖"单选项：光标形状使用全尺寸画笔。但光标的形状与"正常画笔笔尖"选项显示一样，如图 3.4 所示。

（5）"在画笔笔尖显示十字线"复选框：勾选该复选框，则"正常画笔笔尖"、"全尺寸画笔笔尖"选项显示笔尖光标时，在圆圈中心增添一个十字光标，以此更精确绘图效果，如图 3.5 所示。

图 3.4　画笔大小　　　　　　图 3.5　勾选复选框后的光标形状

2．"其他光标"选项栏

该选项栏用来设置选择工具、裁切、渐变、钢笔等工具的光标形状。这些工具只有"标准"和"精确"两种显示形式，与"绘画光标"选项栏的对应选项完全相同。

3．光标形状的快速切换

按 CapsLock 键，可使光标在"标准"和"精确"两种显示形式间快速切换。

3.1.2　通用选项的设置

在"画笔工具"选项栏中，有"不透明度"、"模式"、"画笔"等选项。

1．"不透明度"选项

该选项用于设置绘制效果的不透明度，其数值范围为 1%～100%。数值为 100% 时，画笔效果完全不透明，数值降低，透明度增加。要注意的是如果数值太小，将无法观察到画笔的效果。图 3.6 所示为不透明度数值分别为 30%、60% 和 100% 时，使用画笔工具绘制的效果。

2. "模式"选项

"模式"选项用来设置绘画色彩与图像中原有像素的色彩叠加方式，也称为色彩混合模式。选项菜单中，列出了所有可以采用的色彩混合模式。应用不同的色彩混合模式能够得到不同的色彩混合效果。这与图层间的色彩混合模式是一致的。具体内容在 5.1.6 小节中介绍。

3. "画笔"选项

单击"画笔"选项右侧的图标或选项提示符，均可弹出如图 3.7 所示的下拉控制面板。其参数含义如下。

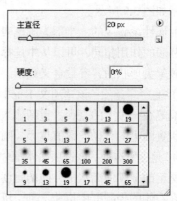

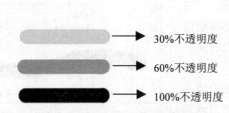

图 3.6　不同透明度的画笔效果　　　　　图 3.7　"画笔"下拉控制面板

（1）"主直径"选项：用来设置画笔的大小。

（2）"硬度"选项：用来设置画笔边缘的柔和程度。

上面两个选项均可以采用在文本框中直接输入数值或拖动滑块的两种方式进行设置。

（3）控制面板的下半部为画笔下拉列表，表中列出了已设置好的不同形状的画笔，直接从中选取，即可设置当前工具的形状和大小。

3.1.3　"画笔"控制面板的使用

如果要设置画笔形状的更多属性，可以在"画笔"控制面板中进行设置。就绘图而言，"画笔"控制面板是 Photoshop CS3 中最为重要的绘图方式控制中心。当单击工具选项栏上的 图 按钮，会打开"画笔"控制面板，默认情况下的"画笔"控制面板如图 3.8 所示。

1. "画笔"控制面板简介

要更好地使用"画笔"控制面板，必须了解控制面板每个区域的意义。

"画笔"控制面板可分为 3 个区域：上部的左侧为选项列表区，上部的右侧为属性设置区，下部为画笔形状预览区。

（1）选项列表区主要参数含义如下。

① "画笔预设"选项：单击该选项，属性设置区变为画笔下拉列表。表中的内容和作用与图 3.7 中的画笔下拉列表完全相同。

② "画笔笔尖形状"选项：单击该选项，属性设置区变为与图 3.7 中的显示相同。从中可以对选中画笔的笔尖进行

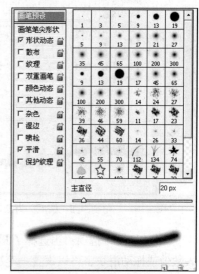

图 3.8　"画笔"控制面板

调整，具体用法稍后介绍。

（2）属性设置区：该区的显示内容随选项列表区选中的选项而发生变化。从中可以对画笔的不同参数进行设置。

（3）画笔形状预览区：设置好各种参数后的画笔效果会在该区域显示。

2．编辑画笔

在选项列表区选中"画笔笔尖形状"选项，属性设置区的显示如图 3.9 所示。

此时属性设置区的上半部为画笔表格列表，该表与画笔下拉列表的作用相同，可以从中选择任意的画笔形状。

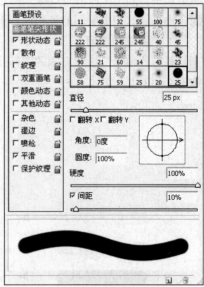

图 3.9 "画笔笔尖形状"选项属性

设置笔尖形状的各参数含义如下。

（1）"直径"选项：该选项文本框中显示的数值，为当前选中画笔在 x 轴上的直径。重新输入数值或拖动滑块可以重新设置画笔的直径。数值越大，画笔的直径也越大。

（2）"角度"选项：该选项文本框中显示的数值，为当前选中画笔的 x 轴偏离水平方向的角度。在文本框中输入数值或在右侧的控制框中拖动 x 轴，可以改变非圆形画笔的旋转角度，如图 3.10 所示。

（3）"圆度"选项：圆度指定画笔的 y 轴和 x 轴的比率。在文本框中，输入数值或在右侧的控制框中，向里拖动 y 轴上的移动点，可以改变画笔的圆度。100%表示圆形画笔，0%表示线形画笔，介于 0%～100%的值，则表示椭圆画笔，如图 3.11 所示。

图 3.10 "角度"和"圆度"为默认时的画笔

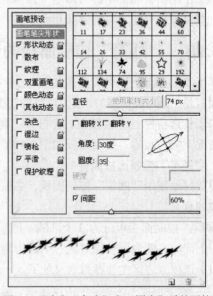

图 3.11 改变"角度"和"圆度"后的画笔

（4）"硬度"选项：当选择了圆形或椭圆形画笔时，"硬度"选项才被激活。在文本框中，输入数值或拖动滑块，可以设置画笔边缘的硬度。百分数越大，画笔的边缘越清晰；百分数越小，边缘越柔和。

（5）"间距"选项：在文本框中，输入数值或拖动滑块，可以设置每两个画笔标记之间的距离。百分数越大，则间距越大，图 3.12 和图 3.13 所示为间距值分别为 60 和 150 时的绘制效果。

图 3.12　间距为 60 时的效果　　　　图 3.13　间距为 150 时的效果

修饰图片时，经常会用到这一选项，如制作邮票效果就需要用大距离的画笔给路径描边。详见 7.2.4 小节中的制作邮票效果实例。

3. 自定义画笔

虽然 Photoshop CS3 具有丰富而且繁多的画笔种类，但仍然提供了操作方法非常简单的自定义画笔功能。使用这一功能，用户能够得到任意形状的画笔。

操作步骤如下。

（1）创建要定义为画笔的图像，利用矩形选框工具选择此图像（不能用其他形状的选区），如图 3.14 所示。

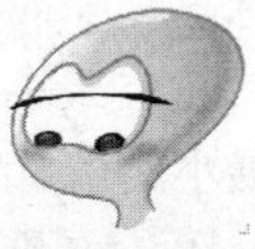

图 3.14　选择要定义画笔的图像

（2）在"编辑"菜单中，选择"定义画笔预置"命令，在文本框中，输入新画笔的名称如图 3.15 所示，单击"确定"按钮。

此时，新画笔被添加在"画笔"控制面板中，在画笔下拉列表和画笔表格列表的最下方，都可以找到该画笔。新定义的画笔效果如图 3.16 所示。

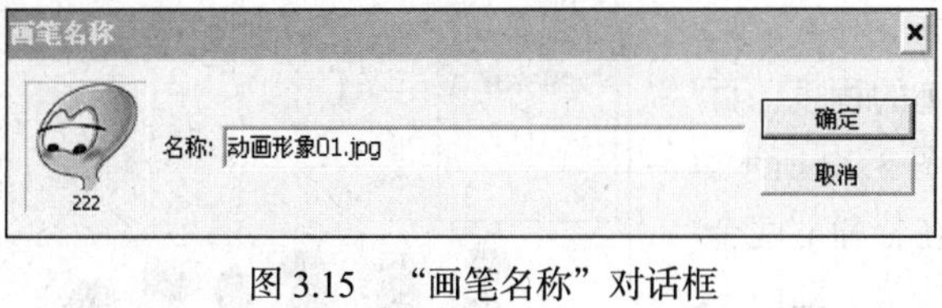

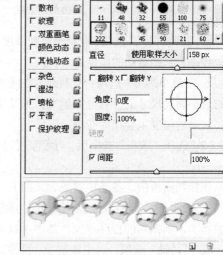

图 3.15　"画笔名称"对话框　　　　图 3.16　添加在"画笔"控制面板中的新画笔

4. 画笔的动态参数设置

在"画笔"控制面板的选项列表区，有 6 个画笔的动态参数设置选项，可以为当前画笔添加更丰富的渐隐、色彩、图案等效果。

（1）选中"形状动态"选项后，"画笔"控制面板如图 3.17 所示。该控制面板中，各选项参数含义如下。

① "大小抖动"选项：控制画笔在绘制过程中尺寸的波动幅度。该百分数越大，波动的幅度越大。

② "控制"选项：用于控制画笔波动的方式，其中包括"关"、"渐隐"、"钢笔压力"、"钢笔斜度"和"光笔轮"5 种方式。如果选择"关"，则在绘图过程中画笔尺寸始终波动；而选择"渐隐"，则可以在选项后面的文本框中，输入一个数值，以确定尺寸波动的步长值，到达此步长值后波动随即结束。

由于"钢笔压力"、"钢笔斜度"和"光笔轮"3 个选项都需要压力传感输入板的支持，因此，如果没有安装此硬件，在"调节"下拉列表框的左侧将显示一个警告标志。

③ "最小直径"选项：控制在画笔尺寸发生波动时的最小尺寸。百分数越大，画笔越趋向于正圆。

④ "角度抖动"选项：控制画笔在角度上波动的幅度。百分数越大，则波动的幅度越大，画笔显得越紊乱，如图 3.18 和图 3.19 所示。

图 3.17　选择"动态形状"后的控制面板

图 3.18　"抖动尺寸"为 10 时的效果

图 3.19　"抖动尺寸"为 100 时的效果

⑤ "圆度抖动"选项：控制画笔在圆度上的波动幅度。百分数越大，则波动的幅度越大。

⑥ "最小圆度"选项：控制画笔在圆度发生波动时画笔的最小圆度尺寸值。百分数越大，则发生波动的范围越小，波动的幅度也会相应变小。

（2）选择"散布"选项后，"画笔"控制面板如图 3.20 所示。

该控制面板中，各选项参数含义如下。

① "散布"选项：控制画笔偏离笔画轨迹的程度。百分数越大，则偏离的程度越大，如图 3.21 和图 3.22 所示。

② "两轴"选项：选中该选项，画笔点在 x 和 y 两个轴向上发生分散，如果不选择此复选项，则只在 x 轴向上发生分散。

③ "数量"选项：控制笔画上画笔点的数量，数值越大，构成画笔笔画的点越多。

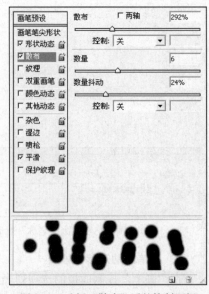

图 3.20　选择"散步"后的控制面板

④ "数量抖动"选项：控制在绘制的笔画中，画画点数量的波动幅度，百分数越大，得到的笔画中画笔的数量波动幅度越大。

图 3.21 "散布"值为 0 时的效果　　　图 3.22 "散布"值为 180 时的效果

（3）选择"纹理"选项后，"画笔"控制面板如图 3.23 所示。在该控制面板中，各选项参数含义如下。

① 单击纹理显示框的选项提示符，在弹出的"纹理"下拉面板中，可以为画笔选择合适的纹理。

② "缩放"选项：可以设置纹理的缩放比例。

③ "模式"选项：在下拉列表中，选择一种纹理与画笔的叠加模式。

④ "深度"选项：用于设置所使用的纹理显示时的浓度。百分数越大，则纹理的显示效果越明显。

⑤ "最小深度"选项：用于设置纹理显示时的最小深度。百分数越大，则纹理显示效果的波动幅度越小。

⑥ "深度抖动"选项：用于设置纹理显示深度的波动程度。百分数越大，则波动的幅度也越大。

（4）选中"双重画笔"选项后，"画笔"控制面板如图 3.24 所示。该控制面板中，各选项含义如下。

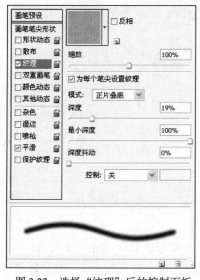
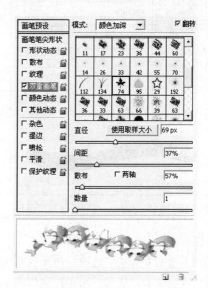

图 3.23 选择"纹理"后的控制面板　　　图 3.24 选择"双重画笔"后的控制面板

① "直径"选项：用于控制叠加画笔的大小。

② "间距"选项：用于控制叠加画笔的间距。

③ "散布"选项：用于控制叠加画笔偏离绘制线条的距离。

④ "数量"选项：用于控制叠加画笔的数量。

图 3.25 所示为应用双重画笔绘制的效果。

（5）选择"颜色动态"选项后，"画笔"控制面板如图 3.26 所示。该控制面板中，各选项参数含义如下。

① "前景色/背景色抖动"选项：可以在应用画笔时控制画笔的颜色变化情况。百分数越大，则画笔的颜色发生随机变化时，越接近背景色；百分数越小，则画笔的颜色发生随机变化时越接近前景色。

图 3.25　应用双重画笔的效果

② "色相抖动"选项：设置用于控制画笔色相的随机效果。百分数越大，则画笔的色相发生随机变化时，越接近于背景色；数值越小，则画笔的色相发生随机变化时，越接近于前景色。

③ "饱和度抖动"选项：用于设置控制画笔饱和度的随机效果。百分数越大，则画笔的饱和度发生随机变化时越接近于背景色的饱和度；百分数越小，则画笔的饱和度发生随机变化时，越接近于前景色的饱和度。

④ "亮度抖动"选项：用于控制画笔亮度的随机效果。百分数越大，则画笔的亮度发生随机变化时，越接近于背景亮度；百分数越小，则画笔的亮度发生随机变化时，越接近于前景色亮度。

⑤ "纯度"选项：可以控制笔画的纯度。

（6）选择"其他动态"选项后，"画笔"控制面板如图 3.27 所示。

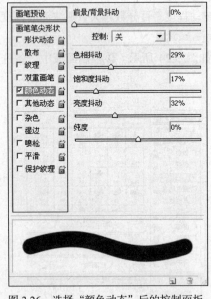

图 3.26　选择"颜色动态"后的控制面板

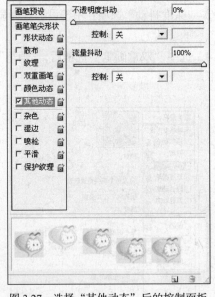

图 3.27　选择"其他动态"后的控制面板

该控制面板中，各选项含义如下。

① "不透明度抖动"选项：用于控制画笔的随机不透明度效果，如图 3.28 所示。

② "流量抖动"选项：用于控制用画笔绘制时的消减速度。百分数越大，则消褪得越明显。

（7）余下选项的设置。

在动态参数选项下面还有 5 个附加选项，选择其中的任一选项，即可为画笔添加相应的效果。附加选项包括"杂色"、"湿边"、"喷枪"、"光滑"和"保护纹理"。

① "杂色"选项：可以为当前使用的画笔增加杂点效果。

② "湿边"选项：可以使当前绘制的画笔具有湿边效果，类似于尚未完全干的水彩。

③ "喷枪"选项：可以使当前使用的画笔具有喷枪效果，也就是在某一处点按鼠标左键不放时，前景色将在该处淤积。

④ "平滑"选项：可以在使用较细的画笔快速绘制具有弧度的线条时，使线条的弧度非常圆滑。

⑤ "保护纹理"选项：可以使具有纹理效果的画笔保持一致的纹理及缩放比例。

图 3.28　"不透明抖动"选项
设置为 100 时效果

3.2　绘画类工具

本节介绍 Photoshop CS3 中，各种绘画工具的使用方法及绘画技巧，从而掌握绘制位图图像的基本功。

3.2.1　画笔工具

"画笔工具"是基本的位图绘制工具。使用"画笔工具"所绘制的线条边缘非常柔和，可以绘制出毛笔的效果。"画笔工具"选项栏如图 3.29 所示。

图 3.29　"画笔工具"的选项栏

"画笔工具"选项栏各项参数含义如下。

（1）画笔：系统为我们准备了丰富的画笔形状，挑选不同画笔，可以画出各式各样的花边，也可以画出很美的图画。图 3.30 中所示的红叶、绿草和繁星都是由系统提供的形状画出的。

（2）"模式"与"不透明度"在"3.1.2 通用选项的设置"一节中已经作过介绍，在此不再赘述。

（3）"流量"选项：以控制画图时颜色铺洒的速度，数值越大，笔画的颜色越深。数值越小，笔画的颜色越浅。

图 3.30　系统自带笔形

（4）"喷枪"按钮：单击"流量"后的"喷枪"按钮，可切换"喷枪"模式的选中与否。在"喷枪绘图"模式下工作，此时得到的线条边缘更柔和，如果在图像中，单击"喷枪"按钮并按住鼠标不放，前景色将在此点淤积，直到释放鼠标。

3.2.2　铅笔工具

"铅笔工具"可以创建硬边手绘的直线线条。使用"铅笔工具"所绘制的线条边缘非常硬朗，有棱有角，可以绘制出铅笔的效果。"铅笔工具"选项栏如图 3.31 所示。

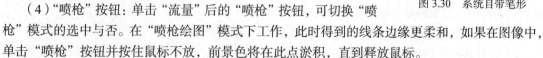

图 3.31　"铅笔工具"选项栏

"铅笔工具"的选项栏和使用方法与"画笔工具"类似，只是多了一个"自动抹掉"功能。选中该选项后，当笔尖落笔处图像的颜色与前景色相同时，会自动擦除前景色而填入背景色。如图3.32所示，前景色为蓝色，背景色为白色。第一笔在图像上点个蓝圈后，第二笔错开一些，但大部分点在蓝圈上，这样第二笔就为白色。第三笔点在错开一些的白点上，又为蓝点。依此类推，即可画出图上的线条。

"铅笔工具"的另一个作用是描图。对于手绘功夫差的用户来说，这也是一种弥补方法。找来一张形状相似的图形，在其上创建一新图层，然后用"铅笔工具"描出轮廓线，再填入颜色，即可画出所需的图形，如图3.33和图3.34所示。

　图3.32　"自动擦除"示例　　　图3.33　原图像　　　图3.34　描出的图像

"铅笔工具"的绘图技巧如下。

① 画完一条直线后，在"铅笔工具"上单击一下，才可画出不与前一条直线相连接的直线。

② 按住Shift键，可画出水平、垂直或成45度角的直线。

3.2.3　油漆桶工具

"油漆桶工具"兼具备魔术棒的功能，只填充与单击处颜色相近的像素。其工具选项栏如图3.35所示。

图3.35　"油漆桶工具"选项栏

"油漆桶工具"选项栏各项参数含义如下。

（1）"填充"选项：用于选择填充的方式。选择"前景"选项，将以前景色填充；选择"图案"选项，其后的"图案"下拉列表框被激活，以选中的图案进行填充。

（2）"容差"选项：用于控制利用油漆桶工具填充图像时的颜色容差值，通常以单击处填充点的颜色为基础，容差值越大填充的范围越广泛。

（3）"消除锯齿"选项：可以消除填充颜色或图案的锯齿状态。

（4）"连续的"选项：一次只填充容差值范围内与单击点相连的像素；如果未选择此复选框，可以一次性填充图像中所有容差值范围内的像素。

（5）"所有图层"选项：将填充的操作作用于所有的图层，否则，只作用在当前图层。如果当前图层被隐藏，则不能进行填充。

选择"油漆桶工具"并设置其各选项后，在需要填充颜色或图案处单击，即可对图像进行填充。

图3.36所示为黑色背景，图3.37和图3.38所示分别为单击黑色背景后填充蓝色及图案后的效果。

图 3.36　原图　　　　　图 3.37　填充蓝色后的效果　　　图 3.38　填充图案后的效果

3.2.4　渐变填充工具

除了可以为选区或图层填充颜色和图案外，还有一种常用的填充效果就是渐变填充。渐变是将两种或两种以上的颜色进行混合，所得到的效果过渡细腻，色彩丰富。建立具有颜色变化的背景图像或制作各种有立体感的形体，经常要用到该工具。

1.　使用"渐变填充工具"

在工具箱中选择"渐变工具"，选项栏显示如图 3.39 所示。

图 3.39　"渐变工具"选项栏

"渐变工具"有 5 种类型，包括"线性渐变"、"径向渐变"、"角度渐变"、"横向渐变"和"菱形渐变"，每种类型创建的渐变效果有所不同。只要读者在图像中试一下，便会记住每种渐变类型的形状。选择合适的渐变样式后，在图像或选区中拖动即可创建对应的渐变填充。

2.　渐变风格

单击渐变色框后的选项提示符，弹出渐变列表框，其中显示有系统默认的渐变样式。在此不仅可以通过单击某种渐变将其设置为当前要使用的渐变，而且还可以在渐变列表框的图标中单击鼠标右键，在弹出快捷键菜单中，选择相应的命令以对渐变进行管理，如图 3.40 所示。

快捷菜单中，各命令的含义如下。

（1）选择"新建渐变"命令，打开"渐变名称"对话框，确认后即可将当前渐变样式以输入的名称进行保存。

（2）选择"重命名渐变"命令，可以在弹出的对话框中，为当前选中的渐变样式重新命名。

图 3.40　渐变列表框及快捷菜单

（3）选择"删除渐变"命令，将删除当前选择的渐变样式。删除渐变样式时，并不弹出提示框。

3.　创建自定义渐变样式

如果要创建自定义的渐变样式，只需单击渐变色框，打开"渐变编辑器"对话框，如图 3.41 所示。

利用"渐变编辑器"对话框，可以创建新的渐变，也可以对原有的渐变进行编辑。对话框中渐变条上面的倒三角图标称为不透明度色标，下面的正三角图标为色标。

将鼠标指针停放在渐变条的上边框，当鼠标指针变为手形时，单击一下鼠标，可以在单击处增加一个新的不透明度色标。用同样方法，可以在下边框增加新的色标。对于不需要的不透明度色标和色标，用鼠标将其拖出对话框即可删除。

（1）单击不透明度色标，渐变条下面的"不透明度"选项变为可用。可直接在文本框中输入数字或拖动选项滑块，来改变该处颜色的不透明度。在"位置"文本框中，标示出该不透明度色标在渐变条上的相对位置。修改数值或用鼠标拖动不透明度色标，均可改变不透明度色标的位置。

（2）单击渐变条下边的色标，"颜色"选项变为可用。单击颜色框，打开"拾色器"，可以从中选择颜色，用来替换色标处的现有颜色。其后的"位置"选项文本框中，标示出该色标在渐变条上的相对位置。修改数值或用鼠标拖动色标，均可改变色标的位置。

可以在渐变条中添加多个色标，并可以为每个色标设置不同的颜色或不透明度，以得到多种渐变效果。

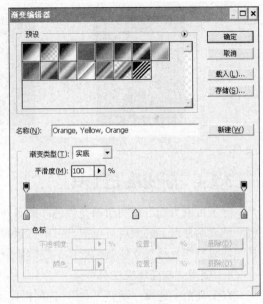

图 3.41 "渐变编辑器"对话框

（3）设置好渐变后，在"名字"文本框中，输入新渐变的名称，然后单击"新建"按钮，即可将渐变样式添加至列表框中。

4. 创建杂色渐变

打开"渐变编辑器"对话框，在"渐变类型"下拉列表框中，选择"杂色"选项，编辑渐变区域的显示如图 3.42 所示。此时，可创建杂色渐变。图 3.43 所示为利用杂色渐变创建的效果。

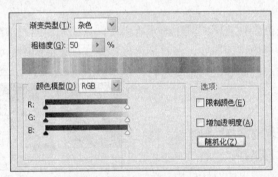

图 3.42 杂色渐变类型

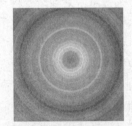

图 3.43 杂色渐变效果

5. 保存和管理渐变

在"渐变编辑器"对话框中，单击"保存"按钮，可以将当前渐变列表框中的所有渐变保存为一个文件。需要时单击"载入"按钮，可以将保存的文件载入。

3.2.5 图案编辑工具

在实际工作中，用 Photoshop CS3 处理图像，常用的图案编辑工具有："仿制图章工具"、"图案图章工具"、"橡皮擦工具"、"背景橡皮擦工具"、"魔术棒橡皮擦工具"、"历史记录画笔工具"、"修复画笔工具"和"修补工具"。在介绍这些图案编辑工具之前，首先介绍自定义图案的方法。

1. 自定义图案

在很多工具选项栏和对话框中都有填充"图案"选项。除了利用系统自带的一些图案外，我们还可以像自定义画笔一样，自己创建图案。自定义图案的操作步骤如下。

（1）利用"矩形选框工具"将要定义的区域选中，如图 3.44 所示。

（2）在"编辑"菜单中，选择"定义图案"命令，打开"图案名称"对话框，在"名称"文本框中输入图案的名称，如图 3.45 所示。单击"确定"按钮，图案被添加至"图案"下拉列表框中。图 3.46 所示为背景图像使用自定义图案填充后的效果。

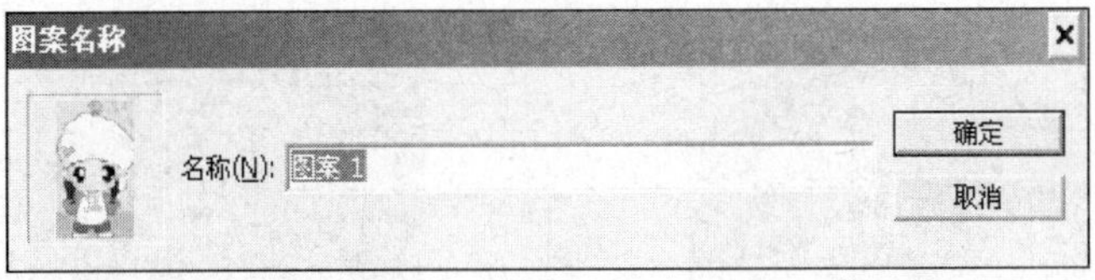

图 3.44　选择图像

图 3.45　"图案名称"对话框

图 3.46　填充自定义图案

2. 仿制图章工具

"仿制图章工具"就是对图像中的元素进行原样复制，就如同用印章盖章一样。

图 3.47 所示为原图像，图 3.48 所示为使用"仿制图章工具"操作后的效果。操作方法如下。

图 3.47　原图像

图 3.48　使用仿制图章工具操作后的效果

（1）在按住 Alt 键的同时，在要复制的图像区域单击取样。

（2）在要放置复制图像的区域处按住鼠标左键进行拖动，即可得到复制图像。

"仿制图章工具"的选项栏，如图 3.49 所示。

图 3.49　"仿制图章工具"选项栏

选择"对齐"复选框，只能得到取样图像的一个复制品。即使操作由于某种原因而停止，当再次使用"仿制图章工具"操作时，仍可以从上次结束操作时的位置开始，直到再次取样。如果不选择此复选框，则每次停止后再进行操作时，又开始重新复制，可得到取样图像的多个复制品。

3. 图案图章工具

"图案图章工具"是利用图案描绘图像区域。因此，首先要创建需要的图案，也可以直接应用系统自带的图案。"图案图章工具"选项栏如图 3.50 所示。

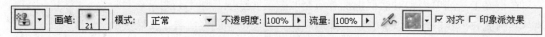

图 3.50 "图案图章工具"选项栏

（1）单击"图案"选项提示符，弹出"图案"下拉列表框，其中列有系统自带的和自定义的所有图案。

（2）当勾选"印象派效果"复选框时，利用"图案图章工具"创建的图像，将具有印象主义艺术效果。不选择此选项，选中的图案将直接应用在图像中。

图 3.51 所示为选中的图案，图 3.52 所示为未选中"印象派效果"复选框的效果，图 3.53 所示为选中"印象派效果"复选框时的效果。

图 3.51　填充图案　　　图 3.52　未选择"印象派效果"复选框　　　图 3.53　选择"印象派效果"复选框

4. 橡皮擦工具

在橡皮擦工具组中，包括"橡皮擦工具"、"背景橡皮擦工具"和"魔术橡皮擦工具"。

这些工具的使用方法都比较简单，其作用也与日常生活中所使用的橡皮擦基本相同，都可以擦除不需要的图像区域中的像素。

（1）橡皮擦工具。

利用"橡皮擦工具"，可以擦除背景层或图层中的图像。如果擦除背景层中的图像，擦除区域将以背景色填充；如果擦除非背景层中的图像，则擦除区域将变为透明。在工具箱中，选择"橡皮擦工具"，工具选项栏显示如图 3.54 所示。

图 3.54 "橡皮擦工具"选项栏

① "模式"选项：用于设置橡皮擦的擦除模式，其中包括"画笔"、"铅笔"和"块"3 种，每种选项的擦除效果略有不同。

② 当选择"抹到历史记录"复选框时，系统不再以背景色或透明填充被擦除的区域，而是以在"历史记录"控制面板中选择的图像状态覆盖当前被擦除的区域。

图 3.55 所示为原图像，图 3.56 所示为在背景色是白色的状态下，利用"橡皮擦工具"，擦除图像天空部分像素的效果。

（2）背景橡皮擦工具。

利用"背景橡皮擦工具"，可以擦除图像的像素，使擦除的地方变为透明，即使擦除的是背景层中的图像，被擦除的区域也变为透明，其工具选项栏如图 3.57 所示。

图 3.55 原图像

图 3.56 橡皮擦擦除后的效果

图 3.57 "背景橡皮擦工具"选项栏

① "限制"选项：用于选择擦除时的限制条件，包括"不连续"、"连续"和"查找边缘"。

② "容差"选项：用于设定擦除图像时的色值范围。

③ "保护前景色"复选框：选中该选项，在擦除的过程中将保护前景色不被擦除。

利用"背景橡皮擦工具"，擦除图像背景层中的像素后，背景层自动转换为普通层。图 3.58 和图 3.59 所示分别为原图及对应的"图层"控制面板；图 3.60 和图 3.61 所示分别为擦除背景层的像素效果及操作后的"图层"控制面板。由图 3.61 可以看出背景层已被转换成为普通层。

图 3.58 没擦除前的图像

图 3.59 没擦除前的图层控制面板

图 3.60 擦除后的图像

图 3.61 擦除后的图层控制面板

（3）魔棒橡皮擦工具。

利用"魔棒橡皮擦工具"，可以一次性选择并擦除容差值范围内的所有颜色，此工具包含了"魔棒工具"和"背景橡皮擦工具"的功能，"魔棒橡皮擦工具"选项栏如图 3.62 所示。

图 3.62 "魔棒橡皮擦工具"选项栏

① 在"容差"文本框中，输入擦除图像颜色的容差范围，此数值越大，则一次操作后被擦除的图像的区域也越大。图 3.63 所示为"容差值"等于 50 时的擦除效果，图 3.64 所示为"容差值"

等于 90 时的擦除效果。

图 3.63　容差值为 50 时的擦除效果　　　　图 3.64　容差值为 90 时的擦除效果

② 选择"消除锯齿"复选框，可以消除擦除后图像出现的锯齿，使擦除后图像的边缘显得非常光滑。

③ 选择"连续"复选框，"魔棒橡皮擦工具"只对连续的、符合颜色容差要求的像素进行擦除。如果不选择此复选框，可以擦除当前图像中所有在容差值范围内的像素。图 3.65 所示为原图，图 3.66 和图 3.67 所示分别为选择"连续"和不选择"连续"的效果。

图 3.65　原图　　　　图 3.66　选择"连续"选项　　　　图 3.67　未选择"连续"选项

④ 勾选"对于所有图层"复选框，能使得"魔术橡皮擦工具"用于所有图层。

⑤ "不透明度"选项可以输入数值或拖动滑标改变魔术橡皮擦工具擦除效果的不透明度。

5. 历史记录画笔工具

"历史记录画笔工具"，需要结合"历史记录"控制面板使用，其主要功能是可以将图像的某一区域恢复至某一历史状态，以形成特殊效果。

图 3.68 所示为原图像，图 3.69 所示为对该图像应用"玻璃"滤镜后的效果。选择"历史记录画笔工具"，然后在"历史记录"控制面板中"玻璃"状态栏前的方格中单击一下，此历史状态前显示"历史记录画笔工具"图标，如图 3.70 所示。

图 3.68　原图像　　　　图 3.69　应用"玻璃"滤镜后的效果　　　　图 3.70　定位历史画笔工具

接下来我们对图像应用"拼缀图"滤镜，图像上形成了块状化效果。这时选取"历史记录画笔工具"，在小女孩头部周围绘制，则画笔所到处块状被消除，恢复至"玻璃"滤镜的效果。如图

3.71 所示。操作后"历史记录"控制面板将此操作步骤记录为历史记录画笔，如图 3.72 所示。

图 3.71　恢复图像局部

图 3.72　"历史记录"控制面板

默认的历史记录为图像的打开状态。若采用默认状态的"历史记录画笔"进行绘制，则可使图像恢复到打开时的初始状态。

6．修复画笔工具

"修复画笔工具"的最佳操作对象是带皱纹或雀斑等杂点的脸部照片，或有污点、划痕的图像（如项链、戒指等饰物），当然也可以根据需要取出。此工具不同于"仿制图章工具"，"修复画笔工具"能够根据要修改点周围的像素和色彩近乎完美地进行复原，而不留任何痕迹。

选择"修复画笔工具"后，工具选项栏如图 3.73 所示。

图 3.73　"修复画笔工具"选项栏

（1）选择"取样"选项，然后按住 Alt 键单击取样，将以取样点的图像覆盖要修改的区域。此时，"修复画笔工具"与"仿制图章工具"的使用方法相似，不同之处是该工具能使通过复制得到的图像更好地与被修复区域融合。

（2）选择"图案"选项，并在后面的下拉列表中，选择一个合适的图案，去修复需要改变的地方。

图 3.74 所示为脸上有污渍的原图像，图 3.75 所示为选择"取样"选项后，将原图像脸上的污渍去除后的效果。

图 3.74　原图像

图 3.75　修复后的效果

7．修补工具

"修补工具"与"修复画笔工具"类似，不同的是两者的操作方法不同。选择"修补工具"后，工具选项栏如图 3.76 所示。

图 3.76　"修补工具"选项栏

此工具特别适用于对大面积图像区域进行修复或复制操作。

（1）选择"源"选项，选区中的区域将作为被修补的区域，拖动选区至用于修补的图像部位，释放鼠标后，用于修补的图像部分被复制到被修补区，并与周围的像素和色彩进行融合。

（2）选择"目标"选项，选区中的区域作为用于修补的区域，将其拖至被修补的地方，释放鼠标后，选区中的图像与周围的像素和色彩融合，以达到理想的效果。

下面以一个小实例讲解该工具的操作方法，操作步骤如下。

① 利用该工具将被修补的区域制作成选区，如图 3.77 所示。

② 将选区移动至无瑕疵的区域（此时不要释放鼠标左键）以修补图像，如图 3.78 所示。

图 3.77　制作选区　　　　　　　　　　图 3.78　移动选区

（3）待预视原选区处得到满意的效果后，释放鼠标左键，按快捷键 Ctrl + D 取消选区，即可修补被选择区域，如图 3.79 所示。

图 3.80 所示为使用此工具将皱纹全部去除后的效果。

图 3.79　第一次操作后的效果　　　　　图 3.80　全部修补后的效果

3.3　图像的裁剪

在实际工作中经常要对图像进行裁剪。在 Photoshop CS3 中，裁剪图像有如下两种方法。

（1）使用"裁剪工具"进行裁剪。

（2）利用菜单中的"裁剪"命令进行快速裁剪图像。

3.3.1　"裁剪工具"的使用

1．裁剪工具

（1）在工具箱中，单击"裁剪工具"按钮，然后在图像文件中拖动，即可以创建一个裁剪控制框，图 3.81 所示为原图，图 3.82 所示为选定控制框的效果，控制框内的部分为要保留的内容，控制框外的部分将被裁剪掉。

（2）在裁剪控制框存在的情况下，不能进行其他的任何操作。在裁剪控制框中，双击即可以对图像进行裁剪。

（3）若要取消裁剪控制框，可以单击鼠标右键，在弹出的快捷菜单中，选择"取消"命令即可。图 3.83 所示为图像裁剪后的效果。

图 3.81　原图

图 3.82　裁剪控制框

图 3.83　裁剪后的效果

2. 利用"裁剪工具"旋转图像进行

（1）在裁剪时，将光标放在控制框内，可以拖动裁剪的控制框，以改变裁剪的区域。

（2）拖动裁剪控制框边缘的控制点，可以对控制框进行缩放。

（3）如果将光标放在裁剪控制框的外面，光标变为双箭头的曲线形，此时顺时针或逆时针拖动光标即可旋转裁剪控制框；在控制框中，双击确认即可将旋转的裁剪控制框中的对象水平显示，裁剪控制框在图像外的部分填充背景色。图 3.84 所示为旋转裁剪控制框，图 3.85 所示为裁剪后的效果。

图 3.84　旋转裁剪控制框

图 3.85　裁剪后的效果

3.3.2　快速裁剪图像

（1）在图像中存在选区的状态下，在"图像"菜单中，选择"裁剪"命令，可以根据选区上、下、左、右的最末点来裁剪图像，不论选区是什么形状的，裁剪后的图像都保持方形。图 3.86 和图 3.87 所示分别为原图像和裁剪后的图像。

图 3.86　原图像

图 3.87　裁剪后图像

（2）如果图像中有多个选区，可以将所有选区最近上、下、左、右的选区末点为基准进行裁剪。

（3）如果前选区有羽化值，系统将根据羽化的数值大小进行裁剪。图3.88所示为原图，图3.89所示为根据有羽化值的选区进行裁剪的效果。

图3.88 原图像

图3.89 羽化选区裁剪后图像

3.4 图像修饰类工具

通常，设计的许多作品在颜色、构图及光线的整体方面都没有太大的问题，客户能够挑出问题的地方往往是作品的局部。因此，掌握如何对图像的局部进行修饰，对于完成一件完美的作品非常重要。本节主要介绍修饰类工具的使用方法。

3.4.1 模糊工具

利用"模糊工具"在图像中拖动，可以使操作区域的图像变得模糊，以更加突出图像的主题，"模糊工具"选项栏如图3.90所示。

图3.90 "模糊工具"选项栏

"模糊工具"选项栏各项参数含义如下。

（1）"画笔"选项：可在下拉列表中，选择画笔的大小。要选择一个合适的画笔，选择的画笔直径越大，则经过操作被模糊的图像的区域也越大。

（2）"模式"选项：可在下拉列表中选择操作时所需模式。其中包括"正常"、"变暗"、"变亮"等7种。

（3）"强度"选项：用于设置工具对画面操作的"压力"。百分数越大，被操作区域的模糊效果也就越明显。

（4）"对所有图层取样"复选框：当选择该复选框时，将使模糊工具的操作应用在图像的所有图层中。否则，操作效果只作用在当前图层中。

根据要求设置好各选项后，在图像中要模糊的区域中拖动光标即可使图像局部模糊。图3.91所示为原图，使用模糊工具将人物的背景模糊后，得到图3.92所示的具有景深效果的照片。对比这两张照片，可以看出模糊后的图像中的人物更加突出。

图 3.91　原图像　　　　　　　　　图 3.92　模糊后的效果

3.4.2　锐化工具

"锐化工具"的作用与"模糊工具"刚好相反，其作用就是锐化图像的像素，使图像更加清晰。"锐化工具"的工具选项栏与"模糊工具"完全一样。

图 3.93 所示为原图，图 3.94 所示为对模糊的水杯杯口使用该工具执行锐化后的效果。

图 3.93　原图像　　　　　　　　　图 3.94　锐化水杯杯口后的效果

3.4.3　涂抹工具

"涂抹工具"可以移动像素的位置，从而改变图像以得到特殊的效果，其工具选项栏如图 3.95 所示。

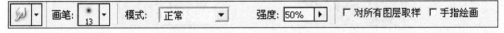

图 3.95　"涂抹工具"选项栏

选中"手指绘画"复选框，在图像中操作时，涂抹起始点的颜色被设置为前景色；取消该复选框的情况下，涂抹起始点的颜色为该点中图像的颜色。

图 3.96 所示为原图，图 3.97 所示为利用"涂抹工具"制作出的涂抹效果。

图 3.96　原图像　　　　　　　　　图 3.97　使用"涂抹工具"后的效果

3.4.4　减淡工具

"减淡工具"以及下面将要讲述到的"加深工具"和"海绵工具"，主要用于处理图像局部的色彩。利用"减淡工具"在图像中拖动，可以使光标拖过的部分图像颜色变亮，其工具选项栏如图 3.98 所示。

图 3.98　"减淡工具"选项栏

"减淡工具"选项栏各项参数含义如下。

（1）"画笔"选项：可以选择一个合适的画笔，选择的画笔尺寸越大，则被加亮的图像的区域也越大。

（2）"范围"选项：选择作用于操作区域的色调范围。在下拉列表框中，有 3 个选项："暗调"、"高光"和"中间调"。

◇　选择"暗调"选项，操作作用于图像的阴影区。

◇　选择"高光"选项，操作作用于图像的高亮区。

◇　选择"中间调"选项，操作作用于图像的中色调区域。

（3）"曝光度"选项：用于设置减淡工具操作时的亮化程度。文本框中的数值越大，操作后，亮化的效果就越明显。

设置好各选项后，利用该工具在图像中拖动，即可加亮拖动过的区域。图 3.99 所示为原图，图 3.100 所示为使用了"减淡工具"后的效果。

图 3.99　原图像　　　　图 3.100　使用"减淡工具"后的图像

3.4.5　加深工具

"加深工具"的操作方法和"减淡工具"一样，其工具选项栏及使用方法也完全相同，只是得到的效果完全相反。使用"加深工具"所得到的效果是将操作区域的图像加暗。

3.4.6　海绵工具

"海绵工具"的作用是改变图像颜色的饱和度，其工具选项栏如图 3.101 所示。

图 3.101　"海绵工具"选项栏

"海绵工具"选项栏各项参数含义如下。

（1）"画笔"选项：可以选择一个合适的画笔，选择的画笔尺寸越大，则图像中改变颜色饱和度的范围越大。

（2）"模式"选项：可以增加或降低操作区域的颜色饱和度。在下拉列表中，有 "去色"和"加色"两个选项。

◇ 选择"去色"选项，可以降低操作区域的颜色饱和度。

◇ 选择"加色"选项，可以增加操作区域的颜色饱和度。

（3）"流量"选项：用于控制操作时的压力强度。该选项中的数值越大，操作后，得到的效果越明显。

（4）"喷枪"按钮：单击工具选项栏右侧的"喷枪"按钮，使其处于选中状态，可以使"海绵工具"具有喷枪的功能，即用"海绵工具"在图像中单击并按住鼠标左键不放，将一直增加或去除此区域图像的饱和度，直到松开鼠标为止。

3.5　图像编辑的相关命令

在实际操作中，图像的绘制与编辑经常要做如填充颜色、旋转图像、修改画布大小等操作。本节将介绍这些相关的命令。

3.5.1　填充图像

1. 使用快捷键进行填充操作

对于填充实色类操作而言，最常用、最方便的方法就是使用快捷键。

（1）按 Alt + Delete 快捷键，可以为选区或当前图层填充前景色。

（2）按 Ctrl + Delete 快捷键，则填充背景色。

（3）在背景层中，按 Delete 键，可以将选区填充背景色；而在非背景层中，按 Delete 键，可以删除选区中的像素。

2. "填充"命令

在"编辑"菜单中，选择"填充"命令，打开"填充"对话框，如图 3.102 所示。

"填充"对话框各项参数含义如下。

（1）"使用"选项：在"使用"下拉列表中，选择填充的内容，其中包括"前景色"、"背景色"、"颜色"、"图案"、"历史记录"、"黑色"、"50%灰色"和"白色"8 个选项。

（2）"自定图案"选项：如果选择"图案"选项，则"自定图案"选项将被激活，在此下拉列表中，可以选择要填充的图案。

（3）"模式"选项：在"模式"下拉列表中，可以选择填充内容的混合模式。

图 3.102　"填充"对话框

（4）"不透明度"选项：在"不透明度"文本框中，可以设置填充内容的不透明度。

（5）"保留透明区域"复选框：选择此复选框，可保留原图层透明的区域。该命令可以对选区进行填充，如果当前图像中并不存在选区，则填充效果将作用于整幅图像。

3.5.2　描边

在存在选区的状态下，在"编辑"菜单中，选择"描边"命令，打开"描边"对话框，如图3.103 所示，根据需要设置各选项，单击"确定"按钮后，即可为选区描边。

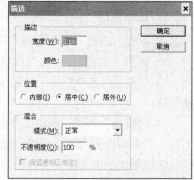

"描边"对话框各项参数含义如下。

（1）"宽度"选项：在"宽度"文本框输入数值设置描边线条的宽度。数值越大，则线条越宽。

（2）"颜色"选项：单击"颜色"后面的色标，在打开的"拾色器"对话框中，选择一种描边线条的颜色。

（3）"位置"选项区域：在"位置"选项区域中有 3 个选项，用于设置描边线条相对于选区的位置。

◇　单击"内部"单选按钮，则描边的线条在选区框线的里面。

图 3.103　　"描边"对话框

◇　单击"居中"单选按钮，则描边的线条在选区框线的两边平均分布。

◇　单击"居外"单选按钮，则描边的线条在选区框线的外面。

（4）在"混合"选项区域中，为描边的效果设置模式、不透明度等属性。

图 3.104 所示为原图，图 3.105 所示为选区描边后的效果。

图 3.104　原图像　　　　　图 3.105　描边后的效果

在没有选区的状态下，还可以为非背景层描边。先设置要描边的图层为当前的操作层，在"编辑"菜单中，选择"描边"命令，像为选区描边一样设置各选项，单击"确定"按钮后，即可为当前图层描边。

3.5.3　变换图像

在"图像"菜单中，选择"旋转画布"命令，其子菜单中共有 6 个命令，使用它们可以改变图像的整体方向。

（1）"180 度"命令：将图像旋转 180 度。该命令的执行效果相当于执行两次顺时针或逆时针将画布旋转 90 度命令。

（2）"90 度（顺时针）"命令：将图像沿顺时针旋转 90 度。以一心形图形为例，图 3.106 所示为原图像顺时针旋转 90 度的效果。

（3）"90 度（逆时针）"命令：将图像沿逆时针旋转 90 度。图 3.107 所示为原图像逆时针旋转 90 度的效果。

（4）"任意角度"命令：执行该命令，打开"旋转画布"对话框，从中可以输入任意的角度值，并可选择顺时针还是逆时针旋转。图 3.108 所示为将原图像顺时针旋转 45 度的效果。画布新增部分由背景色填充。

图 3.106　顺转 90 度　　　　图 3.107　逆转 90 度　　　　图 3.108　顺转 45 度

（5）"水平翻转"命令：水平翻转图像。图 3.109 所示为将原图像水平翻转的效果。

（6）"垂直翻转"命令：垂直翻转图像。图 3.110 所示为将原图像垂直翻转的效果。

图 3.109　水平翻转　　　　　图 3.110　垂直翻转

3.5.4　特定变换

在"编辑"菜单中，选择"变换"命令，可以对图像上的选区范围进行特定的变换操作。"缩放"和"旋转"命令非常简单，选择该命令后，将光标放在出现于图像四周的控制点上，拖动控制点即可进行缩放及旋转操作。下面重点讲解其他变换命令。

（1）执行菜单"编辑"/"变换"/"斜切"命令，图像四周将出现变换控制框，拖动控制点，使图像在水平方向或垂直方向上发生斜切变形。图 3.111 所示为原图，图 3.112 所示为拖动十字架右侧点变换的效果。原图像位置由背景色填充。

图 3.111　斜切变换前　　　　图 3.112　斜切变换后

（2）执行菜单"编辑"/"变换"/"扭曲"命令，图像四周同样出现变换的控制框，在此状态下可以随意拖动控制点对图像进行变形。拖动变形控制框四角的控制点，可以通过扭曲图像，得到该图像显示在屏幕中的效果。图 3.113 所示为原图，图 3.114 所示为扭曲变换后的效果。

（3）执行菜单"编辑"/"变换"/"透视"命令，图像四周同样出现变换控制框，拖动控制点可以使图像发生透视变形。图 3.115 所示为原图，图 3.116 所示为通过复制图像并拖动变换点制作得到的透视效果。

（4）执行菜单"编辑"/"变换"/"旋转 180 度"命令，使选区或图层中的图像旋转 180 度。

（5）执行菜单"编辑"/"变换"/"顺时针旋转 90 度"命令，使选区或图层中的图像顺时针旋转 90 度。

图 3.113　原图像

图 3.114　扭曲变换后的效果

图 3.115　原图像

图 3.116　透视变换后的效果

（6）执行菜单"编辑"/"变换"/"逆时针旋转 90 度"命令，使选区或图层中的图像逆时针旋转 90 度。

（7）执行菜单"编辑"/"变换"/"水平翻转"命令，使选区或图层中的图像水平翻转。

（8）执行菜单"编辑"/"变换"/"垂直翻转"命令，使选区或图层中的图像垂直翻转。

3.5.5　自由变换

在"编辑"菜单中，选择"自由变换"命令，可以对图像进行自由变换，此操作不同于在"变换"菜单中的各个命令，它可以同时进行多种操作，如缩放、旋转、倾斜、透视等。此命令的快捷键为 Ctrl + T。

选择此命令后，选择区域的四周将同样出现带有 8 个控制点的变换控制框，如图 3.117 所示。

（1）拖动变换控制框 4 个角的控制点，即可使图像同时在水平方向和垂直方向上发生缩放；拖动上、下两个控制点，使图像在垂直方向上缩放；拖动左右两个控制点，使图像在水平方向上缩放。

（2）将光标放在变换控制框外面，光标变为两端带箭头的曲线时，顺时针或逆时针拖动光标，即可使图像发生旋转，如图 3.118 所示。

图 3.117　变换控制框

图 3.118　旋转图像

（3）按住 Ctrl 键拖动 4 个角度的控制点，可以对图像执行扭曲变换操作。

（4）按住 Ctrl + Shift + Alt 组合键拖动 4 个角度的控制点，可以对图像执行透视变换操作。

3.5.6　修改图像和画布的尺寸

Photoshop CS3 作为位图处理软件，其图像的大小非常重要，因为对位图图像进行缩放会使图像的像素产生插值，从而影响图像的质量。为此，在新建图像文件或重新设置图像和画布大小时，一定要掌握修改图像或画布大小的方法和技巧。

1. 修改图像的尺寸

在新建文件时，能够正确地定义图像文件的尺寸最好。但是在制作图像的过程中往往存在较多的不确定因素，因此有时会经常改变图像的尺寸，显然这将在很大的程度上影响到图像的质量。在掌握下述的重设图像尺寸的方法后，只要完全理解图像尺寸及分辨率的关系，就可以依据此关系重新设置图像尺寸，从而最大程度地降低由于修改图像尺寸或画布尺寸对图像质量的影响。

改变图像尺寸有两种操作方法。

（1）在"图像"菜单中，选择"图像大小"命令，打开"图像大小"对话框，如图 3.119 所示。

（2）可以在当前图像文件标题栏上单击鼠标右键，在弹出的快捷菜单中，选择"图像大小"命令，打开"图像大小"对话框，如图 3.119 所示。

"图像大小"对话框各项参数含义如下。

（1）"像素大小"选项区域：显示图像像素的尺寸。默认状态下，"宽度"和"高度"相互关联，因此只要改变其中一个数值，另一个也会相应发生改变。

（2）"文档大小"选项区域：显示文档的大小，与"像素大小"不同之处是文档的大小包含图像的尺寸和分辨率，故可在此改变图像的分辨率。

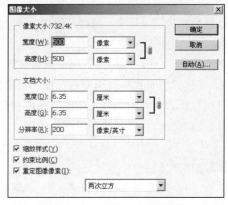

图 3.119　"图像大小"对话框

默认状态下，在"文档大小"选项区域改变文档的"宽度"、"高度"值，"像素大小"选项区域的"宽度"、"高度"值同时被改变。图 3.120 所示为原图像的尺寸，图 3.121 所示为将"文档大小"选项区域中的"宽度"值改变为 10 时，图像"高度"值没发生改变的情况。

图 3.120　原图像

图 3.121　只改变图像宽度值的效果

（3）"缩放样式"复选框：在调整图像大小时，按比例缩放效果。

（4）取消"约束比例"复选框，"宽度"及"高度"文本框右侧的链接符号将消失。此时改变"宽度"值时，只有对应的宽度值发生变化；改变"高度"值时，只有对应的高度值发生变化。改变"分辨率"值，"像素大小"选项区域的"宽度"、"高度"值，不会发生变化。

（5）选择"重定图像像素"复选框，其下拉列表框中的选项，用于设置图像发生插值时的插值算法。如果选择"两次立方"选项，将得到的效果最好，但速度较慢。

取消"重定图像像素"复选框，"像素大小"区域的数值不可改变，"文档大小"区域的 3 个值相链接，改变其中的一个值，其他的两个均发生改变。由于此时图像总的像素不变，因此尽管图像的尺寸及分辨率发生了变化，但图像仍然不会发生插值。

2. 改变画布的尺寸

在操作过程中，对图像进行裁剪或增大画布的操作非常频繁。例如，某一素材图像只有局部可用，则可以通过对图像进行裁剪得到需要的部分；又如，图像的宽度及高度的比例不合适，也可以通过裁剪的方法使其比例合适。而增大画布的情况通常是由于添加的素材大小超出了当前画布的大小，或需要在当前画布的上方、下方扩展出来一块区域以添加必要的文字。

改变画布大小的方法有两种。

（1）在"图像"菜单中，选择"画布大小"命令，打开"画布大小"对话框，如图 3.122 所示。

（2）在当前图像文件的标题栏上，单击鼠标右键，在弹出的快捷菜单中，选择"画布大小"命令，打开"画布大小"对话框，如图 3.122 所示。

图 3.122　"画布大小"对话框

"画布大小"对话框各项参数含义如下。

（1）"当前大小"选项栏：在"当前大小"区域中，显示图像的当前大小以及图像的宽度和高度，通过观察此区域的数值可以获知当前图像的尺寸。

（2）"新建大小"选项栏：改变画布大小为新尺寸及新画布的定位。

① 在未改变参数值的情况下，"新建大小"区域的"宽度"和"高度"值与"当前大小"值一样，此时可以在"新建大小"区域的"宽度"和"高度"文本框中，输入要通过更改参数得到的新尺寸。图 3.123 所示为原图像，在图 3.123 中，改变了"宽度"和"高度"值后，其效果如图 3.124 所示。

图 3.123　原图像

图 3.124　增大图像画布尺寸的效果

在"宽度"和"高度"文本框中，输入小于原图像画布尺寸的数值，将打开图 3.125 所示的提示框，单击"继续"按钮，即可对图像进行裁剪。

② 在输入数值前，选中"相对"复选框，则在"宽度"和"高度"文本框中，显示图像新尺寸与原尺寸的差值。因此，在此输入正值可以扩大画布，输入负值则可以对画布进行裁剪。

③ 单击"定位"四周的箭头，可以设置新画布相对于原尺寸的位置，其中的空白为缩放的中心点，图 3.126 所示为原图像，图 3.127 和图 3.128 所示分别为选择不同定位点后扩展效果。

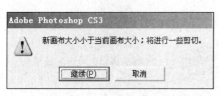

图 3.125　"裁剪图像"对话框

图 3.126　原图

（3）"画布扩展颜色"选项：在"画布扩展区域颜色"下拉列表中，选择选项，可以定义通过操作扩展画布后得到新画布的填充颜色，在此可以选择填充为前景色、背景色、灰色，也可以通过单击右侧的小色块，在打开的"拾色器"对话框中，选择一种颜色。

图 3.127　右上角为定位点的扩展效果

图 3.128　右中部为定位点的扩展效果

3. 图像裁切

有时在作图过程中，可能会由于各种原因，致使图像周围出现大面积的空白区域或透明区域。如果这些区域是无用的，则应该尽快将其去除，以降低文件的大小，提高操作的速度。

要去除这些无用的区域，可以在"图像"菜单中，选择"裁切"命令，打开"裁切"对话框，如图 3.129 所示，可以进行快速修剪。

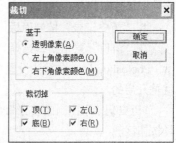

图 3.129　"裁切"对话框

（1）选择单击"透明像素"单选按钮，如果当前图像的图层为透明，单击此按钮，并在"裁切掉"选项区域中，选择裁切的方位，即可对图像不需要的透明区域进行修剪。图 3.130 所示为原图像，图 3.131 所示为单击"透明像素"单选按钮的同时选中"顶"、"左"、"底"和"右"选项后，图像修剪前后的效果。

（2）选择"左上角像素颜色"单选按钮，将以图像左上角的颜色为基准进行修剪，并在"修掉"区域选择要修剪的方位。图 3.132 所示为原图像，图 3.133 所示为选择"左上角像素颜色"、"顶"和"左"选项后的修剪效果。

（3）选择"右下角像素颜色"单选按钮，修剪方式与"左上角像素颜色"选项一样，只是裁切时所参考的像素颜色存在不同。

图 3.130　原图像

图 3.131　修剪透明区域后的效果

图 3.132　原图像

图 3.133　修剪左上角像素颜色

对于有多个图层的图像，如果某一个图层中的对象没有完全显示。此时，执行"剪切"命令后，未显示的区域将被裁剪掉。

3.5.7　图像的恢复

图像处理是一项实验性很强的工作。在实际操作中经常会遇到事与愿违的情况，本以为经过几步操作后，图像会更加漂亮，谁知越修改效果越不理想。为了解决此类问题，"历史记录"控制面板，是一个实现多重撤销操作的完美方法。同时，Photoshop CS3 还提供了一些命令和快捷键用来使图像恢复操作前的状态。

1．"历史记录"控制面板

在"窗口"菜单中，选择"历史记录"命令，将弹出"历史记录"控制面板，如图 3.134 所示。Photoshop CS3 在默认设置下，启动时"历史记录"控制面板就是开启的。

"历史记录"控制面板分为 3 部分：快照区、操作步骤区和工具按钮区。

当打开一个图像文件后，系统会自动为图像的初始状态建立一个快照，并以文件名称为该快照命名。同时，在操作步骤区显示"打开"步骤。以后，每对图像进行一步操作，系统就自动以操作的名称进行步骤的记录。

使用"历史记录"控制面板，可以用 3 种方式使图像恢复到某个操作步骤。

（1）在"操作步骤区"中，单击某个步骤，即可将该步骤设

图 3.134　"历史记录"控制面板

置为当前步骤，图像随之恢复到该步骤状态。在没有进行其他操作以前，该步骤以下的步骤均可用单击的方式找回。

（2）在"快照区"中，单击某个快照，即可将该快照设置为当前快照，图像也随之恢复到该快照状态。

在"工具按钮区"中，单击创建新快照按钮，系统就会为当前步骤状态建立一个新快照。可以建立多个快照，系统自动将快照命名为"快照 1"、"快照 2"……

创建了快照以后，无论进行了何种操作，都可以使图像恢复到快照状态。

（3）使用"历史记录"画笔，可以只恢复图像的某些部分，具体操作见 3.2.5 小节中的相关内容。

单击创建新文件按钮，可将图像的当前状态复制成一个新文件。

不需要的快照或步骤可拖到垃圾箱内将其删除。

2. 恢复图像的命令和快捷键

（1）在"文件"菜单中，选择"恢复"命令，可使图像恢复到打开图像时的初始状态。这一命令的执行效果与在控制面板中，单击"初始快照"的作用相同。

（2）在"编辑"菜单中，选择"还原"命令，可撤销最近一次的操作。该命令的快捷键为 Ctrl + Z。

习   题

1. 思考题

（1）要使背景层填充自己创建的图案应该怎样操作？

（2）"橡皮擦工具"提供了几种擦除图像像素的工具？分别是什么？其中"背景橡皮擦"的选项栏中的"容差"起什么样的作用？

（3）调整图像的"大小"、"旋转角度"应使用哪个命令？其快捷键是什么？

2. 选择题

（1）下面对"背景擦除工具"、"魔术橡皮擦工具"描述正确的是（   ）。

    A）"背景擦除工具"与"魔术橡皮擦工具"使用方法基本相似，"背景擦除工具"可将颜色擦掉变成没有颜色的透明部分

    B）"魔术橡皮擦工具"可根据颜色近似程度来确定将图像擦成透明的程度

    C）"背景擦除工具"选项调板中的 Tolerance（容忍度）选项是用来控制擦除颜色的范围

    D）"魔术橡皮擦工具"选项调板中的 Tolerance（容忍度）选项在执行后擦除图像连续的部分

（2）下面对渐变填充工具功能的描述正确的是（   ）。

    A）如果在不创建选区的情况下填充渐变色，渐变工具将作用于整个图像。

    B）不能将设定好的渐变色存储为一个渐变色文件

    C）可以任意定义和编辑渐变色，不管是两色、三色还是多色

    D）在 Photoshop CS3 中共有 5 种渐变类型

（3）图像修饰工具的主要作用是为图像润色和修饰图像清晰度的，以下（   ）工具用来提

亮图像的局部。

  A）    B）   C）   D）

（4）使用"仿制图章工具"操作要按住（ ）键的同时，在要复制的图像区域单击取样。然后在要放置复制图像的区域处按住鼠标左键进行拖动，即可得到复制图像。

  A）Alt   B）Ctrl   C）Enter   D）Tab

实 训

【实训 3.1】 制作彩色光盘。

【实训目的】 学习使用 Photoshop CS3 中"渐变填充工具"的使用方法。

【实训要点】 绘制同心圆，使用渐变工具。

【操作步骤】

（1）启动 Photoshop CS3，新建一个正方形为白底的文档，再新建一个图层，按下 Ctrl + R 组合键显示标尺，然后从标尺中拖出两条辅助线，垂直交叉于画布中心。

（2）在图像中画一个同心圆，用蓝色填充，如图 3.135 所示。

（3）执行菜单"滤镜"/"渲染"/"光照效果"命令，给同心圆打上灯光，效果如图 3.136 所示。

（4）选择"渐变工具"，在属性栏中，单击"渐变预览"窗口，打开"渐变编辑器"对话框，在"渐变设置条"下面，单击鼠标设置为赤、橙、黄、绿、青、蓝、紫几个颜色交错排列的效果，如图 3.137 所示。

图 3.135   填充蓝色的同心圆   图 3.136   光照效果   图 3.137   彩虹效果

（5）执行菜单"编辑/"变换"/"扭曲"命令，把层变形为三角形，其中三角形的一角为光盘的圆心。如图 3.138 所示。

（6）将层的渐变方式改为"叠加"方式，执行菜单"滤镜"/"模糊"/"高斯模糊"命令，将层模糊 7～10 个像素。效果如图 3.139 所示。

（7）使用同样的方法给光盘上、下、左 3 个方向添加同样效果，完成后效果如图 3.140 所示。

图 3.138   执行扭曲命令   图 3.139   高斯模糊后的效果   图 3.140   最终效果

【实训 3.2】水彩静物。

【实训目的】学会应用工具箱中画笔工具的使用技巧。

【实训要点】使用铅笔工具、油漆桶工具和画笔工具，制作水彩静物。

【操作步骤】

（1）先用"铅笔工具"把轮廓线稿勾好。注意线条要全封闭，如图
3.141 所示。

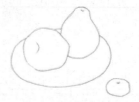

图 3.141　铅笔稿

（2）用"魔术棒工具"作选区，将线稿层的透明度降到 10%左右，分层填充颜色。填充效果
如图 3.142 所示，"图层"控制面板如图 3.143 所示。

图 3.142　不透明度为 10%的填充效果　　　　图 3.143　"图层"控制面板

（3）用画笔渲染出大体的色彩关系，和传统的水彩的画法是一样的，如图 3.144 所示。

（4）继续选用适当的画笔加深暗部的颜色，如图 3.145 所示。

图 3.144　画笔绘制　　　　　　　　　　图 3.145　加深暗部效果

（5）开始刻画苹果的体积和细节，如图 3.146 所示。

（6）最后把阴影画上去就完成了，如图 3.147 所示。

图 3.146　刻画细节　　　　　　　　　　图 3.147　最终效果

第4章
图像色彩的调整

色彩的调整是 Photoshop CS3 的一大特色，使用这一功能可以校正图像色彩的明暗度、改变图像的颜色、分解色调等。而且还可以处理曝光照片、恢复旧照片、为黑白的图像上色等。

本章要点

◇ 各种图像色彩调整命令的使用方法。

◇ 重要调整命令的使用技巧和应用实例。

4.1 快 速 校 正

在"调整"子菜单中，Photoshop CS3 提供了 3 个自动调整色彩的命令，这些命令没有参数需要设置，系统根据图像的色彩自动进行颜色、色阶或对比度的调整。"阴影/亮光"命令是从 Photoshop CS 版本开始新增功能，当执行该命令时，弹出"阴影/亮光"命令的同时，图像色阶发生变化，这是因为默认值设置可以自动修复有亮光问题的图像。

4.1.1 使图像颜色均匀

在实际工作中，经常会遇到图像颜色偏色的问题，要快速地校正图像颜色，最有效的办法是在"图像"菜单中，选择"调整"子菜单，再选择"自动颜色"命令，这时系统会自动对图像的色相进行判断并调整，最终使整幅图像的色相均匀，或使偏色的图像得到纠正。打开图 4.1，执行"自动颜色"命令，最终效果如图 4.2 所示。

图 4.1　"自动颜色"调整前

图 4.2　"自动颜色"调整后

4.1.2　使图像更清晰

图像色阶所保存的信息主要是图像色彩的明暗分布信息，因此，对于一些看起来发灰、色彩暗淡的图像或照片而言，在"图像"菜单中选择"调整"子菜单，再选择"自动色阶"命令，Photoshop CS3 就能够通过定义每个颜色通道中的最亮和最暗像素来定义整幅图像的白点和黑点。然后按这个比例重新分布中间像素的色调，从而去除多余色调使图像更清晰、自然。打开图 4.3，执行"自动色阶"命令后的效果如图 4.4 所示。

图 4.3　"自动色阶"调整前　　　　　　　　图 4.4　"自动色阶"调整后

4.1.3　增强对比度

如果一幅图像颜色间的对比度偏小，则会使图像看上去比较模糊、不清晰，对于这种图像，可以在"图像"菜单中选择"调整"子菜单，再选择"自动对比度"命令，Photoshop CS3 会根据图像的明暗色调重新调节其颜色的对比度，使图像轮廓清晰起来。打开图 4.5，执行"自动对比度"命令后的效果如图 4.6 所示。

图 4.5　"自动对比度"调整前　　　　　　　图 4.6　"自动对比度"调整后

利用"自动对比度"命令调整图像对比度，将改变图像颜色的色值。因此，在使用时要注意高分辨率输出时图像会有点失真。

4.1.4　阴影/亮光

"阴影/亮光"命令适用于正由强逆光而形成剪影的照片，或者校正由于太接近照相机闪光灯而有些发白的焦点。在用其他方式采光的图像中，这种调整也可用于使暗调区域变亮。"阴影/高光"命令不是简单地使图像变亮或变暗，它基于暗调或高光中的周围像素（局部相邻像素）增亮或变暗，该命令允许分别控制暗调和高光。

打开一幅逆光图像，如图 4.7 所示。执行"图像"/"调整"/"阴影/高光"命令，打开"阴影/高光"对话框，如图 4.8 所示。

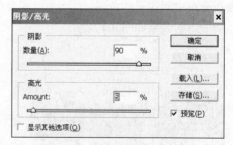

图 4.7　原图像　　　　　　　　　　　　图 4.8　"阴影/高光"对话框

当打开"阴影/高光"对话框时，会发现图像的色阶发生了变化，这是因为默认值设置可以自动修复具有逆光问题的图像。单击暗调数量滑块并将其向左拖动或在其选项框中输入"90"，图像的暗调被提亮；再将高光数量滑块向右拖动或在其文本框中输入"5"，图像改变后的效果如图 4.9 所示。

在"阴影/高光"对话框中，选择"显示其他选项"复选框，对话框界面发生了变化，如图 4.10 所示。该对话框新的参数内容如下。

图 4.9　"阴影/高光"后　　　　　图 4.10　勾选"显示其他选项"后的"阴影/高光"对话框

（1）"色调宽度"用来控制暗调或高光中色调的修改范围。向左移动滑块会减小色调宽度值，向右移动滑块会增加该值。较小的值会限制只对较暗区域进行"暗调"校正的调整，或只对较亮区域进行"高光"校正的调整。值越大，包括的色调调整区域越多。

（2）"半径"用来控制每个像素周围的局部相邻像素的大小，该大小用于确定像素是在暗调还是在高光中。向左移动滑块可指定较小区域，向右移动滑块可指定较大的区域。局部相邻像素的最佳大小取决于图像。最好通过调整找出最佳大小。如果"半径"太大，则调整倾向于使整个图像变亮或变暗，而不是只使焦点变亮，最好将半径设置为与图像中所关注焦点的大小大体相等。

（3）"颜色校正"允许在图像的已更改区域中微调颜色。此调整仅适合用于色彩图像。

（4）"中间调对比度"用于调整中间调中的对比度。向左移动滑块可降低对比度，向右移动可增加对比度；也可以直接在"中间调对比度"文本框中输入一个值。

（5）"修剪黑色"和"修剪白色"用于指定会将图像中的多少暗调和高光剪切到新的极端暗调（色价为 0）和高光（色阶为 255）颜色。值越大，生成图像的对比度越大。

4.2　自定义调整

Photoshop CS3 中的自动控制命令调整往往会出现不尽人意的地方。如果我们需要自行决定调整的效果或创建图像特殊的明暗分布效果，则需要使用下面的相关命令实现。

4.2.1　使用"色阶"调整

"色阶"命令和"自动色阶"命令的应用原理是一样的，其优点在于我们能够自己控制，使图像变亮或变暗以及图像变亮或变暗的程度，也可以调整单一通道的明度，并设置它们的强度。

对于有图层的图像，应该先选择需要调整的图层，然后再选择"色阶"命令，打开"色阶"对话框，如图 4.11 所示，可以进行设置。

1. 在"色阶"对话框调整图像色阶的 3 种方法

（1）在"输入色阶"或"输出色阶"文本框中输入数值。

（2）拖动色阶直方图中的滑块。

（3）使用对话框右下角的吸管在图像中单击，以吸取色彩。

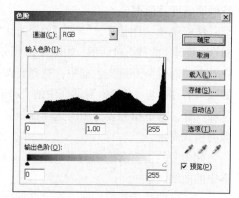

图 4.11　"色阶"对话框

其操作非常简单，先在"通道"下拉列表框中，选择要调整的通道名称，如果当前图像模式是 RGB，"通道"下拉列表中包括 RGB、红、绿和蓝 4 个选项；如果当前图像模式是 CMKY，"通道"下拉列表中包括 CMYK、青、品红、黄、黑 5 个选项；选择需要调整的通道后，再根据需要选择前面所介绍的 3 种方法中的一种对图像进行调整即可。

2. "色阶"调整的操作要点

（1）在"输入色阶"直方图的下方拖动滑块，可以增加图像的对比度，其中拖动白色滑块可以增加图像的亮度，拖动黑色滑块则降低图像的亮度。

（2）在"输出色阶"控制条中拖动滑块，可以降低图像的对比度使图像趋于一种灰度。其中拖动白色滑块可以降低图像亮调的对比度，使图像变暗；拖动黑色滑块可以降低图像的暗调的对比度，使图像变亮。

（3）如果使用黑色吸管在图像中单击，可将该单击处定义为黑场，从而使图像整体变暗。而用白色吸管在图像中单击，可将该单击处定义为白场，从而使图像整体变亮。用灰色吸管在图像中单击，可以在图像中去除单击处的颜色，从而取消图像的偏色。

（4）单击对话框右侧的"存储"按钮，可以将当前设置的参数以一个文件的形式保存起来，如果下一次需要用同样的设置进行调整以得到这种效果，可以直接单击"载入"按钮，打开保存的设置即可。

图 4.12 所示为有偏色的图像，可以看出其亮部及暗部的层次性较差，图 4.13 所示为使用灰色吸管单击"乌云"区域后，取消偏色后使图像具有了较好的层次性。

图 4.12　原图像

图 4.13　调整后的图像

4.2.2　使用"曲线"调整

利用"曲线"命令不但可以调整图像整体的色调，还可以精确地分别控制图像中多个色调区域的明暗度及色调。

执行菜单"图像"/"调整"/"曲线"命令，打开"曲线"对话框，如图 4.14 所示。

在"通道"下拉列表框中，选择要调整的通道名称，与"色阶"对话框中的"通道"选项一样，其下拉列表框中的选项也根据图像的模式而定。

此命令的主要功能集中于"曲线"对话框中的曲线调整框。

（1）在曲线调整框中向上拖动曲线，可以增加图像的亮度；向下拖动曲线，可以降低图像的亮度。

（2）如果需要精细调整图像，可以在曲线上单击，以增加节点，然后拖动相关节点，如果需要删除节点，可以按住 Ctrl 键并单击节点以将其删除。

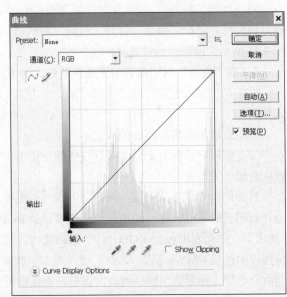
图 4.14　"曲线"对话框

打开图 4.15，执行"曲线"命令，在曲线调整框中向上拖动曲线增加图像亮度，最终效果如图 4.16 所示。

在"曲线"对话框右下方有一个用于手绘的"铅笔工具",单击此工具,可以在曲线调整框中的方格里自己绘制曲线形状。

曲线形状越不规则,图像色彩变化越强烈。打开图 4.17,当在"曲线"对话框中用铅笔绘制如图 4.18 所示的曲线后,效果如图 4.19 所示。

图 4.15　原图像

图 4.16　增加亮度后效果

图 4.17　原图像

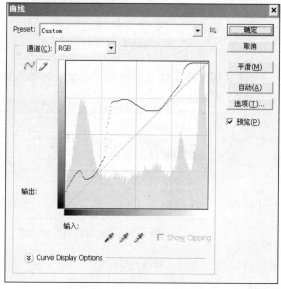

图 4.18　铅笔绘制曲线

图 4.19　调整后的效果

选择手绘曲线的"铅笔工具"后,"曲线"对话框中的"平滑"按钮被激活,单击此按钮可以平滑手绘的曲线,使图像的色彩明暗过渡平滑。

在图像色彩调整中,"曲线"对话框是方便、实用的工具,经常会用到。下面举例来说明,如何使用"曲线"进行调整,以增强图像的效果。

打开图 4.20,可以看到图像的亮调区域已较亮,但暗调区过暗,如果直接在曲线的中部增加一个节点,向上拖动曲线则会在加亮暗部的同时,使图像的亮部过亮。因此,可以在曲线的上方增加一个节点,在曲线的下方增加一个节点,如图 4.21 所示。然后向上拖动曲线,则可以在保持亮部亮色调基本不变的情况下,提高暗部的亮度,得到如图 4.22 所示的效果。

图 4.20　原图像

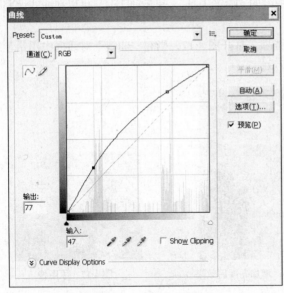

图 4.21 "曲线"对话框

图 4.22 调整后的效果

4.2.3 渐变映射

"渐变映射"不同于上述两个命令，它完全破坏图像原来的色彩效果，根据所选择的渐变色，赋予图像新的颜色，重新定义图像的明暗度及色彩分布情况。

执行菜单"图像"/"调整"/"渐变映射"命令，打开"渐变映射"对话框，如图 4.23 所示。对话框各项参数含义如下。

（1）在"灰度映射所用的渐变"选项栏中的渐变色条上单击，可弹出的"渐变编辑器"；在色条后面的选项提示符上单击，可弹出渐变样式下拉列表。

图 4.23 "渐变映射"对话框

它们的使用与渐变工具选项栏完全相同。可以自定义或选择一种渐变样式。

（2）选择"仿色"复选框，将平滑渐变的外观。

（3）选择"反向"复选框，可以使渐变的方向反转。

4.3 图像阶调调整命令

4.3.1 调整图像的"亮度/对比度"

调整图像的亮度与对比度，执行菜单"图像"/"调整"/"亮度/对比度"命令，打开"亮度/对比度"对话框，如图 4.24 所示。对话框各项参数含义如下。

（1）"亮度"选项用于调整图像的亮度。当数值为正时，将增加图像的亮度；当数值为负时，将降低图像的亮度。

（2）"对比度"选项用于调整图像的对比度。当数值为正时，将增加图像的对比度；当数值为负时，将降低图像的对比度；如果数值为-100 时，图像将呈现一片灰色。

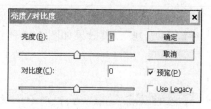

　　打开图 4.25，可以看到该图像有些灰暗。拖动"亮度"与"对比度"滑块，增加图像亮度和对比度后，效果如图 4.26 所示，图像整体效果变得明亮。

图 4.24　"亮度/对比度"对话框

图 4.25　原图像　　　　　　　　　图 4.26　调整后的效果

4.3.2　使图像"色调均化"

　　平均图像色调就是以图像色彩最暗的像素和最亮的像素为界限，重新平均像素，使图像色调趋于均匀。

　　执行菜单"图像"/"调整"/"色调均匀"命令，打开"色调均化"对话框，如图 4.27 所示，可以将当前图像的色调均化。如果当前图像中存在选区，可以选择此命令。

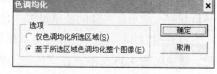

　　（1）选择"仅色调均化所选区域"单选钮，操作只对选区中的色调起作用。

　　（2）选择"基于所选区域色调均化整个图像"单选钮，系统将根据选区中的最暗和最亮像素来平均整幅图像的色调。

图 4.27　"色调均化"对话框

　　打开图 4.28，执行"色调均化"命令，对图像整体色调平均化，最终效果如图 4.29 所示。

图 4.28　原图像　　　　　　　　　图 4.29　"色调均化"后的效果

4.3.3　纯黑白图像

　　黑白图像不同于灰度图像，灰度图像有黑、白及黑到白过渡的 256 级灰，而黑白图像只有黑色、白色两个色调，用黑白两色勾画出图像的轮廓，具有特殊的艺术效果。

　　执行菜单"图像"/"调整"/"阈值"命令，打开"阈值"对话框，如图 4.30 所示，拖动直方图下面的滑块或在"阈值色阶"文本框中输入数值，可以调节黑、白色像素的分布情况。数值越大或滑块越偏向右侧，图像黑色越多；反之，白色越多。打开图 4.31，在"阈值色阶"文本框中输入"120"，其效果如图 4.32 所示。

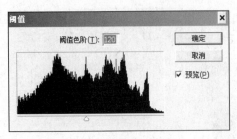

图 4.30 "阈值"对话框 　　　 图 4.31 原图像 　　 图 4.32 改变"阈值"后的效果

4.3.4 自定义色调的颜色级数

利用"色调分离"命令可以减少图像颜色的级数，从而使图像显示出一种颜色剥离的效果。执行菜单"图像"/"调整"/"色调分离"命令，打开"色调分离"对话框，如图 4.33 所示。

在"色阶"文本框中，数值用于控制颜色的级数，数值越小，级数越小，图像的色彩过渡就越粗糙，但可以降低图像所占的内存。一般在设置"色阶"值时，根据图像的需要而定。如果图像只用于屏幕观察，则根据视觉的要求设置"色阶"值。

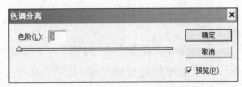

图 4.33 "色调分离"对话框

打开图 4.34，在"色阶"文本框中输入"3"时，效果如图 4.35 所示；在"色阶"文本框中，输入"6"时，效果如图 4.36 所示。

图 4.34 原图 　　　 图 4.35 "色阶"值为 3 　　　 图 4.36 "色阶"值为 6

通过图 4.35 可以看出，"色阶"值很小时，图像出现了明显的颜色过渡感，在某些情况下这样的图像反而能够清楚地表达出创作者的意图。

4.3.5 曝光度

"曝光度"命令能够调整 HDR（32 位）图像的色调，但也可用于 8 位和 16 位图像，曝光度是通过在线性颜色空间（灰度系数 1.0）而不是图像当前颜色空间执行计算而得出的。执行菜单"图像"/"调整"/"曝光度"命令，打开"曝光度"对话框，如图 4.37 所示。

"曝光度"对话框各项参数含义如下。

（1）"曝光度"选项用来调整图像中的较亮区域，对极限阴影的影响很轻微。

（2）"偏移"选项用来调整图像中较暗的区域以及中间色调，对高光的影响很轻微。

（3）"Gamma Correction" 选项用来调整整个图像的明暗，使用简单的乘方函数调整图像灰度系数，负值会被视为它们的相应正值（即这些值仍然为负值，但会被调整，就像它们是正值一样）。

（4）3 个吸管工具将调整图像的亮度值（与影响所有颜色通道的 "色阶" 吸管工具不同）。

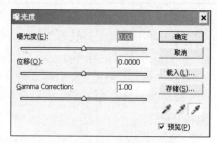

图 4.37　"曝光度" 对话框

"设置黑场" 吸管工具，将设置 "偏移量"，同时将吸管选取的像素改变为零；"设置白场" 吸管工具，将设置 "曝光度"，同时将吸管选取的像素改变为白色（对于 HDR 图像为 1.0）；"设置灰场" 吸管工具将设置 "曝光度"，同时将吸管选取的像素改变为中度灰色。

图 4.38 所示图像在拍摄中曝光过度，使图像过亮，层次感弱。可利用 "曝光度" 命令来调整该图像。执行 "曝光度" 命令，在 "位移" 文本框中输入 "−0.06"，在 "Gamma Correction" 文本框中输入 "0.5"，最终效果如图 4.39 所示。

图 4.38　原图像

图 4.39　执行 "曝光度" 命令后的图像

4.4　图像色调调整命令

4.4.1　调整图像的色相/饱和度

利用 "色相/饱和度" 命令不但可以调整整张图像的色相与饱和度，还可以分别调整几种原色的色相/饱和度。执行菜单 "图像" / "调整" / "色相/饱和度" 命令，打开 "色相/饱和度" 对话框，如图 4.40 所示。对话框中各项参数含义如下。

（1）在 "编辑" 下拉列表框中，选择要调整的颜色。如果选择 "全图" 选项，通过拖动下面 "色相"、"饱和度" 和 "明度" 3 个滑块将同时改变整个图像中所有色彩的色相、饱和度和明度。若只选择 "红色"、"黄色"、"绿色"、"青色"、"蓝色"、"洋红色" 等原色中的一种，只调整图像中相应的颜色。

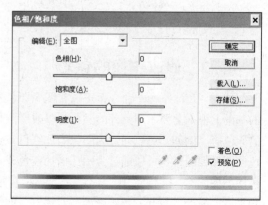

图 4.40　"色相/饱和度" 对话框

（2）在 "编辑" 下拉列表框中，选择某一种原色选项，"色相/饱和度" 对话框右下方的吸管工具被激活，利用吸管工具在图像中单击要调整的颜色，"编辑" 下拉列表框将自动选择此颜色名称。拖动下面 3 个滑块，只对吸取的颜色进行调整。

（3）利用吸管工具吸取颜色时，还可以拖动吸管下面的滑块选择颜色的范围。

（4）3个滑块的作用如下。

① "色相"选项：左右拖动滑块可调整所选颜色的色相。文本框中显示的数值代表了在色轮图上沿着颜色轮从像素的原始颜色处旋转到所需颜色时旋转的度数。正值为顺时针旋转，负值为逆时针旋转。

② "饱和度"选项：用于调整颜色的饱和度。向右侧拖动滑块或在数值框中，输入正数值时，将增加颜色的饱和度；数值为负时，将降低颜色的饱和度。如果数值为 – 100 时，所选颜色将变为灰度。

③ "明度"选项：用于调整颜色的亮度。正值增加图像的亮度，负值则降低图像的亮度。

打开图 4.41，执行"色相/饱和度"命令，拖动"色相"滑块，将画面中的蓝色天空和湖水调整为红色后，效果如图 4.42 所示。

图 4.41　原图像

图 4.42　调整"色相"后的效果

打开图 4.43，选中红色区域，执行"色相/饱和度"命令，拖动"色相"滑块，将选区中的红色调整为蓝色，效果如图 4.44 所示。

图 4.43　原图像

图 4.44　将红色调整为蓝色

4.4.2　修改图像的色彩

使用"色彩平衡"命令，可以在图像原色彩的基础上根据需要添加另外的颜色，以改变图像的原色彩。例如，可以通过为图像增加红色或黄色使图像偏暖，也可以通过为图像增加蓝色或青色使图像偏冷。执行菜单"图像"/"调整"/"色彩平衡"命令，打开"色彩平衡"对话框，如图 4.45 所示。

对话框中各项参数含义如下。

（1）"色彩平衡"选项栏，中间滑块两边的颜

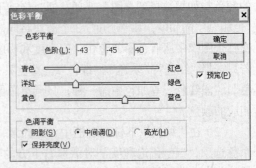
图 4.45　"色彩平衡"对话框

色分别为互补色，向任一颜色值拖动滑块，即减少其相应的互补色。例如，向右拖动"青色→红色"中的滑块可以增加图像的红色，但图像中的青色就会减少，其他滑块的意义也如此。

（2）拖动滑块得到的数值对应地显示在"色阶"文本框中，从左到右 3 个数值框分别对应"青色→红色"、"洋红→绿色"和"黄色→蓝色" 3 个滑块，以 0 值为起点向左拖动滑块，数值框中显示负数；向右拖动滑块，数值框中显示正数。

（3）在"色调平衡"选项栏中，有 4 个选项。

① "阴影"单选钮：可以调整图像阴影部分的颜色。

② "中间调"单选钮：调整图像中间调的颜色。

③ "高光"单选钮：调整图像高亮部分的颜色。

④ "保持亮度"复选框：可以保持图像的亮度，即在操作时只有颜色值被改变，像素的亮度值不变。

图 4.46 所示为原图像，设置"色彩平衡"，将图像减少 30 的"青色"，增加 80 的"洋红"，效果如图 4.47 所示。

图 4.46　原图像　　　　　　　　　　图 4.47　"色彩平衡"后的效果

4.4.3　去掉图像的色彩

"去色"命令可以扔掉图像的色彩信息，使图像变为灰度图。有时为了制作一些特殊的效果，需要将彩色图像的一部分变为黑白效果，以便突出重点。要制作这种效果，执行菜单"图像"/"调整"/"去色"命令，此命令没有任何参数和选项可以设置。图 4.48 所示为原图像，执行"去色"命令后将选区内的红色去掉，使其变成灰色，效果如图 4.49 所示。

图 4.48　原图像　　　　　　　　　　图 4.49　去色后的效果

4.4.4　直观地修改图像色彩

Photoshop CS3 提供了"傻瓜"型的调整图像色彩的方法，即"变化"命令。执行此命令时，无须设置调整的参数，只需通过观察来判断得到的效果，虽然不太精细，但非常方便。

执行菜单"图像"/"调整"/"变化"命令，打开"变化"对话框，如图 4.50 所示。在对话框中，直接单击各种颜色的缩略图，即可为图像添加此种颜色，从而完成图像色彩的调整任务。对话框中各项参数含义如下。

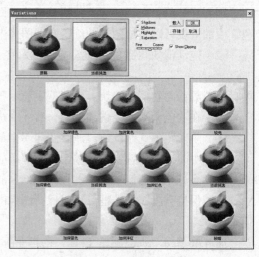

（1）对话框左上角的第一个缩略图为原图像的色彩效果，第二个缩略图为调整后的色彩效果。两个图的对比，可以更直观地对比调整效果。

（2）在前两个缩略图的右边可以选择要调整图像色彩的区域，其中包括"暗调"、"中间色调"、"高光"和"饱和度"4个单选按钮，选择任一个选项，将调整相应区域的色彩。

（3）"精细"和"粗糙"滑块，控制调整图像色彩时的变化程度，滑块越偏向"精细"一侧，每次单击图像色彩变化的越精细；滑块偏向"粗糙"一侧，每次单击图像色彩变化就非常大。

图 4.50　"变化"对话框

（4）在"变化"对话框中，单击颜色名称上面的缩略图，即可增加相应的色彩。

（5）当调整图像色彩的"饱和度"时，如果选择"显示剪贴板"选项，将在"饱和度更高"缩略图上面标识出不能输出的颜色区域。

如图 4.51 所示为原图，图 4.52 所示为将"精细 – 粗糙"滑块居中后，再将原图的"中间色调"添加了 3 次红色、2 次黄色后的效果。

图 4.51　原图像

图 4.52　变化后的效果

4.4.5　反相图像色彩

执行菜单"图像"/"调整"/"反相"命令，可以使图像的颜色反转。使用该命令，可以使黑白相片的正片和负片互相转换。当将一张图像"反相"时，通道中每个像素的亮度值都被转化为相反的值。图 4.53 所示为原图，执行"反相"命令，效果如图 4.54 所示。也可以只对选区中的图像色彩进行反相操作。

图 4.53　原图像

图 4.54　执行"反相"命令后的效果

4.4.6　可选颜色

执行"可选颜色"命令，也可以调整图像的颜色，它与"色彩平衡"命令的区别在于"可选颜色"命令可以有选择性地在图像某一主色调成分中增加或减少颜色含量，而不影响这一颜色在其他主色调中的表现，而从对图像的色彩进行调整。该命令主要用 CMYK 颜色来调整图像的颜色，但也可用 RGB 颜色调整。执行菜单"图像"/"调整"/"可选颜色"命令，打开"可选颜色"对话框，如图 4.55 所示。

在"颜色"下拉列表中，可以选择任何颜色进行调整。例如，打开图 4.56，要改变红色玫瑰花的颜色，首先选择"红色"，将"洋红"选项向左拖动滑块，参数调整如图 4.55 所示。可以看到图像中含红色成分的像素变成了黄色，效果如图 4.57 所示。这是因为含红色成分的像素中的红色比例下降，而黄色占据了其下降的比例，所以这些像素以黄色显现出来。

默认状态下，"可选颜色"控制面板下方的"方法"选项栏中，"相对"单选钮被选中，调整图即用该选项进行调整。当单击"绝对"单选钮，而其他参数不变时，

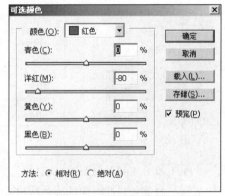

图 4.55　"可选颜色"对话框

图像中含黄色成分的像素也会变成红色，如图 4.58 所示。但比较后发现两种变化有区别：当选择的是"相对"时，如果图像中现有 40%的洋红，增加 10%后，实际增加的洋红的颜色是 4%，也就是说增加后为 44%的洋红色；选择"绝对"时，假设图像中已有 40%的洋红色，如果增加 10%，则增加后共有 50%的洋红。

　　图 4.56　原图像

图 4.57　降低红色像素后的效果

图 4.58　选择"绝对"单选钮

4.4.7　通道混合

执行"通道混合器"命令，可以通过从每个颜色通道中选取它所占的百分比来创建高品质的灰度图像，还可以创建高品质的棕褐色调或其他彩色图像，还可以进行用其他色彩调整工具不容易实现的创意色彩调整。

打开图 4.59，执行菜单"图像"/"调整"/"通道混合"命令，打开"通道混合"对话框，如图 4.60 所示。

在"输出通道"下拉列表框中，选择"红"选项，并将"源通道"的"蓝色"滑块向左拖动，或者在"蓝色"文本框中，输入数值"+150"，可以看到图像色调发生了改变，如图 4.61 所示。

4.4.8　照片滤镜

"照片滤镜"命令用于模仿照相机的滤镜效果处理图像，在相机镜头前面加彩色滤镜，以便调

整通过镜头传输的光的色彩平衡和色温。

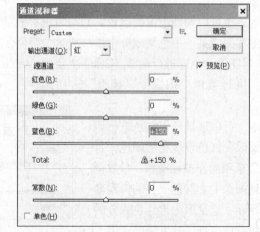

图 4.59　原图像

图 4.60　"通道混和"对话框

图 4.61　调整后的效果

原图如图 4.62 所示，由于拍摄时受到环境影响，使拍摄的照片过渡偏暖。下面通过使用"照片滤镜"命令来降低画面的暖色程度。

（1）执行菜单"图像"/"调整"/"照片滤镜"命令，打开"照片滤镜"对话框，如图 4.63 所示。

（2）在"滤镜"下拉列表框中，选择"冷却滤镜（82）"，就好像是在照相机镜头上增加了一块冷色的滤镜，在拍摄时可以消弱暖红色过重的环境色，单击"确定"按钮后，可以看到画面中的暖色成分降低，处理后的效果如图 4.64 所示。

图 4.62　原图像

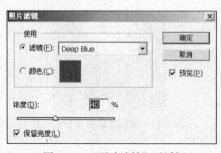
图 4.63　"照片滤镜"对话框

图 4.64　最终效果

"滤镜"选项的下拉列表框中其他选项功能的含义如下。

① 加温滤镜（85）和冷却滤镜（80）：这两个滤镜是用来调整图像中白平衡的颜色转换滤镜。如果图像是使用色温较低的光（如微黄色）拍摄的，则使用"冷却滤镜（80）"会使图像的颜色更蓝，以便补偿色温较低的环境光。相反，如果照片是用色温较高的光（微蓝色）拍摄的，则使用"加温滤镜（85）"会使图像的颜色更暖，以便补偿色温较高的环境光。

② 加温滤镜（81）和冷却滤镜（82）：这两个滤镜是用来调整图像中光平衡的颜色转换滤镜，它们适用于对图像的颜色品质进行较小的调整。"加温滤镜（81）"使图像变暖，"冷却滤镜（82）"使图像变冷变蓝。还可以选择"颜色"单选钮，双击颜色框，弹出"拾色器"对话框，选择需要的颜色对图像进行过滤。如果勾选了"保留亮度"复选框，则在对图像增加滤镜效果时可以保持图像亮度的不变。

4.4.9　匹配颜色

执行"匹配颜色"命令，可以将源图像的颜色与目标图像相匹配。这里所说的目标图像是指需要对其进行匹配颜色的图像；而"源图像"是指被用来对其他图像进行匹配的图像。当用户尝试使不同照片中的颜色看上去一致，或者当一个图像中特定元素的颜色，必须与另一个图像中某个元素的颜色相匹配时，该命令能够匹配两个图像之间的颜色，此外，还可以匹配同一个图像中不同图层之间的颜色。该命令仅在 RGB 模式下可用，操作步骤如下。

（1）设定图 4.65 所示为目标图像，图 4.66 所示为原图像。在选定图 4.65 的情况下，执行菜单"图像"/"调整"/"匹配颜色"命令，打开"匹配颜色"对话框。如图 4.67 所示。

图 4.65　目标图像

图 4.66　原图像

（2）在"源"下拉列表框中，选择"源图像"选项，拖动"渐隐"滑块至"6"，拖动"颜色强度"滑块至"200"，效果如图 4.67 所示。

（3）单击"确定"按钮后，可以看到"目标图像"的颜色与"原图像"的颜色进行了匹配，如图 4.68 所示。

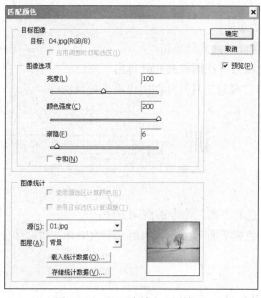

图 4.67　"匹配颜色"对话框

图 4.68　最终效果

在实际工作中，如果需要将图像中的某一区域颜色与另一幅图像进行颜色匹配，可以在"原图像"所需要的颜色区域上建立选区，再进行以上操作步骤。

习　题

1．思考题

（1）在"曲线"对话框中，能否将曲线从调整框的右上角移至右下角，使曲线变成水平线？

（2）"色阶"命令可以用来调整图像的明暗，甚至可以调整图像单一通道的颜色。在"色阶"对话框中，调整图像色阶有哪3种方法？

（3）一张曝光的照片应该怎样修复？

（4）怎样将一张照片底片变成一张冲洗后的彩色正片？

2．选择题

（1）下列选项中用来调整色偏的命令是（　　）。

  A）色调均化   B）阈值   C）色彩平衡   D）亮度/对比度

（2）下列描述正确的是（　　）。

  A）色相、饱和度和亮度是颜色的3种属性

  B）"色相/饱和度"命令具有基准色方式、色标方式和着色方式3种不同工作形式

  C）"替换颜色"命令实际上相当于使用"颜色范围"与"色相/饱和度"命令来改变图像中局部颜色变化

  D）色相的取值范围为0～180度

（3）当图像偏蓝时，使用"Variation"（变化）功能应当给图像增加（　　）颜色。

  A）蓝色   B）绿色   C）黄色   D）洋红

（4）设定图像的"白点"，其操作方法为（　　）。

  A）选择"吸管工具"，在图像高光处单击

  B）选择"颜色取样器工具"，在图像光的高光处单击

  C）在"色阶"对话框中，选择白色吸管并在图像高光处单击

  D）在"色彩范围"对话框中，选择"吸管工具"并在图像高光处单击

实　训

【实训 4.1】翻新老照片。

【实训目的】学习"自动色阶"命令与"色彩平衡"命令的使用方法。

【实训要点】掌握"自动色阶"命令与"色彩平衡"命令、利用"套索工具"切除部分图像，并使用"像素化"滤镜。

【操作步骤】

（1）打开一张有点偏灰的彩色照片，如图 4.69 所示。

（2）首先要对其进行色调的调整。执行菜单"图像"/"调整"/"自动色阶"命令，进行修整，效果如图 4.70 所示。

（3）给彩色照片去色，并制作成偏黄的老照片。

① 执行菜单"图像"/"调整"/"去色"命令，使彩色照片变成黑白照片，如图 4.71 所示。

图 4.69　原图像　　　图 4.70　执行"自动色阶"命令后的效果　　　图 4.71　执行"去色"命令后的效果

② 再在黑白照片的基础上，执行菜单"调整"/"色彩平衡"命令，打开"色彩平衡"对话框。在"色彩平衡"栏中，设置参数"青色"为 80；"洋红"为 50；"黄"为 10，如图 4.72 所示，效果如图 4.73 所示。

（4）修饰老照片。

① 自由变换。将照片旋转一定角度。

② 制作撕边的效果。用"多边形套索工具"进行修饰，把不需要的地方删除掉。

③ 把此图层的模式改为"溶解"，如图 4.74 所示。

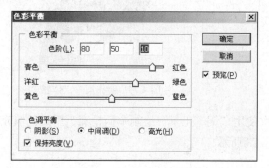

图 4.72　"色彩平衡"对话框　　　　　　图 4.73　执行"色彩平衡"命令后的效果

④ 为了使老照片更形象，给照片边缘添加滤镜中的"碎片"效果。执行菜单"滤镜"/"像素化"/"碎片"命令，"溶解"模式如图 4.74 所示。

⑤ 双击此图层，打开"图层样式"面板，给照片加阴影。

⑥ 给照片添加有纹理的背景，最终效果如图 4.75 所示。

图 4.74　"溶解"模式　　　　　　　　　图 4.75　最终效果图

【实训 4.2】 经典雨伞制作。

【实训目的】 学习使用"亮度/饱和度"命令。

【实训要点】 利用"路径工具"制作雨伞轮廓；利用"亮度/饱和度"命令，调整雨伞的立体感。

【操作步骤】

（1）制作雨伞的轮廓。

① 新建一个文件，导入一幅自己喜欢的素材图片，可以是花草、卡通形象或花布。这里我们选择花布素材。

② 使用"钢笔工具"在花布素材上绘制雨伞的轮廓，并在路径面板上，单击"将路径作为选区载入"按钮，将路径转换为选区。然后执行"反选"命令，将选区反选，按下 Delete 键进行删除，效果如图 4.76 所示。

（2）制作雨伞使其具有立体感。

下面使用"套索"工具按照雨伞的骨架进行分割选取。执行菜单"图像"/"调整"/"亮度/饱和度"命令，调节出不同的明暗度，同时使用"渐变"工具对选区内图像进行由黑色到透明渐变填充，这样雨伞的立体效果就出来了，效果如图 4.77 所示。

图 4.76　雨伞外轮廓制作

图 4.77　制作雨伞立体感

（3）绘制伞柄。新建一个图层，再次使用"钢笔工具"绘制伞柄轮廓，用黑色填充，并将该图层放在雨伞布的下面，最终效果如图 4.78 所示。

图 4.78　最终效果

第5章
图层

图层的应用为图像编辑和图像合成工作带来了极大的方便，同时也是 Photoshop CS3 最为频繁的操作手段。掌握好图层的使用，会给创意设计带来极大的方便。

本章要点

◇ 图层控制面板的使用。

◇ 图层的种类。

◇ 图层的编辑操作。

◇ 色彩混合模式。

◇ 图层样式的应用。

5.1　图层的使用

图层的应用给图像的编辑带来了极大的便利，原来很多通过复杂的通道操作和通道运算才能实现的效果，现在通过图层和图层样式便可轻松完成。Photoshop CS3 中的图层功能已经有了相当大的发展与完善。本节从理解图层概念入手，着重介绍有关图层的编辑操作。

5.1.1　图层的含义

图层的含义可用一个形象的比方来说明它，图层就好像是一些透明的纸，我们可以在这些透明的纸上画画，画到的地方有图像，而没画到的地方仍然是透明的。这样我们可以在不同的纸上绘制不同的画，然后将它们叠放在一起，形成一幅混合的图像。如果要修改混合图像中某个图形时，只要将该图形所在的那张纸单独提出修改即可，而不会影响其他纸上的图形。如图 5.1 所示，4 张硫酸纸叠在一起，模拟了图层的工作原理。透过图层中没有图像的区域可以看到下面图层相应区域的内容。

在用 Photoshop CS3 制作的作品中，一般情况下都是由几个图层组合而成的。通过图层可以将图像中的各个元素分开放在不同的图层中，图层中没有图像的部分将保持透明，使我们对图像的编辑更加的灵活。每一个图层都像一个独立的图像文件一样，可以对其施加命令，进行独立的编辑操作，而对其他的图层不会产生影响。

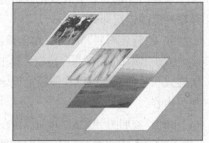

图 5.1　模拟图层的工作原理

5.1.2 "图层"控制面板

"图层"控制面板，如图 5.2 所示。在 1.1.3 小节中对"图层"控制面板已作过简介，下面接着详细介绍它的其余功能。

（1）色彩混合模式：该选项可以设定图层间图像的色彩混合模式，具体设定请见 5.1.6 小节的相关内容。

（2）"锁定透明像素"按钮：单击该按钮，在当前图层上的右边，就会出现一个灰色的锁形图标，为部分锁定图标。该图标表明对该图层的透明区域实行保护，不允许在上面进行任何编辑操作。

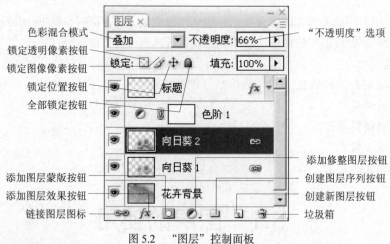

图 5.2 "图层"控制面板

（3）"锁定图像像素"按钮：单击该按钮，在当前图层上也会出现部分锁定图标，表明对该图层不能应用修改或者编辑功能。

（4）"锁定位置"按钮：单击该按钮，在当前图层上也会出现部分锁定图标，表明不能改变该图层上图像的位置。

（5）"全部锁定"按钮：单击该按钮，在当前图层的左边会出现黑色的锁形图标，即为全部锁定图标。表明对该图层同时应用前 3 种锁定，整个图层被完全保护起来。

锁定图标都为开关式按钮，将有锁定图标的图层设置为当前图层，再单击相应的锁定按钮，该图层上的锁定即被去除。

（6）"链接图层"图标：单击该图标，可将选中的图层链接在一起。

（7）"添加图层效果"按钮：单击该按钮，在弹出的快捷菜单中，选择任一命令，都可调出"图层样式"对话框，可以在图层上设定新样式，也可以修改已有的样式。详细内容请见 5.2 节中的相关内容。

（8）"添加图层蒙版"按钮：可在当前图层上添加图层蒙版。详细内容请见 6.2 节中的相关内容。

（9）"不透明度"选项：用来设置图层中图像的透明度。单击选项提示符出现滑块，拖动滑块或直接在文本框中输入数值，即可改变图层的透明度。与绘图工具的不透明度选项意义相近。

（10）"创建图层序列"按钮：图层序列是用来分类管理图层的。单击该按钮，即建立一个新的图层序列。图层序列默认的名称为"序列 1"。双击序列名称，可对名称进行修改。拖动图层到序列上，可将图层放入序列中。在图层序列里，还可以建立下级序列。

（11）"添加修整图层"按钮：单击该按钮，弹出快捷菜单。该快捷菜单相当于"图层"菜单中"新填充图层"和"新调整图层"的组合。详细内容请见 5.1.3 小节中的相关内容。

（12）"创建新图层"按钮：单击该按钮，可在当前图层上建立新的图层。

（13）"垃圾箱"按钮：将图层或序列拖到该按钮上即被删除。

5.1.3　图层的种类

不同种类的图层如图 5.3 所示。不同的图层其特点和功能都有所差别，操作和使用方法也各不相同，下面将着重介绍各种类型图层的创建及其功能和用法。

1. 背景图层

背景图层是一个不透明的特殊的图层，它的特点如下。

（1）一个图像文件中，只能有一个背景图层。

（2）背景图层总是位于控制面板的最底层，不可改变其位置。

（3）背景图层中有一个部分锁定图标，标明背景图层中的不透明度、色彩混合模式及图像的位置是锁定的。

（4）双击背景图层，打开"新图层"对话框，可以使背景图层变为普通图层。

（5）若图像中无背景图层，执行菜单"图层"/"新建"/"图层背景"命令，当前图层就转变成了背景图层。原图层上的透明色由背景色填充。

图 5.3　不同种类的图层

2. 普通图层

普通图层是最常用的图层，这种图层是透明无色的，用户可以在其上进行各种编辑操作，几乎所有命令和工具都可以在普通图层上应用。创建图层的作用是为了方便对图像进行修改和调整。所以在初学 Photoshop 时，要养成将图像的不同部分放在不同图层上的习惯。

创建普通图层有 5 种方法。

（1）在"图层"控制面板上，单击"创建新图层"按钮。

（2）在"图层"控制面板菜单命令中，选择"新建图层"命令。

（3）执行菜单"图层"/"新建"/"图层"命令。该命令的快捷键为 Shift + Ctrl + N。

第一种操作最简单，后两种方法都打开"新图层"对话框。

（4）执行菜单"编辑"/"粘贴"命令，可将剪贴板上的图片粘贴到新建的普通图层中。

（5）执行菜单"编辑"/"粘贴入"命令，同样可将剪贴板上的图片粘贴到新建的图层中，不同的是在图层中形成了蒙版，图片只在选区范围可见。用鼠标移动粘贴入的图片，可以控制图像在选区中的显示位置。

3. 剪切图层组

图 5.3 中的椭圆与棕榈树两个图层，组合成了剪切图层组。在剪切图层组中，下边的图层起到了蒙版的作用，上边图层的图像只有透过下边图层上的图像才可见，其余的部分均被屏蔽。这种方法经常被用在文本中映入图像的效果制作。具体制作方法为如下。

（1）打开"山丘"文件。

（2）选择"文字"工具，在图像上输入"沙漠"两个字。此时的图像窗口如图 5.4 所示，"图层"控制面板如图 5.5 所示。

图 5.4　写上文字后的图像窗口　　　　　　　图 5.5　"图层"控制面板

（3）将背景图层转变为普通图层，再将其移到文字图层的上边。

（4）将鼠标指针指在两个图层的交界线处，按下 Alt 键，指针变成小三角后面有两个叠放在一起的圆形时，单击一下鼠标左键，便完成了剪辑图层组的操作。最终的图像窗口如图 5.6 所示，"图层"控制面板如图 5.7 所示。也可以使用菜单命令来完成剪辑图层组的操作，方法是将图像设置为当前层，执行菜单"图层"/"创建剪贴蒙版"命令，该命令的快捷键为 Ctrl + G。

图 5.6　完成后的图像窗口　　　　　　　　图 5.7　"图层"控制面板

（5）取消剪辑图层组的方法：重复第（4）步操作，可以取消已存在的剪辑图层组。或执行菜单"图层"/"取消编组"命令，取消剪辑图层组，该命令的快捷键为 Shift + Ctrl + G。

4. 图层蒙版

在普通图层上创建蒙版，来控制图层上图像的显示。详细内容请见 6.2 节的相关内容。

5. 填充图层

新填充图层和新调整图层统称为修整图层。这种修整图层可修整图像颜色或图像的色调。可以按照普通图层的控制方式，移动、删除、更改修整图层，也可以在不用改变原图像的前提下修改图层上的蒙版。这种图层最大的用途就是修整数码相机拍摄的图像，也可用于其他图像的效果编辑。

在修整图层的左边是图层缩略图，右边是图层的蒙版。双击图层缩略图，打开相应的修整对话框，可重新设置各选项。创建新填充图层的方法如下。

（1）执行菜单"图层"/"新填充图层"/"纯色"命令，打开"新图层"对话框，从中可以设置新图层的名称、模式和不透明度。若选中了"与前一图层编组"选项，新填充图层只对与它相连的下一个图层起作用。否则，对下面的所有图层起作用。设置完毕，单击"确定"按钮，打开"拾色器"对话框，从中选择需填充的颜色，单击"确定"按钮，即为图像添加了新填充图层。

（2）执行菜单"图层"/"新填充图层"/"渐变"命令，打开"新图层"对话框，设置完毕，单击"确定"按钮，打开"渐变填充"对话框，如图 5.8 所示。

◇ "渐变"选项：是用来编辑和选择渐变的。单击"渐变色框"，打开"渐变编辑器"面板，可以从中创建自己所需的渐变；也可以单击下拉按钮，在下拉列表框中直接选择一种渐变。

◇ "样式"选项：用来选择渐变的填充样式。

◇ "角度"选项：用来选择渐变填充的角度。可以用鼠标拖动圆中的指针来改变角度；也可在后面的文本框中，直接输入角度的数值。

◇ "缩放"选项：可拖动滑块或在文本框中，直接输入 10～150 的整数，来调节渐变的大小，例如选择了"径向"渐变，缩放比例设置得越小，渐变的直径越小；反之，渐变的直径将变大。

◇ "反向"复选框：可使渐变的颜色翻转填充。

◇ "仿色"复选框：可使颜色的过渡变得更柔和。

◇ "与图层对齐"复选框：使用图层的定界框来计算渐变的填充。

各项设置完毕，单击"确定"按钮，即为图像添加了渐变效果。

（3）执行菜单"图层"/"新填充图层"/"图案"命令，打开"新图层"对话框，单击"确定"按钮后，打开"图案填充"对话框，如图 5.9 所示。

◇ 对话框左边为图案选择选项，单击下拉按钮，打开下拉列表框，从中选择一种所需的图案。

◇ "缩放"选项：用来调整图案的大小。

◇ "与图层链接"复选框：强制图案与图层链接在一起，移动时二者将同时移动。

◇ "贴紧原点"按钮：使图案的左上角与图像的左上角对齐。

各项设置完毕，单击"确定"按钮，即为图像添加了所选纹理。

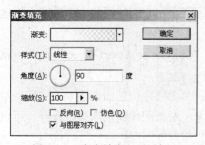 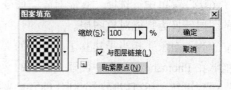

图 5.8　"渐变填充"对话框　　　　　图 5.9　"图案填充"对话框

6. 调整图层

调整图层的建立方法与填充图层的建立方法基本一致。

在"图层"菜单中，选择"新调整图层"命令，再选择下级子命令。这里的子命令与"图像"菜单中"调整"命令的子命令作用是相同的，参见第 4 章的有关图像调整命令。

7. 文字图层

在使用文字工具输入文字时，会自动生成矢量形式的文本图层。文本图层有如下一些独特的功能。

（1）文本图层中的文字内容和文字格式可以单独保存在 PSD 文件中，并且日后可以进行修改和编辑。

（2）文本图层的缩略图中有个"T"符号，并以输入的文字作为图层的名称。

（3）在文本图层上不能使用着色和绘图工具，许多命令也不能使用，但是，执行菜单"编辑"/"自由变形"命令，可以改变文字排列的方向，也可以直接使用"图层样式"为文字增加效果。

（4）执行菜单"图层"/"栅格化"命令，可以将文字图层转换成为普通图层。

8. 图层效果层

当普通图层和文字图层上应用"图层样式"后，就会在"图层"面板的右边出现图层效果图标，在图层的下边会增加图层效果层。增加一种图层效果就会增加一个图层效果层，图层效果层是一种特殊的图层。

（1）不能在图层效果层上应用任何命令和工具，它只是普通图层和文字图层的附加层。

（2）双击图层效果图标，打开"图层样式"对话框，可以重新进行各种选项的设置。对暂时不需要的图层效果，可关闭该层的眼睛图标。对不再需要的图层效果，可用鼠标将其拖到垃圾箱按钮上删除。

9. 形状图层

当使用矩形、椭圆形、直线或自由形状等形状工具绘制图形时，在选项区域中若选择了形状图层选项，就会在"图层"控制面板中自动产生一个形状图层，并会自动命名为"形状 1"。

形状图层与修整图层在结构上很相似，在图层面板上的左边都有一个图层缩略图，右边是一个图层蒙版。只不过该蒙版是以矢量图形为依据建立的，也称作剪贴路径。在路径之内显示图层上的填充内容，而在路径之外的区域始终是透明的。

在形状图层上不能使用绘图工具进行编辑，只能应用各种路径编辑工具进行编辑。

10. 智能对象图层

Photoshop CS3 引入了一个称之为智能对象图层的新型图层。智能对象可以基于像素内容或矢量内容组成。使用智能对象，可以对单个对象进行多重复制，并且当复制的对象其中之一被编辑时，所有的复制对象都可以随之更新，但是仍然可以将图层样式和调整图层应用到单个的智能对象，而不影响其他复制的对象。基于像素的智能对象还能记住它们的原始大小并能无损地进行多次变换。

在"图层"菜单中，选择"智能对象"命令下的"Convert to Smart object"命令，就会将当前选中的图层转换为智能对象图层。

建立"智能对象"相当于建立了一个新的文件，在"图层"控制面板中双击"智能对象"的符号，能够在 Photoshop CS3 中创建一个新的文件图像，对新图像编辑后进行保存，可以使"智能对象"得到更新。还可以通过下列 3 种方式来拷贝智能对象图层。

（1）执行菜单"图层"/"新建"/"通过拷贝的图层"命令。

（2）在"图层"控制面板的菜单中，选择"复制图层"命令。

（3）执行菜单"图层"/"通过拷贝新建智能对象"命令。

通过前两种方式对智能对象图层的复制，得到的"智能对象"及其副本在编辑后是同步更新的；而通过第三种方式或通过双击"智能对象"符号拷贝得到的副本，在编辑后不会影响到原"智能对象"。

5.1.4　图层的复制与移动

图层的复制和移动是经常性的工作，必须要熟练掌握。

1. 在同一图像文件中复制图层

通过对图像中已经存在的图层进行复制，可以建立一个与原图层一样的新图层。复制图层的第一步就是选中要复制的原图层。然后，使用下面的任一种方法最后都能达到在当前文件中复制图层的目的。

（1）拖动法：用鼠标将当前图层拖到创建新图层按钮上，释放鼠标即可创建原图层的副本。

（2）快捷键：按下 Ctrl + J 快捷键，即可创建当前图层的副本。

（3）命令方式：共有 3 种命令方式。

◇ 在面板菜单中，选择"复制图层"命令。

◇ 执行菜单"图层"/"复制图层"命令。

◇ 在"图层"控制面板上，单击鼠标右键，在弹出的快捷菜单中，选择"复制图层"命令。

2. 在不同文件中复制图层

图层不仅可以在同一图像文件中复制，也可以在不同文件之间进行复制。我们将原图层所在图像文件称为源文件，将需要增加新图层的文件称为目标文件。

复制操作的第一步，是同时打开源文件和目标文件，在源文件的"图层"控制面板上选中要复制的图层，然后用下面的任意一种方式，都可将选中的图层复制到目标文件中。

（1）直接用鼠标将图层从源文件拖到目标文件中。

（2）在源文件的图像窗口将要复制的图层，复制到剪贴板中，再将其粘贴到目标文件中。

（3）使用前面讲述的 3 种命令方式中的任意一种，打开"复制图层"对话框，在"文档"选项中，选择目标文件名，再单击"确定"按钮，即可将源文件中的图层复制到目标文件中。

3. 复制图层中的部分图形

在实际操作中，经常需要将某一图层中的部分图形进行复制，而不是复制整个图层，这时，就需要在图层上建立选区。建立选区的方法，在第 2 章中已介绍了很多，要根据具体情况选用最适合的方法。

（1）建立好选区后，执行菜单"图层"/"新建"/"通过拷贝的图层"命令，或选择"通过剪切的图层"命令，都可将选区中的图形，复制到新图层上。

（2）两个命令的快捷键分别为 Ctrl + J 和 Shift + Ctrl + J。

（3）将鼠标移动到选区内，按下鼠标右键，在弹出的快捷菜单中也有上述两个命令。

"通过拷贝的图层"和"通过剪切的图层"两个命令的区别是：前一命令执行后，原图层选区

中的图形依然存在，而后一个命令执行后，原图层选区中的图形被剪切掉了。下面的例子很好地说明了这一点。

如图 5.10 所示，我们只想将图中左边的人，复制到新的图层中。建立好选区后，若执行"通过拷贝的图层"命令，"图层"控制面板如图 5.11所示；若执行"通过剪切的图层"命令，"图层"控制面板如图 5.12 所示。

图 5.10　原图像

图 5.11　通过拷贝的图层

图 5.12　通过剪切的图层

4. 将所有图层中的内容同时复制

上面讲述的复制操作，都只能对当前图层上的图像进行复制。实际工作中，有时需要将分布在不同图层上的图像，在不合并图层的情况下，一次性进行复制，这就必须使用"编辑"菜单中的"合并拷贝"命令。具体的操作步骤如下。

（1）在图像窗口建立选区，必须将复制的内容全部包括在选区内。

（2）执行"合并拷贝"命令，这样不同图层上的图像，就同时被复制到了剪贴板中。

（3）选择"粘贴"命令，合并拷贝操作完成。

5. 图层的移动

当图像中存在多个图层时，由于上面的图层总是遮盖其下面的图层，所以图层的叠放次序直接影响图像显示的效果。因此，在编辑图像时，经常需要调整各图层之间的叠放次序。具体的调整有 3 种方法：拖动法、快捷键与命令方式。

（1）拖动法：在图层控制面板中，选中需要调整位置的图层，拖动鼠标将图层向上或向下移动，当移动到理想位置时，释放鼠标，图层即被调整到所需位置。

（2）快捷键：

◇ Shift + Ctrl +]：将当前图层置为最顶层。

◇ Ctrl +]：将当前图层上移一层。

◇ Ctrl + [：将当前图层下移一层。

◇ Shift + Ctrl + [：将当前图层置为最底层（在背景图层之上）。

（3）命令方式：执行菜单"图层" / "排序"命令，再选择其下的子命令。同样，可以实现图层位置的调整。

5.1.5 链接、对齐和分布图层

存在于不同图层中的图像，如何保持或改变它们之间的相对位置，这是本小节将要介绍的内容。

1. 与链接图层相关的命令

在编辑图像时，有时想将几个图层，在不改变它们相对关系的同时，一起移动、旋转或合并。此时，使用将图层链接在一起的方法，就可以实现上述操作。图层的链接方法，请见 1.1.3 小节中的相关内容。

与链接图层命令相关的菜单命令如下。

（1）执行菜单"图层" / "新建" / "由链接层创建组"命令，可将链接在一起的图层放置到新创建的图层目录中。

（2）执行菜单"图层" / "锁定所有链接图层"命令，可以锁定所有链接在一起的图层。

（3）在菜单"图层" / "合并链接的图层"命令，可将所有的链接图层合并到当前图层中。

2. 对齐链接的图层

（1）执行菜单"图层" / "对齐链接图层"命令，弹出子命令如图 5.13 所示。

（2）该组命令的作用，是使链接图层上的图像，按命令要求与当前图层上的图像对齐排列。使用该组命令的前提是至少要有两个图层链接在一起。如图 5.14 所示，大蝴蝶在当前图层上，两只小蝴蝶在链接图层

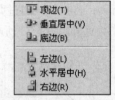

图 5.13　"对齐链接图层"子命令

上，当选择不同的对齐命令时，小蝴蝶就按命令要求与大蝴蝶对齐。图 5.14 所示为顶边对齐，图 5.15 所示为水平居中对齐，图 5.16 所示为底边对齐。

图 5.14　顶边对齐

图 5.15　水平居中对齐

图 5.16　底边对齐

3. 分布链接的图层

（1）执行菜单"图层"/"分布链接的"命令，弹出子命令如图 5.17 所示。

（2）该组命令的作用，是使链接图层上的图像，按命令要求以平均间隔分布。使用该组命令的前提是至少要有 3 个图层链接在一起。按顶分布是使链接图层上的图像间，顶端到顶端在垂直方向上距离相等。图 5.18、图 5.19 与图 5.20 分别为按顶分布、水平中轴分布和按底分布。请注意，图像中参考线间的间隔距离是相等的。后面的 3 个分布命令，控制着图像水平方向的间隔。

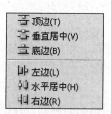

图 5.17　分布链接图层　　　图 5.18　顶边分布　　　图 5.19　垂直居中分布　　　图 5.20　底边分布

在实际工作中经常需要使用对齐和分布命令，以使不同图层上的图像达到某种布局要求。例如，在制作网页时，对调入的几个按钮图像，要是用手工拖动的方式使图片按要求排列，将非常费工且不容易精确。这时可先使用对齐命令使图像按某个方向对齐，再使用命令使图片均匀分布。

5.1.6　色彩混合模式

图像合成是 Photoshop CS3 中最重要的功能。一个好的设计作品，不但要有充足的素材，更重要的是如何应用这些素材合成一个好的图像。在图像合成中，图层的色彩混合模式、不透明度和蒙版都是较为重要的功能。不透明度和蒙版的功能较为直观，而色彩混合模式则较为复杂一些，故很容易被初学者忽视。

色彩混合模式，可以在图像重叠的部分调整出独特的颜色组合，也就是说混合模式决定当前图层与其下的图层进行颜色混合时的算法。同样的两种颜色混合，由于采用的算法不同，产生的混合效果也就不同。

在"图层"控制面板上，单击色彩混合模式的选项提示符，弹出快捷菜单，如图 5.21 所示。各命令的意义如下。

（1）"正常"模式：这是系统默认的模式，当不透明度为 100%，这种模式没有什么效果，只是当前层上的图像将下一层的图像覆盖而已。当不透明度小于 100% 时，则显露出下面的图像。

（2）"溶解"模式：当不透明度为 100% 时，该模式也不起作用，只有当不透明度值小于 100% 时，上一层的图像以散乱的点状形态叠加到底层图像上，其结果呈颗粒状。不透明度的值越小，溶解效果越明显。

（3）"变暗"模式：该种模式按照像素对比上下层中的颜色，取其中的暗色，作为该像素的最终颜色。最终的结果是一切亮于下层的颜色被替换，暗于下层的颜色将保持不变。

图 5.21　色彩混合模式

（4）"正片叠底"模式：将上层图像的颜色像素值与下层的像素值相乘后，再除以 255 得到的结果就是最终结果，最终产生的颜色要比两个图层上颜色都暗。这个模式可以制作一些阴影效果。要记住黑色和任何颜色混和还是黑色，而任何颜色和白色叠加，得到的还是该颜色。

（5）"颜色加深"模式：这一模式与上一模式的效果相反，使下层图像的色彩变暗，并将下层图像的色彩反射到上层图像中。图像中的白色部分不会发生明显变化。除白色以外的区域都将与黑色混合。

（6）"线性加深"模式：该模式是"变暗"模式和"颜色加深"模式的叠加效果。从整体上将图像变暗，白色部分也表现为合成效果。这种模式可以在保持原图像形态的同时，制作出合成效果。

（7）"变亮"模式：该模式与上一模式正相反，是对图像进行加亮处理。最终的结果是：上层图像颜色较亮的部分没有明显变化，而颜色较暗部分将变亮。

（8）"滤色"模式：将上层图像的颜色像素值与下层像素的互补色相乘后，除以 255 得到的结果就是最终结果。最终产生的颜色要比两个图层上的颜色都浅。如果上一图层的颜色非常浅，那它就相当于对下一图层进行漂白的漂白剂。

（9）"颜色减淡"模式：这个模式和"滤色"模式相类似，加亮了下层图像的色彩，并把它反射到目标图像，当图像中色彩很丰富时，会得到一些意想不到的效果。

（10）"线性减淡"模式：该模式在执行过程中，检查每个通道的颜色信息，通过降低其亮度使底色的颜色变亮。最终得到的效果要比"颜色减淡"模式的光照效果更强。

（11）"叠加"模式：这种模式产生的效果，相当于同时使用了"正片叠底"和"滤色"两种模式。原理是根据下层颜色决定是"正片叠底"还是"滤色"。一般发生变化的都是中间色调，亮调区和暗调区的变化不太大。整体上会使画面的亮度、饱和度和色彩对比度的值提高。

（12）"柔光"模式：此模式是根据下层图像的色彩亮度，来决定加亮还是变暗图像。亮调区的图像变亮，暗调区的图像变暗。结果是亮区更亮，暗区更暗，反差增大，类似于柔光灯照射的效果。

（13）"强光"模式：这种模式是"柔光"模式的一种更为强烈的模式。亮调区的图像会变得更亮，暗调区的图像会变得更暗。可以在图像上表现出聚光灯照射时的效果。

（14）"亮光"模式：该模式会使亮调区更亮，暗调区更暗。表现出强烈的颜色对比度，产生一种耀眼的强烈色调。

（15）"线性光"模式：该模式与上一模式有些相似，也可以表现出较强的对比度。但该模式可以清楚地表现出图像的轮廓，获得清晰的图像合成效果。

（16）"点光"模式：该模式与上两个模式有相同之处，都可以使图像变亮。该模式的特点是将上一图层中的白色区域处理成透明状态，所以合成出来的图像会表现出更丰富的色彩。

（17）"实色混合"模式：该模式与"亮光"模式的效果相近。只是该模式合成的图像颜色更鲜艳些。

（18）"差值"模式：这种模式的颜色效果变化较大。两个图层的亮度值进行运算，上层图像中的黑色不产生变化，暗调区变化较小，白色和亮调区则将下层颜色反相后，与上层图像相混合，产生色彩反相变化。

（19）"排除"模式：这种模式与上一模式相类似，可以表现出更柔和的合成效果。

（20）"色相"模式：将上层图像的色彩值与下层图像的色彩饱和度值及亮度值相混合，它只对混合的颜色产生影响，对没有参与混合的颜色不产生影响。

（21）"饱和度"模式：将上层图像的饱和度值与下层图像的色彩值和亮度值相混合，以调整混合部分的饱和度。

（22）"颜色"模式：将使图像的色彩产生变化，但不改变亮度和饱和度，产生的图像较暗。

（23）"亮度"模式：与上一模式的效果正相反，上层图像的亮度值与下层图像的色彩值及饱和度值相混合，可以使暗色调的图像变亮。

5.2　添加图层效果

图层效果是 Photoshop CS3 的强大功能，它提供了大量的自动特殊效果，如高级的色彩混合选项、投影、发光、浮雕等，这些效果可以使被处理过的图像熠熠生辉。

5.2.1　图层效果操作概述

1. 添加图层效果的操作步骤

添加图层效果也称之为添加图层样式，一般要经过下列几个步骤。

（1）选中要添加图层样式的图层。

（2）用以下 3 利方法调出"图层样式"对话框。

◇ 在"图层"菜单中，选择"图层样式"命令，再选择一个子命令。

◇ 在"图层"控制面板下边，单击"添加图层效果"按钮，在弹出的菜单中，选择一个命令。

◇ 双击除背景图层以外的图层面板区域。

（3）在对话框中，设置各种参数。

（4）图层效果可以将多个叠加在一起。在设置完一种效果后，可以再选择另外的效果进行设置。

（5）将所有效果设置完毕后，单击"确定"按钮，图层样式即添加完毕。

（6）添加了图层效果后，在图层面板的右侧将出现图层效果标识，标识左侧的三角符号的作用是用来展开或折叠效果图层，以利于节省图层面板的空间。

在添加了效果的图层上用鼠标双击，打开"图层样式"对话框，在对话框中可以进行其他效果的添加，也可以修改现有效果的各项设置。

2. "图层样式"对话框简介

"图层样式"对话框，如图 5.22 所示。对话框竖向分为 3 个区域：左边为效果列表区，中间为选项设置区，右边为操作按钮区。

（1）效果列表区：该区域列出了所有可以添加的图层效果，供用户选择。只有最上边的"样式"选项比较特殊，单击"样式"，在选项设置区弹出的是"样式"控制面板。"样式"控制面板在本章的最后加以介绍。

（2）选项设置区：在效果列表区选择不同的效果，该区域的界面就会随之发生变化。出现与选择的效果相对应的属性设置界面。十几种界面中有很多选项是相同的，所以重点学习几个界面，所有界面的使用也就掌握了。

（3）操作按钮区：前两个按钮大家都熟悉，只介绍下面的按钮和选项。

◇ "新建样式"按钮：单击该按钮，打开"新样式"对话框。可以将已经设置好的图层效果保存在"样式"控制面板中。

◇ "预览"选项：选中该选项，可直接在图像窗口预览所添加的图层效果。否则，只有在单击"确定"按钮确认后，才可在图像窗口看到所添加的图层效果。

◇ 最下面的是效果预览缩略图，对所设置的图层效果作预览显示。

5.2.2　混合选项

"混合选项"是"图层样式"的默认选项，用于决定当前图层与其下的图层进行颜色混合的高级算法。"混合选项"执行后，在"图层"控制面板上并不出现图层效果图标。该效果的各选项设置，如图 5.22 所示。

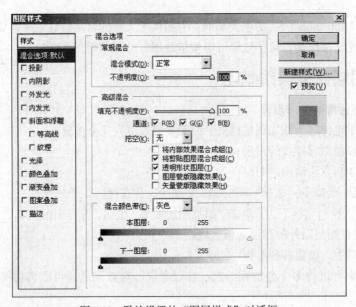

图 5.22　默认设置的"图层样式"对话框

1."常规混合"选项区域

这个选项区域中的两个选项："混合模式"与"不透明模式"，与"图层"控制面板上的相应选项作用是完全相同的，决定了当前图层与其下的图层进行颜色混合时的常规算法。

2."高级混合"选项区域

（1）"填充不透明度"选项：可以改变填充图层的不透明度。

（2）"通道"选项：在 3 个复选框中，可以选择当前图层中参加高级混合的 R、G、B 通道。可选中一个或两个通道，也可以全选。不同的选择，挖空区域的颜色效果会不同。

（3）"挖空"选项：挖空是指透过不透明的图层，使其下的内容显露出来。要添加挖空效果，首先必须调整当前图层上的"填充不透明度"选项，其值越小，透出的底层图像越清晰。

在"挖空"选项下拉列表框中有 3 个选项。

◇ "无"选项：不产生挖空效果。

◇ "浅"选项：当"图层"控制面板上存在图层目录或剪切图层组时，挖空效果只穿透本组图层。

◇ "深"选项：挖空到背景层。

（4）"将内部效果混合成组"复选框：与文档混合前先将内发光、光泽和叠加与图层混合。

（5）"将剪切图层混合成组"复选框：与文档混合前，先混合剪切编组。

（6）"透明形状图层"复选框：使用图层透明度来决定内部的形状和效果。

（7）"图层蒙版隐藏效果"复选框：用图层蒙版来隐藏图层和效果。

（8）"矢量蒙版隐藏效果"复选框：用矢量图层蒙版来隐藏图层和效果。

3. 混合颜色带选项区域

"混合颜色带"选项：单击下拉按钮，在弹出的下拉列表框中有 4 个选项，分别是"灰"、"红"、"绿"和"蓝"，可以根据需要选择适当的颜色参与混合。

本选项的下面有两条颜色带，拖动三角滑块，可以调整当前图层和下面图层参与混合的颜色。

这些高级选项，可以混合出许多意想不到的奇特效果。

5.2.3　阴影和发光效果

1. 阴影效果

阴影效果可以使图层中的图像产生立体的投影效果。阴影效果分"投影"和"内阴影"两种。"投影"效果是在图像的下面增加阴影，给人一种图像仿佛升起来的感觉，如图 5.23 所示。"内阴影"效果是在图像的里边产生阴影效果。在图 5.23 的基础上再增加"内阴影"效果，形成的图像如图 5.24 所示。

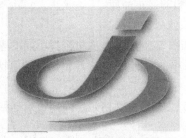 

图 5.23　"投影"效果　　　　　　　　图 5.24　"内阴影"效果

"投影"和"内阴影"效果的选项基本相同。下面以"投影"效果的对话框为例，讲解一下添加阴影效果时，各选项的设置方法。"投影"效果的"图层样式"对话框，如图 5.25 所示。

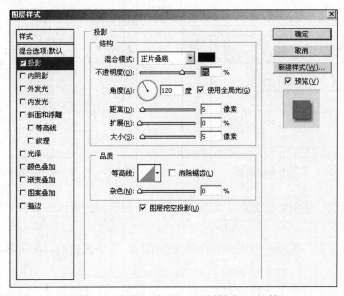

图 5.25　"投影"效果的"图层样式"对话框

（1）"结构"选项区域：该选项区域用于设置阴影的颜色、面积和边缘的羽化程度。

◇ "混合模式"选项：该选项确定图层样式与下一图层的色彩混合方式。各选项同图 5.22 完全相同。在大多数情况下，不必进行本选项的设置，因为每种效果的默认模式，都产生最佳的合成效果。

选项后的颜色框是用来设置阴影颜色的。单击颜色框，即弹出"拾色器"，从中可选择所需要的颜色。

◇ "不透明度"选项：与"图层"控制面板上的该选项概念相同。

◇ "角度"选项：确定阴影产生的光照角度。拖动角度指针或在文本框中，输入数值，都可以改变阴影产生的方向。

◇ "使用全局光"复选框：选中该复选框，产生的光照角度作用于图像中的所有图层。否则，只作用于当前图层。

◇ "距离"选项：用来调整图像与其阴影间的距离。

◇ "扩展"选项：对阴影的宽度作细微的调整。

◇ "大小"选项：增加该选项数值，可使阴影扩大，扩大的同时产生模糊的效果。

（2）"品质"选项区域：该选项区域用于设置阴影的显示品质。

◇ "等高线"选项：用于设置阴影的不同轮廓线效果。

单击选项提示符，弹出"等高线"下拉面板，如图 5.26 所示。从中选择不同的等高线，就会得到不同的阴影轮廓效果。轮廓线效果与"大小"选项的值有关。"大小"选项的值越大，轮廓线效果越明显。

单击等高线图框，打开"等高线编辑器"对话框，如图 5.27 所示。应用该对话框，可以自定义等高线的形状。

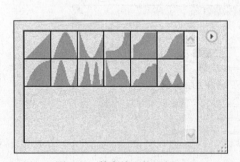

图 5.26　等高线下拉面板

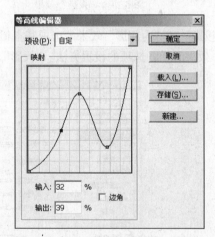

图 5.27　打开"等高线编辑器"对话框

◇ "杂色"选项：使阴影部分产生斑点化，类似溶解模式的效果。值设置得越大，下层像素显露出的越多。

◇ "图层挖空投影"选项：当阴影的背景为透明时，选中该选项可使阴影变暗。

2. 发光效果

发光效果可以使图像产生一种像光源一样发光的效果。发光效果分"内发光"和"外发光"两种。"外发光"效果如图 5.28 所示，"内发光"效果如图 5.29 所示。

　　"外发光"和"内发光"效果的选项基本相同。下面以"外发光"效果的对话框为例，介绍添加发光效果时各选项的设置方法。"外发光"效果的"图层样式"对话框，如图 5.30 所示。

图 5.28　"外发光"效果　　　　　　　　图 5.29　"内发光"效果

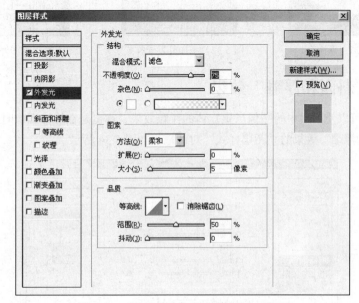

图 5.30　"外发光"的"图层样式"对话框

　　（1）"结构"选项区域：用于设置光源的颜色效果。

　　"混合模式"、"不透明度"和"杂色" 3 个选项不再重复，重点讲解光的颜色设置。选中左边的单选按钮，将光设置为纯色，单击方形颜色框，弹出"拾色器"，可以从中选择适当的颜色。

　　选中右边的单选按钮，将光设置为渐变色，直接单击长方形颜色框，弹出"渐变编辑器"，从中可以创建新的渐变。单击颜色框的选项提示符，弹出渐变下拉面板，可以从中选择一种已有的渐变。

　　（2）"图素"选项区域：用于设置发光的面积和虚化程度。

　　◇ "方法"选项：用来设置发光边缘像素的模式，有"较柔软"和"精确"两个选项。"较柔软"选项是基于模糊技术创建发光，使光的边缘显得很柔和。"精确"选项是使用距离测量技术创建发光，使光的边缘变化比较清晰。

　　◇ "扩展"和"大小"选项与"投影"效果中的选项意义相同。

　　（3）"品质"选项区域：用于设置光的轮廓线效果。

　　◇ "等高线"的使用也与"投影"效果中的"等高线"意义相同。

　　◇ "消除锯齿"选项：会使轮廓线的边缘变得平滑些。

◇ "范围"选项：控制轮廓线的范围。数值越大，发光的面积将会缩小，而轮廓线的面积则会增大。

◇ "抖动"选项：增大数值可使轮廓线变得更柔和。

不论是"投影"效果，还是"外发光"效果，应用"等高线"都可以使图像产生非常漂亮的轮廓线。图 5.31 为原图像，在图 5.32 和图 5.33 中添加了相同的外发光样式，只是选择了不同的等高线，就产生了如此不同的效果。

图 5.31　原图　　　　　　图 5.32　添加外发光样式 1　　　图 5.33　添加外发光样式 2

5.2.4 "斜面和浮雕"效果

斜面和浮雕可以使图层中的图像产生立体的浮雕效果。这也是在修饰图像时经常要用到的一种技巧。"斜面和浮雕"效果的"图层样式"对话框，如图 5.34 所示。

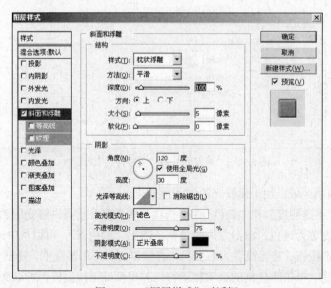

图 5.34　"图层样式"对话框

1. "结构"选项区域

用来确定浮雕效果的形状和隆起或凹陷的程度。

（1）"样式"选项：用来确定浮雕效果的形状。共有 5 种样式供选择。

◇ "外斜面"选项：此效果有些类似于"投影"效果，在图像的下面产生阴影，使图像有一种升起的效果。与之不同的是此效果不仅在背光面产生阴影，在光照面也会产生亮面，增加了图像的立体感。该样式的效果，如图 5.35 所示。

◇ "内斜面"选项：该效果是在图像的内部边缘产生亮面和阴影，给图像增加了立体厚度感。该样式的效果，如图 5.36 所示。

图 5.35　外斜面效果

图 5.36　内斜面效果

　　◇ "浮雕效果"选项：该样式是前两种样式的综合，既有外斜面效果又有内斜面效果，使图像的立体感更加强烈。该样式的效果，如图 5.37 所示。

　　◇ "枕状浮雕"选项：该样式同样是既有外斜面效果又有内斜面效果，不同之处是外斜面产生的方向是由背景向图像的边缘过渡，使图像在产生厚度的同时又增加了陷入背景的感觉。此样式很适合制作雕刻文字效果。该样式的效果，如图 5.38 所示。

图 5.37　浮雕效果

图 5.38　枕状浮雕

　　◇ "描边浮雕"选项：该样式产生边缘浮雕效果。

　　（2） "方法"选项：用来确定斜面的表现方式。共有 3 种方式供选择。

　　◇ "平滑"选项：该方式产生的斜面较圆滑。

　　◇ "硬浮雕"选项：该方式产生的斜面棱角分明，使图像产生一种金属般的坚硬感。

　　◇ "软浮雕"选项：该方式与上一方式接近，只是产生的棱角平缓些，且增加了一些过渡的刻痕。

　　（3） "深度"选项：用来设置阴影效果的强度。值越大阴影的光照反差越明显。

　　（4） "方向"选项： "上"与 "下"两个单选按钮，控制着阴影的亮面与暗面产生的方向。

　　（5） "大小"选项：用来调整斜面的高度。

　　（6） "软化"选项：用来使斜面的坡度过渡得更柔和。

　　2. "阴影"选项区域

　　用来调整阴影的表现形式。

　　（1） "角度"选项：用来调整光照的角度。

　　（2） "高度"选项：用来调整光照的高度。

　　（3） "光泽等高线"选项：可使阴影产生一些特殊的光照效果。

　　（4） "高光模式"和其下边的 "不透明度"选项：用来调整阴影亮面的颜色效果和不透明度。

　　（5） "暗调模式"和其下边的 "不透明度"选项：用来调整阴影暗面的颜色效果和不透明度。

5.2.5　 "样式"控制面板

　　为了快速应用图层效果，Photoshop CS3 制作了一些样式样本，存放于 "样式"控制面板中。每个样本都是由一个或多个图层效果组合而成的。使用这些样本，会大大简化我们的操作。

1. "样式"控制面板的使用

"样式"控制面板，如图 5.39 所示。"样式"控制面板比较简单，面板的大部分为样本列表，最下边有 3 个按钮。

（1）最左边的为"去除图层效果"按钮：若图层上已有的图层效果不再需要，可将该图层设置为当前图层，然后单击一下该按钮，图层效果即被去除。

（2）中间的为"新建样本"按钮：若当前图层上已添加了图层效果，单击该按钮，可为当前图层上的图层效果创建一个样本。这个样本将排在样本列表的最后一位。

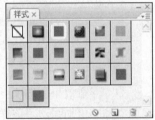

图 5.39 "样式"控制面板

增加的样本只保留在面板的列表中，一旦列表被替换，新建立的样本就会丢失。若想永久保存新建的样本，可以单击面板菜单提示符，在弹出的面板菜单中，选择"存储样式"命令，将当前列表中的样本保存到扩展名为.ASL 的文件中。以后再需要时，可使用"载入样式"命令将其追加到当前列表的后面。

（3）最后一个为"删除样本"按钮，对于不再需要的样本，可以直接用鼠标将其拖到该按钮上，释放鼠标，样本即被删除。

2. 使用"样式"控制面板为图层添加图层效果

在面板菜单的下半部，列出了 13 种样本文件的名称，选择一个文件名，即可将该文件中的样本替换或追加到面板列表中。

利用这些样本，我们可以很快地为图层添加图层效果。具体操作如下。

（1）将要增加效果的图层设置为当前图层。

（2）在"样式"控制面板中，找到一个适合的样本，只要在样本上单击，即将样本中保存的图层效果添加到了当前图层上。

使用这种方法可以快速创建文字特效，也可以快速制作各种按钮。

习 题

1. 思考题

（1）图层的作用是什么？

（2）有多少种类型的图层？请说出每种图层的特点。

（3）请说出对图层进行链接的操作步骤。

2. 填空题

（1）在图层效果中，应用"等高线"选项，可以使添加的效果产生非常漂亮的_____。

（2）阴影效果可以使图层中的图像产生立体的_____效果。

（3）要使链接图层上的图像，以平均间隔分布，至少要有_____图层链接在一起。

（4）将鼠标指针指在两个图层的交界线处，按下_____键，指针变成小三角后面有两个叠放在一起的圆形时，单击鼠标左键，便完成了剪辑图层组的操作。

3. 选择题

（1）创建普通图层的方式有（　　）种。

A）2　　　　　　　　　B）3　　　　　　　　　C）4　　　　　　　　　D）5

（2）图层效果中有（　　）种发光样式。

A）3　　　　　　　　　B）2　　　　　　　　　C）1　　　　　　　　　D）4

（3）复制图层的快捷键是（　　）。

A）Shift + J　　　　　B）Crtl + J　　　　　C）Ctrl + Z　　　　　D）Shift + Z

实　训

【实训 5.1】 图层的认识。

【实训目的】 加深对图层概念的理解。

【实训要点】 移动工具和图层不透明度的使用。

【实训步骤】

（1）打开 T5-1 和 T5-2 图像文件，如图 5.40 和图 5.41 所示。

图 5.40　T5-1

图 5.41　T5-2

（2）将 T5-2 设为当前窗口。选择"移动工具"，用鼠标将 T5-2 拖放到 T5-1 之上。得到如图 5.42 所示的效果。此时的"图层"控制面板，如图 5.43 所示。从图中可见，在原图的背景图层上，又增加了图层 2。透过图层的透明区域，可以看到下面图层的内容。

图 5.42　将 T5-2 拖放到 T5-1 之上

图 5.43　"图层"控制面板

（3）将图层 2 的不透明度设置为"50%"，图层 2 中的图像就变得不清晰了，如图 5.44 所示，此时的"图层"控制面板如图 5.45 所示。

图 5.44　不透明度设置后效果　　　　　　　图 5.45　"图层"控制面板

【实例 5.2】组拼儿童画。

【实训目的】练习图像的组合。

【实训要点】图像的模式转换及自由变换。

【实训步骤】

（1）打开图像文件 T5-3、T5-4、T5-5、T5-6 和 T5-7，如图 5.46、图 5.47、图 5.48、图 5.49 和图 5.50 所示。下面将这 5 张图片组拼成一张儿童画。

图 5.46　T5-3

图 5.47　T5-4　　　　　　　　　　　　图 5.48　T5-5

图 5.49　T5-6　　　　　　　　　　　　　　图 5.50　T5-7

（2）新建一个 400 像素×400 像素的文件。选择"吸管工具"，单击蓝天白云（T5-3）中的蓝色，将其设置为前景色。按 Alt+Delete 组合键，为新建的文件填充前景色。

（3）打开的 5 个文件均为索引模式，要想在 Photoshop CS3 中使用，必须首先执行菜单"图像"／"模式"／"RGB 颜色"命令，将其转换为 RGB 模式。

（4）将图蓝天白云（T5-3）设为当前文件，选择"移动工具"，将其拖放到新建的文件中。在"图层"控制面板中，增加了图层 1。按 Ctrl+T 组合键，图层 1 中图像的四周出现了带有 8 个控制点的变换控制框，拖动控制点，可以对图像进行缩放。按图 5.51 所示的效果，调整好白云的位置及大小，按回车键确认变换。

（5）重复步骤（4），依次将小房子（T5-4）、天鹅（T5-5）、小花（T5-6）和女孩（T5-7）拖放到新建的文件中。当 T5-5 在调出变换框时，按鼠标右键，在弹出的快捷菜单中，选择"水平翻转"命令，使天鹅的头与女孩相对。完成所有操作，一张漂亮的儿童画就做好了。此时的"图层"控制面板如图 5.52 所示。

图 5.51　最后效果

图 5.52　"图层"控制面板

第6章
通道与蒙版

在图像合成方面除了图层外，通道和蒙版也扮演着举足轻重的角色。熟练使用这两个功能，并有效地发挥其作用，会使你的设计水平达到更高境界。

本章要点

◇ 通道与蒙版的概念和作用。

◇ "通道"控制面板的使用。

◇ 有关通道和蒙版的基本操作。

◇ 图层蒙版的应用。

6.1 通　道

通道主要用于存放和管理图像的颜色信息。通道还可以用来存放选区和蒙版，以方便用户对图像特定部分的编辑工作。

6.1.1　通道的含义

通道的概念是由分色印刷的胶片概念演变而来的。当打开一个图像文件时，在"通道"控制面板上就自动建立了颜色信息通道。根据图像的色彩模式将图像分解成不同的单色通道，每个单色通道就好似分色印刷中的一个单色胶片。将这些单色通道，按固定的顺序存放于"通道"控制面板中，便于分别进行管理。

在多通道色彩模式的图像中，还存在一个由多个单色通道组合而成的复合通道。当每个单色通道发生变化时，其复合通道也会随之发生变化。

不同的色彩模式，其色彩信息通道的数目是不同的。

（1）位图有一个通道：称为位图通道。

（2）灰度图有一个通道：称为灰度通道。

（3）RGB 模式有 4 个通道：一个复合的 RGB 通道，3 个单色通道。单色通道分别是红、绿和蓝通道。

（4）Lab 模式有 4 个通道：一个复合的 Lab 通道，3 个单色通道。单色通道分别是 L（明度）、a（由绿色到洋红）和 b（蓝色到黄色）通道。

（5）CMYK 模式有 5 个通道：一个复合的 CMYK 通道，4 个单色通道。单色通道分别是青色、洋红、黄色和黑色通道。

6.1.2 通道的作用

通道主要有以下 4 个方面的作用。

（1）基本通道保存图像的色彩信息。用于保存图像色彩信息的通道统称为原色通道，它在通道面板中的叠加顺序是固定不变的。

（2）保存选择区域的数据。用于保存选择区域的通道称为 Alpha 通道，Alpha 通道是无色彩的灰度模式的图像，通道对选区的保存，使重复使用选区成为可能，也为组合选区工作提供了极大的方便。

（3）保存蒙版数据，即将蒙版保存在通道中。用来保存蒙版的通道也是 Alpha 通道，因此，可以用所有的绘图和编辑工具对蒙版进行调整和修改。对于快速蒙版在通道中只是一个暂存的过程，结束了快速蒙版的操作，快速蒙版在通道中将自动消失。

（4）对于通道中的原色通道，可以进行色阶、亮度和对比度的调整，还可以利用滤镜进行特效处理。

6.1.3 通道的使用

1.“通道”控制面板

根据图像色彩模式的不同，“通道”控制面板中的通道也是不同的。常用的 RGB 模式的“通道”控制面板，如图 6.1 所示。CMYK 模式的“通道”控制面板，如图 6.2 所示。

图 6.1　RGB 模式的“通道”控制面板　　图 6.2　CMYK 模式的“通道”控制面板

“通道”控制面板中的每一行代表一个通道。通道名称后的文字，如 Ctrl + 1 的字样，为在图像窗口打开该通道的快捷键。眼睛图标为是否在图像窗口显示该通道的图标。

2.“通道”控制面板的操作

（1）通道的选择

用鼠标单击“通道”控制面板中的某一通道面板，既可选中该通道。也可以用快捷键选中。选中某个通道后，其他通道将自动关闭。按下 Shift 键，再单击其他通道，可以同时选中多个通道。单击复合通道，则所有的单色通道全部被选中。

“通道”控制面板中的原色通道的上下位置是固定不变的，不可以上下移动。

（2）通道缩略图

通道缩略图位于通道面板的左边，显示通道中的图像，方便操作时观察。可以改变缩略图的大小，操作方法如下。

用鼠标单击面板菜单提示符，选择菜单中的“调板选项”命令，打开“通道调板选项”对话框，如图 6.3 所示。从中可选择需要的通道缩略图的显示方式。

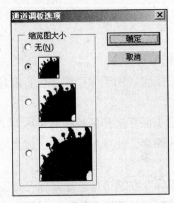

图 6.3 "通道调板选项"对话框

（3）单色通道用原色显示

在默认的设置下，通道中除混合通道外其他单色通道都是用灰度显示的，为了便于观察也可以用原色显示通道。通道用原色显示的方法如下。

① 执行菜单"编辑"/"首选项"/"Interface（内部界面）"命令，打开"首选项"对话框，如图 6.4 所示。

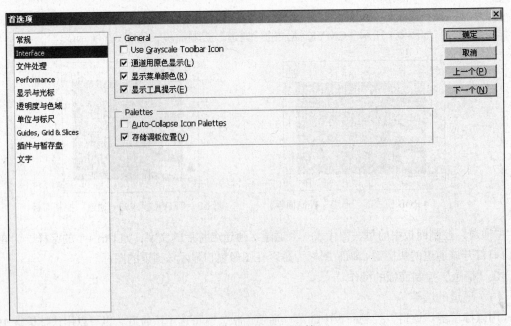

图 6.4 "首选项"对话框

② 在"General（常规）"选项区域中，选中"通道用原色显示"复选框，单击"确定"按钮，即设置完毕。此时"通道"控制面板中的单色通道就变成了原色显示，如图 6.5 所示。

3. 创建 Alpha 通道

创建 Alpha 通道的方法如下。

（1）单击"通道"控制面板中的创建新通道按钮，就会建立通道 Alpha 1，位于原色通道的下方。在新建通道的名称上双击鼠标即可修改通道名称。

（2）单击面板菜单提示符，弹出面板菜单命令，如图 6.6 所示。选择"新建通道"命令，打开"新建通道"对话框，如图 6.7 所示。对话框中的各选项含义如下。

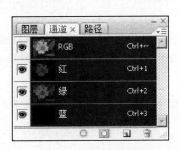

图 6.5　原色通道显示　　　　图 6.6　通道面板菜单命令

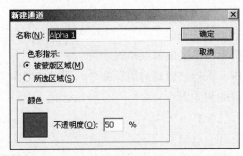

图 6.7　"新建通道"对话框

◇　"名称"选项：为新建的通道设置名称。

◇　"色彩指示"选项区域：选中"被蒙版区域"单选按钮，表示用彩色显示蒙版范围，没有颜色的区域则是选区范围；若选中"所选区域"单选按钮，显示选区范围，没有颜色的区域则代表蒙版范围。

◇　"颜色"选项：用来设置蒙版的颜色。该颜色对图像没有影响，它只是用来区分选区和非选区，同时还可以设置颜色的透明度。

4．通道的复制

在编辑图像时，有时需要对通道进行复制，复制通道的方法如下。

（1）在"通道"控制面板中，选中要复制的通道，按下鼠标左键，将其拖动到"创建新通道"按钮上，选中的通道即可被复制。

（2）在"通道"控制面板中，选中要复制的通道，单击面板菜单提示符，在弹出的面板菜单中，选择"复制通道"命令，打开"复制通道"对话框，如图 6.8 所示。根据需要设置各选项后，单击"确定"按钮，就会将选中的通道复制。

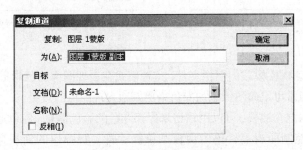

图 6.8　"复制通道"对话框

5. 通道的删除

对于不要的通道则可删除，以减少文件的信息量，从而减少文件的存储空间。

删除通道的操作方法如下。

（1）在"通道"控制面板中，选中要删除的通道，并在通道上单击鼠标右键，在弹出的快捷菜单中，选择"删除通道"命令，即可删除选中的通道。也可以在面板菜单中，选择"删除通道"命令。

（2）在"通道"控制面板中，选中要删除的通道，按下鼠标左键，将其拖动到"删除当前通道"按钮上，即可删除选中的通道。

6. 通道的分离

对于一个图像的各个通道，可以拆分成单个独立的图像文件。拆分成的图像文件是灰度图。拆分出的图像文件还可以合并。

通道拆分的操作步骤如下。

（1）在"通道"控制面板上，单击面板菜单提示符。

（2）在弹出的面板菜单中，选择"分离通道"命令，即可将图像文件中的单色通道，拆分成图像文件。每个文件都为 8 位的灰度图。

7. 通道的合并

通道的合并操作步骤如下。

（1）将拆分后的任意一个图像文件设置为当前文件，单击面板菜单提示符，在弹出的面板菜单中，选择"合并通道"命令，打开"合并通道"对话框，如图 6.9 所示。

（2）"合并通道"对话框中有如下两个选项。

◇ "模式"选项：单击下拉按钮，在下拉列表框中，选择合成后文件的色彩模式，本例中选择了"RGB 模式"。

◇ "通道"选项：用来设置需要合并的文件个数。

（3）将两个选项设置好后，单击"确定"按钮，打开 "合并 RGB 通道"对话框，如图 6.10 所示（在图 6.9 中，若选中其他模式，此对话框也会随之改变）。在该对话框中，可以为每个单色通道选择图像文件。设置完毕，单击"确定"按钮，拆分后的单通道图像文件即合并成一个文件。

图 6.9 "合并通道"对话框

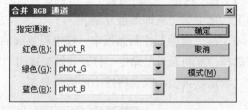

图 6.10 "合并 RGB 通道"对话框

8. 专色通道

在印刷时常采用 CMYK 模式的图像文件，这种模式在表现图像的色彩上有一定的局限性，为了弥补这种局限性，通常可以向图像添加专色来更好地表现图像的效果。

专色是一种特殊的混合油墨，可以用通道来保存专色的彩色信息。专色通道的创建方法如下。

（1）在"通道"控制面板上，单击面板菜单提示符，在弹出的面板菜单中，选择"新专色通道"命令，或者按住 Ctrl 键并单击"创建新通道"按钮，打开"新专色通道"对话框，如图 6.11 所示。

（2）在"名称"文本框中，为专色通道命名。在"油墨特性"选项中，设置油墨的"颜色"和"密度"。单击"颜色"块，弹出"拾色器"，可从中选择需要的颜色。在"密度"文本框中，输入 1～100 的整数，可以设置专色通道颜色的密度。

（3）设置完毕，单击"确定"按钮，即可创建专色通道。

9. 将 Alpha 通道转换为专色通道

在"通道"控制面板上双击要转换的 Alpha 通道，或者选择面板菜单中的"通道选项"命令，打开"通道选项"对话框，如图 6.12 所示。选中"专色"单选钮，根据需要设置专色的"颜色"和"密度"后，单击"确定"按钮，Alpha 通道将转换为专色通道。

图 6.11　"新专色通道"对话框

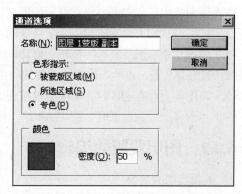

图 6.12　"通道选项"对话框

6.2　蒙　　版

形象地说，蒙版就是蒙在图层上，用来控制图像显示的一层特殊的"版"。被蒙版遮住的部分是透明的，没有遮住的图像则照常显示。

实际上，蒙版是一个 8 位的灰度图，任何绘制工具和编辑命令都可作用于蒙版。通过更改蒙版，可以将大量特殊效果应用于图层，而不会实际改变该图层上的像素。

在 Photoshop CS3 中可以创建 2 种蒙版，分别是快速蒙版和图层蒙版。快速蒙版在 2.4.1 小节中已作过介绍，下面介绍图层蒙版的相关内容。

6.2.1　图层蒙版的创建

1. 用命令方式创建

在"图层"控制面板中，选中需要建立蒙版的图层，在"图层"菜单中，选择"图层蒙版"命令，出现相应的子命令，如图 6.13 所示。选择前 4 个子命令可以创建不同的蒙版。

（1）"显示全部"命令：创建一个显示图层中全部图像的蒙版。

（2）"隐藏全部"命令：创建一个遮盖图层中全部图像的蒙版。

（3）"显示选区"命令：当图像窗口中存在有选区，则创建一个只显示选区内图像的蒙版。

（4）"隐藏选区"命令：当图像窗口中存在有选区，则创建一个遮盖选区内图像的蒙版。

创建了图层蒙版后，在图层缩略图的右边就增加了蒙版缩略图，如图 6.14 所示。

图 6.13　"图层蒙版"子命令　　　　图 6.14　"图层"控制面板

2.　用鼠标方式创建

在图层面板中，选中需要建立蒙版的图层，单击"图层"控制面板下方的"添加图层蒙版"按钮，同样可以达到上面所述的 4 个子命令的功能。

（1）单击"添加图层蒙版"按钮，创建一个显示图层中全部图像的蒙版。

（2）按住 Alt 键，再单击该按钮，创建一个遮盖图层中全部图像的蒙版。

（3）当图像上存在选区时，再单击该按钮，创建一个只显示选区内图像的蒙版。

（4）当图像上存在选区时，按住 Alt 键，再单击该按钮，创建一个遮盖选区内图像的蒙版。

6.2.2　图层蒙版的编辑

1.　编辑状态的切换

在图 6.14 中，蒙版缩略图的四周显示有白色边框，提示用户：图像窗口当前是处在蒙版编辑状态，即在图像窗口中所进行的编辑操作，都作用在蒙版上。

用鼠标单击一下图层缩略图，图层缩略图的四周显示有白色边框，提示用户：图像窗口当前是处在图层编辑状态，即在图像窗口中所进行的编辑操作，都作用在图层上。

用鼠标单击一下蒙版缩略图，又回到了蒙版编辑状态。可以用单击缩略图的方式，随意进行编辑状态的切换。

2.　蒙版编辑状态

在蒙版编辑状态下，工具栏上的前景色和背景色就变成了黑白两色。同快速蒙版的修改一样，可用黑色增加蒙版范围，用白色增加非蒙版范围。同时还可用黑白两色的渐变来修改蒙版，使图像的显示产生不同的透明度，利用该功能可以设计出奇特的图像合成效果。

在图层缩略图和蒙版缩略图中间有一个链接图标，表明图层上的图像与蒙版是链接在一起的。此时，用移动工具移动图层，图像和蒙版会一起移动。用鼠标单击一下链接图标，链接图标消失，表明取消了图像与蒙版的链接关系。此时再进行移动操作，移动的是蒙版。图层上的图像则不随之移动。

3.　图像编辑状态

在图像编辑状态下，工具栏上的前景色和背景色又变成了彩色模式。此时，就可以对图层上的图像进行修改了。

去掉图层与蒙版的链接图标，就可以随意移动图层上的图像，控制图像的显示位置。

6.2.3　图层蒙版的删除

在"图层"菜单中，选择"图层蒙版"命令，弹出现相应的子命令，如图 6.13 所示，后 4 个子命令的作用如下。

（1）"删除"命令：删除图层蒙版，图层中的图像恢复到没加蒙版前的状态。

（2）"应用"命令：只将图层蒙版删除，但蒙版所产生的效果仍作用在图像中，以控制图像的显示。

（3）"启用"命令：暂时停止图层蒙版的作用，图层蒙版缩略图上出现一个红叉。图层蒙版停用后，此命令自动改为"启用"命令。图层蒙版启用后，此命令自动改为"停用"命令。

按住 Shift 键，单击蒙版缩略图，可快速切换图层蒙版的停用与启用。

（4）"取消链接"命令：执行该命令，在去掉图层与蒙版间的链接图标的同时，命令变为"链接"，可在两个缩略图间重新加上链接图标。

6.2.4　图层蒙版的应用

下面举一个制作海市蜃楼效果的实例，来具体说明图层蒙版的应用。

（1）同时打开两个图像文件："湖边群楼"和"沙漠"，如图 6.15 和图 6.16 所示。

图 6.15　湖边群楼图　　　　　　　　　　　　图 6.16　沙漠

（2）将图 6.15 设置为当前文件，将其复制到图 6.16 上，调整位置及大小，此时的图像和"图层"控制面板如图 6.17 和图 6.18 所示。

图 6.17　图像窗口　　　　　　　　　　　　图 6.18　图层面板

（3）在图 6.18 所示的"图层"控制面板上，确定图层 1 为当前图层，单击面板下方的"添加蒙版"按钮，为图层 1 添加图层蒙版。

（4）在工具箱上选择"渐变工具"，在选项栏中设置渐变的方式为"径向渐变"。在图像上按下鼠标左键拖动，绘制径向的渐变图层蒙版，此时图像和"图层"控制面板如图 6.19 和图 6.20 所示。

（5）如果觉得空中的"蜃楼"过于清晰，执行菜单"滤镜"/"模糊"/"高斯模糊"命令，在打开"高斯模糊"对话框中，设置半径为"45"后，单击"确定"按钮，完成制作。

图 6.19　原图像　　　　　　　　图 6.20　图层面板

习　题

1. 思考题

（1）通道的主要作用是什么？

（2）怎样拆分或合并通道？

2. 选择题

（1）下列色彩模式（　　　）中有 5 个通道。

　　A）RGB 模式　　　B）Lab 模式　　　C）CMYK 模式　　　　D）灰度图

（2）按（　　　）键，再单击蒙版缩略图，可以启用或停用图层蒙版。

　　A）Shift　　　　　　B）Ctrl + Alt　　　C）Ctrl + Shift　　　D）Ctrl

实　训

【实训 6.1】　淡化图像边缘。

【实训目的】　掌握使用蒙版淡化图像边缘的方法。

【实训要点】　羽化值的修改。

【实训步骤】

（1）打开 T6-1 图像文件，如图 6.21 所示。选择"套索工具"，将选项栏中"羽化"选项的值修改为"15"，拖动鼠标画出一个不规则区域（需要显示的部分应该大部分在此区域内，且注意不要超出图片大小）。

（2）在"图层"控制面板下边，单击"添加矢量蒙版"按钮，此时便可以看到一个不规则的边缘淡化效果，如图 6.22 所示。为了看得清楚，可以在该层下建立两个图层，一个全白，一个全黑，看看不同的效果。

图 6.21　原图像　　　　　　图 6.22　淡化图像效果

（3）在蒙版上应用不同的滤镜，便会使淡化的边缘出现不同的效果。

【**实训 6.2**】 写字效果动画。

【**实训目的**】 掌握使用蒙版和"动画"控制面板制作动画的方法。

【**实训要点**】 使用蒙版先将要产生动感的文字遮挡住，然后拖动蒙版，使文字在每一帧中多显示出一些，从而产生动感。

【**实训步骤**】

（1）打开一背景图片，将其修改成 400 像素×80 像素，并在上面写一排汉字，如图 6.23 所示。

图 6.23　文字动画的图像窗口

（2）选择"矩形选框工具"，在文字四周建立选区。在按住 Alt 键的同时，在"图层"控制面板下边单击"蒙版工具"，使文字被蒙版遮盖。

（3）接下来要先对"图层"控制面板做两步操作，这两个步骤的处理是关键。若做不好，动画就不会制作成功。首先将文字图层上的文字缩略图与蒙版缩略图之间的链接图标去掉（用鼠标单击即可），使图层的操作与蒙版的操作相分离。再用鼠标单击蒙版缩略图，以确保在图像窗口进行的操作是针对蒙版所进行的。

（4）使"动画"控制面板可见。此时只有第 1 帧，上面没有文字。将帧延迟设为 0.5s。单击"复制当前帧"按钮，将第一帧复制到了第 2 帧。选择"移动工具"，在图像窗口将蒙版向右拖动，使第一个汉字可见。重复此步操作，使每一帧上多增加一个汉字，直到所有的汉字全部显示为止，动画即制作完毕。

第7章
形状和路径

本章主要介绍形状和路径工具。Photoshop CS3 提供了更为丰富的形状，使绘制图形的操作变得更为轻松。

路径是绘制出的一些矢量线段、曲线或图形。使用钢笔工具可以很方便地精确用手绘制路径。路径可以转换为选区，选区也可以转换为路径。这就大大方便了精确制作选区的工作。还可以用颜色填充路径或给路径描边，利用这种功能可以编辑出一些特殊的图像效果。

本章要点
◇ 形状工具的参数设置及使用。
◇ 自定义形状的方法。
◇ 路径的绘制与编辑。
◇ 路径控制面板的使用及路径的应用。

7.1 形状的绘制与编辑

形状工具的使用，为绘图和网络图像的制作提供了很大的方便，本节从认识形状工具和其选项栏入手，逐步深入地讲解形状工具的使用方法和绘图技巧。

7.1.1 形状工具及其选项栏

学习如何绘制几何图形，先要认识一下各种绘制图形的工具和其选项栏。在工具箱中，单击"矩形工具"按钮，将弹出隐藏工具列表，如图 7.1 所示，列表中显示了所有的形状工具。各种形状工具的选项栏略有差别，但总体上相近。图 7.2 为"自定形状工具"的选项栏。

图 7.1 形状工具列表

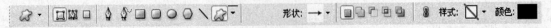

图 7.2 "自定形状工具"选项栏

1．3 种绘制对象

利用形状工具绘图可以得到 3 种类型的对象。

（1）形状图层：将形状图层设为选中状态时，使用形状工具绘图将会得到一个单独的新图层，即形状图层。形状图层是 3 个对象中的默认选项。

（2）工作路径：将工作路径设为选中状态时，使用形状工具绘图将会得到形状的轮廓线，即工作路径。

（3）填充像素：将填充像素设为选中状态时，使用形状工具绘图，将在当前图层中，画出所选形状的位图图形，填充颜色为前景色。

为了说明 3 种对象的区别，下面用同一个工具，选择同一个形状，分别绘制 3 种对象。图 7.3、图 7.4 和图 7.5 所示分别为绘制的形状图层对象的图像、"图层"控制面板和"路径"控制面板。图 7.6、图 7.7 和图 7.8 所示分别为绘制的工作路径对象的图像、"图层"控制面板和"路径"控制面板。图 7.9、图 7.10 和图 7.11 所示分别为绘制的像素填充对象的图像、"图层"控制面板和"路径"控制面板。

图 7.3　形状图层

图 7.4　"图层"控制面板

图 7.5　"路径"控制面板

图 7.6　工作路径

图 7.7　"图层"控制面板

图 7.8　"路径"控制面板

图 7.9　像素填充

图 7.10　"图层"控制面板

图 7.11　"路径"控制面板

从这 9 幅图中可明显看到：

◇ 形状图层对象：在建立图层的同时，还创建了矢量路径作为矢量蒙版，控制该图层的内容显示。

◇ 工作路径对象：只在图像上创建了矢量线框，在"图层"控制面板上并不显示该图形，在"路径"控制面板上创建了一个工作路径。

◇ 像素填充对象：与用画笔绘制的图形性质相同，创建的都是位图图形，所以"路径"控制面板上什么都没有。

2. 形状工具

工具箱中的形状工具列表与选项栏中的形状工具是一一对应的。

（1）选择一个形状工具后，单击几何选项提示符，会出现几何选项面板，从中可以进一步设置工具的形状。

（2）选中自由形状工具后，单击形状选项提示符，会出现形状下拉面板，从中可以选择不同的形状。

3. 运算按钮

在默认情况下，绘制一个形状就会创建一个新图层。如果单击工具选项栏中相应的运算按钮，能够在当前形状图层中继续绘制，并改变图层中的原形状。这些运算按钮与选区运算按钮的意义相同。若已存在一个形状图层时，再进行绘制时，选中不同的运算按钮会得到不同的结果。

如图 7.2 所示，"自定形状工具"选项栏中的组合按钮从左至右的含义如下。

（1）"创建新形状图层"按钮：再次绘制的内容又创建了一个新图层，图 7.12 所示为原形状图层，图 7.13 所示为又创建了一个新的新形状图层。

（2）"添加到形状图层"按钮：在当前形状图层中添加再次绘制的形状，如图 7.14 所示。

图 7.12　原形状图层　　　　图 7.13　新形状图层　　　　图 7.14　添加到图层

（3）"从形状图层中减去"按钮：在当前形状图层中减去原形状与再次绘制形状的相交部分，如图 7.15 所示。

（4）保留相交按钮：只保留再次绘制的形状与原形状相交的区域，如图 7.16 所示。

（5）保留非相交按钮：只保留再次绘制的形状与原形状相交以外的区域，如图 7.17 所示。

图 7.15　从图层中减去　　　　图 7.16　保留相交　　　　图 7.17　保留非相交

绘制工作路径时，同样可以单击运算按钮，对多条路径进行运算，以得到所需要的路径。

4. 添加图层样式

绘制形状图层时，单击图层样式选项提示符，弹出图层样式面板，从中为形状图层选择合适的样式。此处的样式面板与 5.2.5 小节中介绍的"样式"控制面板作用是相同的。

7.1.2　形状工具的几何选项设置

选择任意一种形状工具，在工具选项栏中，单击几何选项提示符，就会弹出该工具的选项面板，设置其中的选项，即可控制几何形状。下面分别讲解几个常用形状工具的几何选项设置。

1．"矩形工具"

"矩形工具"的几何选项面板，如图 7.18 所示，在"矩形选项"区域中，有以下 6 个选项。

（1）选择"不受限制"单选按钮，可以自由控制矩形的大小，这也是默认选项。

（2）选择"方形"单选按钮，绘制的形状都是正方形。

（3）选择"固定大小"单选按钮，并在 W 和 H 文本框中输入数值，可以精确定义矩形的宽和高。

（4）选择"比例"单选按钮，并在 W 和 H 文本框中输入数值，可定义矩形宽、高的比例。

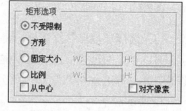

图 7.18　"矩形选项"面板

（5）选择"从中心"复选框，以单击处为中心绘制矩形。

（6）选择"对齐像素"复选框，使矩形边缘自动与像素边缘重合。

2．圆角矩形工具

"圆角矩形工具"的几何选项面板，如图 7.19 所示。

该选项面板中的各选项和"矩形工具"的完全相同，不再重述。

（1）选择"圆角矩形工具"后，工具选项栏中会显示"半径"选项，该文本框中的数值，用于设置圆角半径的大小，数值越大，角度越圆滑。

（2）图 7.20 和图 7.21 所示分别为设置半径值为"10"和"30"时的圆角矩形效果。

图 7.19　"圆角矩形选项"面板　　图 7.20　半径为"10"时的效果　　图 7.21　半径为"30"时的效果

3．椭圆形工具

"椭圆形工具"的几何选项面板，如图 7.22 所示。

该选项面板中的各选项和"矩形选项"面板中基本相似，选择"圆"选项可以绘制圆形，其他选项不再重述。

4．多边形工具

在"多边形工具"被选中的状态下，工具选项栏中出现一个"边数"的选项，在此文本框中，输入数值可以控制多边形或星形的边数。

图 7.22　"椭圆选项"面板

"多边形工具"的几何选项面板，如图 7.23 所示。

（1）在"半径"文本框中输入数值，可以定义多边形的半径值。若边数设为 3，设置好半径后，只要在图像中单击即可创建 个三角形，如图 7.24 所示。

（2）选择"平滑拐角"复选框，创建的多边形拐角处被平滑化。图 7.25 所示就是选择了"平滑拐角"复选框后创建的三角形。

图 7.23 "多边形选项"面板

图 7.24 三角形

图 7.25 平滑拐角的三角形

（3）选择"星形"复选框，将"多边形工具"变为"星形工具"。

（4）在"缩进边依据"文本框中输入数值，可以定义星形的缩进量，数值越大星形的内缩效果越明显。若边数设置为 15，再分别定义"缩进边依据"为 90% 和 10% 时的效果，如图 7.26 和图 7.27 所示。

图 7.26 缩进为 90% 时的效果

图 7.27 缩进为 10% 时的效果

（5）选择"平滑缩进"复选框，使星形缩进的角度非常圆滑。图 7.28 所示为没有平滑缩进的星形，图 7.29 所示为具有平滑缩进的星形。

图 7.28 没选"平滑缩进"的效果

图 7.29 选中"平滑缩进"的效果

5. 直线工具

在"直线工具"被选中的状态下，工具选项栏中出现一个"宽度"选项，该数值可以控制直线的宽度。

"直线工具"的几何选项面板，如图 7.30 所示。

（1）选择"起点"复选框选项，使直线的起点有箭头；选择"终点"复选框，使直线的终点有箭头；同时选择这两个复选框，直线的两端都有箭头。

（2）在"宽度"文本框中，输入箭头的宽度比例，其范围为 10%～1 000%。图 7.31 所示为宽度为 500% 时的效果。图 7.32 所示为在其他选项的值不变，只将宽度改成 900% 时的效果。

（3）在"长度"文本框中，输入箭头的长度比例，其范围为 10%～5 000%。图 7.33 所示为在图 7.32 的基础上只将"长度"值改为 2 000% 时的效果。

（4）在"凹度"文本框中，可以输入箭头的凹度值，数值范围为 -50%～+50%。图 7.34 所示为在图 7.33 的基础上，将"凹度"设置为 +50% 时的效果。图 7.35 所示为将"凹度"设置为 -50%

时的效果。

图 7.30　直线选项面板

图 7.31　宽度为 500%

图 7.32　宽度为 900%

图 7.33　长度为 2 000%

图 7.34　凹度为+50%

图 7.35　凹度为−50%

6. 自定形状工具

在"自定形状工具"被选中的状态下，工具选项栏中出现形状选项，单击选项提示符，调出形状下拉面板，其中显示有系统自带的形状，如图 7.36 所示。

从"形状"下拉面板中，选择某个形状，即可在图像中绘制出该形状。

"自定形状工具"的几何选项面板，如图 7.37 所示，在"自定形状选项"区域中，有 5 个选项。

图 7.36　形状下拉面板

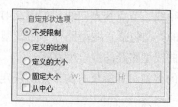

图 7.37　"自定形状选项"面板

（1）选择"不受限制"单选按钮，可以随意绘制形状的大小。

（2）选择"定义的比例"单选按钮，按自定义形状定义时的长宽比例进行绘制。

（3）选择"定义的大小"单选按钮，在图像中单击即可选中形状自定义时的实际尺寸，绘制出该形状。其他两个复选框的使用方法和"矩形工具"相同。

7. 自定形状

除了使用系统自带的自定形状，还可以通过自制形状操作，将自己绘制的路径或形状定义为自定形状。自定形状的操作步骤如下。

（1）使用"钢笔工具"绘制路径，如图 7.38 所示。

（2）选中所绘制的路径，在"编辑"菜单中，选择"定义自定形状"命令，打开"形状名称"对话框，在"名称"文本框中，输入自定形状的名称，如图 7.39 所示。

图 7.38　绘制路径

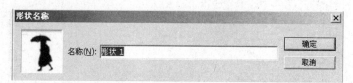

图 7.39　"形状名称"对话框

（3）输入名称后，单击"确定"按钮，则此路径被添加到形状下拉面板中，如图 7.40 所示。以后若要绘制形状，只需要直接选中该自定义形状即可。

图 7.40　添加到下拉列表中的自定形状

7.2　路径的使用与编辑

虽然 Photoshop CS3 是一个标准的位图软件，但仍然具有较强的矢量图绘制功能，特别是在该版本中吸收了许多矢量图形软件的功能，使 Photoshop CS3 的整体更加强大。利用路径可以绘制出线条化的图像，还可以制作出精确的选择区域。下面分别讲解如何绘制及编辑路径。

7.2.1　路径概述

（1）在 Photoshop CS3 中，大多数路径是使用"钢笔工具"或"形状工具"得到的，路径的基本构成是路径线、节点和方向线，如图 7.41 所示。

（2）路径的类型包括直线型路径、曲线型路径和混合型路径，图 7.42 所示的剪刀路径就是一个包括直线和曲线型路径的混合型路径。

（3）路径的类型由其所具有的节点所决定，直线型路径的节点没有方向线，因此其两侧的线段为直线。

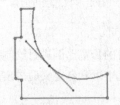

图 7.41　路径的基本构成

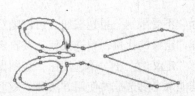

图 7.42　路径的组成结构

（4）曲线型路径的节点有如下两种。

① 一种为光滑型节点，这种节点的两侧均有平滑的曲线，拖动节点两侧其中的一条方向线，另外一条会向相反的方向移动，使路径线同时发生相应的变化，如图 7.43 和图 7.44 所示。

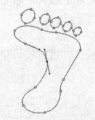

图 7.43　光滑型节点

图 7.44　光滑型节点的改变

② 另一种为拐角型节点，这种节点的两侧也有两条方向线，但它们不在同一条直线上，而且拖动其中一条方向线时，另一条不会一起移动，如图 7.45 和图 7.46 所示。

图 7.45　拐角型节点　　　　　　　　图 7.46　拐角型节点的变化

7.2.2　使用钢笔工具绘制路径

创建路径最常用的是"钢笔工具"。选择"钢笔工具"后，工具选项栏如图 7.47 所示。

图 7.47　"钢笔工具"选项栏

1. 钢笔工具

"钢笔工具"是绘制路径的最基本工具。它既可绘制形状图层又可绘制工作路径，习惯上人们都使用它建立工作路径。

（1）建立直线型路径

① 在工具箱中，选择"钢笔工具"，此时鼠标指针变为钢笔形状，将鼠标指针移到想要建立路径的开始位置，单击确立第一个节点。

② 将鼠标指针移到另一点单击，则两点间连成一条直线型路径。

③ 若将鼠标指针再移到另一点处单击，然后回到开始位置，当钢笔光标下面显示一个小圆圈时再单击，就会创建一个封闭的三角形路径。

④ 若要创建开放路径，当路径画完后，在工具箱中或选项栏上的"钢笔工具"上单击一下，即完成开放路径的绘制。此时，可以再开始画另外的路径。

⑤ 单击工具选项栏上的几何选项提示符，弹出"钢笔选项"面板，如图 7.48 所示。

⑥ 选中"橡皮带"复选框，确定一个节点后，笔尖上会自动显示一条假想的线段随笔尖移动，只有在单击后，这条线段才会存在。此时"钢笔工具"的使用方法与"多边形套索工具"相同。

图 7.48　"钢笔选项"面板

⑦ 选中工具选项栏中的"自动添加/删除"选项，"钢笔工具"就具备了添加或删除节点的功能。

（2）建立曲线型路径

曲线型路径的建立方法与直线型路径建立的方法基本相似，不同之处是：确定节点时不要抬起鼠标，直接向曲线延伸的方向拖动鼠标，这样就会在节点上拖出方向线，放开鼠标单击下一个节点，则两点间连成一条曲线型路径。

2. 自由钢笔工具

"自由钢笔工具"的使用方法类似于"铅笔工具"，与"铅笔工具"不同的是，使用"自由钢笔工具"绘制图形时得到的是路径。

利用"自由钢笔工具"，可直接在图像中拖动创建所需要的路径形状。若要得到闭合路径，最后将光标回放至起点上，当光标下面显示一个小圆圈时单击即可，或者可以通过双击鼠标闭合路径。

单击工具选项栏上的几何选项提示符，弹出"自由钢笔选项"面板，如图 7.49 所示，在此可以设置"自由钢笔工具"的各种选项。

（1）"曲线拟合"选项：此参数控制绘制路径时对鼠标移动的敏感性。输入的数值越高，所创建的路径节点越少，路径也越光滑。

（2）"磁性的"复选框：选中该复选框，可以激活"磁性钢笔工具"，此时"磁性的"选项栏中的各选项将处于激活状态。

（3）"宽度"文本框：在此可以输入一个像素值，以定义磁性钢笔探测的距离。该数值越大，则磁性钢笔探测的距离越大。

（4）"对比"文本框：在此可以输入一个百分比，以定义边缘像素间的对比度。

图 7.49   "自由钢笔选项"面板

（5）"频率"文本框：在此可以输入一个数值，以定义当钢笔在绘制路径时，设置节点的密度。该数值越大，则得到路径的节点数量越多。

7.2.3   编辑路径

对于创建的完整路径，可以像编辑选区一样对其执行变换操作，以调整其位置、比例、方向等。

1．选择路径

选择路径是进行编辑路径的第一步。只有正确地选择路径，才能够进行合适的编辑与调整操作。

在工具箱中，"钢笔工具"的上面有一黑一白两个箭头工具，它们是选择路径的专用工具。

（1）黑色箭头叫"路径选择工具"，用该工具直接单击需要选择的路径即可使整条路径处于选中状态，路径线呈黑色显示，每个节点也都呈黑心显示，表明所有节点都被选中，如图 7.50 所示。此时，可移动整个路径的位置。

（2）白色箭头叫"直接选择工具"，用该工具在路径上单击，显示出的节点都呈空心显示，表明所有节点都没有被选中。单击某个节点，节点呈实心显示，此时可移动这个节点的位置。如果需要选择多个节点，可以按住 Shift 键，单击要添加的节点，使多个需要的节点被选中，如图 7.51 所示。对于选中的节点可以进行统一的操作。

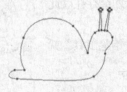
图 7.50   选择整条路径

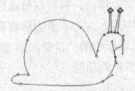
图 7.51   选择节点

（3）按住 Ctrl 键，这两个选择工具可以相互转换。

2．调整路径

（1）要调整直线路径，选择"直接选择工具"后，拖动需要移动的直线路径即可。

（2）要调整曲线路径，选择"直接选择工具"，单击并拖动需要调整的曲线路径即可。调整曲线更方便的方法是拖动该曲线的方向线进行变换，如图 7.52 和图 7.53 所示。

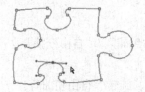
图 7.52 曲线线段的原位置

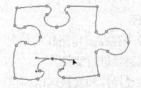
图 7.53 拖动方向线可调整曲线

（3）要移动节点，选择"直接选择工具"后，单击并拖动需要移动的节点，如图 7.54 和图 7.55 所示。

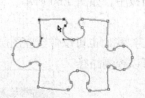
图 7.54 用"直接选择工具"选择节点

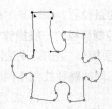
图 7.55 用"直接选择工具"拖动节点

3．转换节点

（1）利用"转换节点工具"可以将直角型节点、光滑型节点与拐角型节点进行互相转换。

（2）将直角型节点转换为光滑型节点，将转换节点工具放在需要更改的节点上单击，然后拖动节点即可，如图 7.56 和图 7.57 所示。

图 7.56 直角型节点

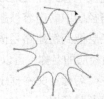
图 7.57 转换为平滑型节点

（3）将光滑型节点转换为直角型节点，只需用转换节点工具直接单击该节点即可。

（4）将光滑型节点转换为拐角型节点，则用转换节点工具拖动节点两侧的方向线，即可分别控制这两条方向线，如图 7.58 和图 7.59 所示。

图 7.58 平滑节点

图 7.59 转换为拐角型节点

（5）在使用"钢笔工具"时，按住 Ctrl 键，"钢笔工具"就变成了"直接选择工具"；按住 Shift 键，"钢笔工具"就变成了"转换节点工具"。

（6）要删除路径线段，用"直接选择工具"选择要删除的路径线段，按 Backspace 或 Delete

键即可。

4．变换路径

（1）当图像中存在工作路径的情况下，执行菜单"编辑"/"自由变换点"/"变换路径"命令，可以对当前路径进行变换。

（2）变换路径操作和变换选区操作一样，包括缩放、旋转、自由扭曲等。

（3）如果需要对路径中的部分节点进行变换操作，需要用"直接选择工具"，先选中需要变换的节点，然后再执行菜单"编辑"/"自由变换点"/"变换点"命令。

7.2.4　路径控制面板

在图像中创建路径后，路径显示在"路径"控制面板中，如图7.60所示。

1．"路径"控制面板的一般操作

"路径"控制面板与"图层"控制面板有相似的地方。我们也可以像建立图层一样，建立多个路径层，然后将不同的路径放在不同的层中，这样就可以控制路径
的显示或隐藏。

（1）单击某个路径层，可将该层设置为当前层。在图像窗口中
只显示当前层上的路径。

（2）单击路径层下方的面板空白处或按住 Shift 键再单击当前
层，可隐藏图像上的所有路径。

（3）若控制面板上存在当前层，在图像窗口绘制的路径就会建
立在当前层上；若没有选择当前层，则绘制的路径建立在工作路径
层。工作路径层总是位于各路径层的最下端，具有临时存放路径的

图7.60　"路径"控制面板

作用。为避免工作路径层中的内容被删除，可将工作路径层转变为普通的路径层。最快捷的转变
方法是：将工作路径层拖到新建路径按钮上，然后释放鼠标即可。

（4）双击普通路径层的名称，可以直接修改路径层的名称。双击工作路径层的名称，打开"存
储路径"对话框，在"名称"文本框中，输入新路径的名称，然后单击"确定"按钮，也可以将
工作路径层转变为普通路径层。

2．按钮工具的作用

（1）"填充"按钮：单击该按钮，可用前景色填充当前层上的路径。

（2）"描边"按钮：单击该按钮，可用前景色为当前层上的路径描边。

（3）"路径变为选区"按钮：单击该按钮，可将当前层上的路径转变为选区。

（4）"选区变为路径"按钮：单击该按钮，可将图像窗口的选区转变为路径，新路径放置在工
作路径层中。

（5）"新建路径"按钮：单击该按钮，可创建新的普通路径层，默认的路径名称为路径1、路
径2等。

（6）"垃圾箱"按钮：用来删除不需要的路径层。

7.2.5　描边和填充路径

除了使用按钮工具可以用前景色填充或描边路径外，系统还提供了"填充路径"和"描边路
径"两个命令。在面板菜单中和用鼠标右键单击路径层后弹出的快捷菜单中，均可找到这两个命
令。应用这两个命令，可以创建多样的填充或描边效果。

1. 描边路径

（1）选择"描边路径"命令，或按住 Alt 键并单击"描边路径"按钮，打开"描边路径"对话框，如图 7.61 所示。

（2）"工具"选项：是用来选择"描边工具"的。单击选项提示符，弹出选项菜单，如图 7.62 所示。选择不同的工具，将得到不同的描边效果。

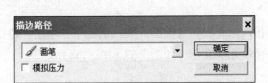

图 7.61　"描边路径"对话框　　　　图 7.62　描边的工具选项

在选择某个工具之前，一定要先设置好该工具的有关参数。系统将采用工具的当前设置进行描边。

（3）"模拟压力"复选框：选中该选项后，描边的笔画出现逐渐隐退的效果。如图 7.63 和图 7.64 所示。

图 7.63　没选"模拟压力"的效果　　　　图 7.64　选中"模拟压力"的效果

"模拟压力"效果，只有在设置画笔时，选中了"动态形状"选项才会出现。

2. 制作邮票效果实例

（1）打开要制作效果的图像，将背景色设置为白色，使用"画布大小"命令，将四周加上适当大小的白边，如图 7.65 所示。

（2）用"魔术棒工具"将白边变为选区，再反选，将图像区域变为选区。在"路径"控制面板上，单击"选区变为路径"按钮，使选区转换为路径。

（3）设置画笔直径为 15 像素，间距为 150%。

（4）将前景色设置为白色。按住 Alt 键，在"路径"控制面板上，单击"描边"按钮。在打开的"描边路径"对话框中，选择"画笔"为描边工具，然后单击"确定"按钮，邮票的边缘效果制作完毕。

（5）按住 Shift 键，单击路径层，隐藏路径。最终效果如图 7.66 所示。

图 7.65　原图四周加上白边　　　　　　　　　图 7.66　邮票最终效果

3. 填充路径

填充路径与填充选区一样，可以在路径内填充颜色或图案。默认情况下，单击"路径"控制面板下面的填充路径按钮，可以为当前路径填充前景色，如图 7.67 和图 7.68 所示。

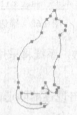

图 7.67　当前路径　　　　　　　　　图 7.68　路径内部填充前景色

如果要控制填充路径的参数及样式，按住 Alt 键，单击"填充路径"按钮，在"路径"控制面板中，选择"填充路径"命令，打开"填充路径"对话框，如图 7.69 所示。

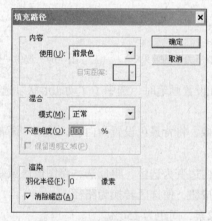

图 7.69　"填充路径"对话框

此对话框中各参数含义如下。

（1）在"内容"选项区域中，在"使用"下拉列表框中，选择填充的内容，其中包括"前景色"、"背景色"、"颜色"、"图案"、"历史记录"、"黑色"、"50%灰色"和"白色"8 个选项。

（2）如果选择"图案"选项，则"自定图案"选项将被激活，在此下拉列表框中，可以选择要填充的图案。

（3）在"混合"选项区域中，在"模式"的下拉列表框中，选择填充内容的混合模式；在"不透明度"文本框中，设置填充内容为不透明度。

（4）在"渲染"选项区域中，在"羽化半径"文本框中，输入一个大于 0 的数值，可以使填充具有柔边效果。

（5）选择"消除锯齿"复选框，可以消除填充时的锯齿。

习　　题

1. 思考题

（1）在 Photoshop CS3 中，有几种形状工具？分别说说它们的参数设置。

（2）怎样自定义形状？怎样将选区转换为路径？

（3）练习使用形状工具相减的方法，为照片添加装饰框。

2. 填空题

（1）钢笔工具主要用于生成、编辑和设置_____。

（2）"自由钢笔工具"的使用方法类似于_____，与_____不同的是，使用"自由钢笔工具"绘制图形时得到的是路径。

（3）在工具箱中，"钢笔工具"的上面有一黑一白两个箭头工具，它们是选择路径的专用工具。黑色箭头叫_____，白色箭头叫_____。

3. 选择题

（1）我们通常使用（　　）工具来绘制路径。

　　A）钢笔　　　　　B）画笔　　　　　C）喷枪　　　　　D）选框

（2）以下对象可以被存储为"定义自定义形状"的是（　　）。

　　A）形状图层中的图层矢量蒙版

　　B）钢笔工具所创建的工作路径

　　C）图层上的选择区域

　　D）只要是路径调板上的路径就都可以被存储为自定义的形状

（3）Photoshop CS3 中路径面板可以（　　）。

　　A）存储路径　　　　　　　　　B）将路径转变为选择区

　　C）将选择区转变为路径　　　　D）删除路径内的图像区域

（4）利用形状工具绘图可以得到 3 种类型的对象，在以下选项中选出 3 种类型为（　　）。

　　A）形状图层　　　B）工作路径　　　C）填充像素　　　D）蒙版

（5）填充路径与填充选区一样，可以在路径内填充颜色或图案。默认情况下，单击"路径"控制面板下面的填充路径按钮，可以为当前路径填充。

　　A）背景色　　　B）前景色　　　C）黑色　　　D）图案

（6）选择"描边路径"命令，或按住（　　）键并单击"描边路径"按钮，打开"描边路径"对话框。

　　A）Shift 键　　　B）Alt 键　　　C）Ctrl 键　　　D）Delete 键

实 训

【实训 7.1】 节日彩球的绘制。

【实训目的】 学习使用形状工具的应用。

【实训要点】 使用渐变工具填充图像，使用形状工具创建图形。

【操作步骤】

（1）创建新文件，设置前景色为浅蓝色（R:159, G:161, B:253），背景色为深蓝色（R:9, G:28, B:232），使用"渐变工具"对图像进行"辐射"渐变填充。然后用"画笔工具"在合适的位置点上一个白点儿作为高光，效果如图 7.70 所示。

（2）接下来新建一个图层，使用自定形状工具绘制一个黄色的"星星"图案，这个图案要在屏幕顶部的"自定形状"拾色器中进行选择，然后对"星星"进行复制，参照图 7.71 所示进行排列。

（3）将"星星"图层与背景层合并为一个图层。选择"椭圆选框工具"，按住 Shift 键，在图像中绘制一个合适大小的正圆选区，将高光部分和若干个"星星"选中，执行菜单"滤镜"/"扭曲"/"球面化"命令，对选中区域进行球面化处理，使彩球产生立体效果。

（4）按 Ctrl + C 组合键，对选区内的彩球进行复制，再按 Ctrl + V 组合键，进行粘贴。重复上述操作，复制多个彩球，并通过"自由变换"命令分别调整球体大小。

（5）执行菜单"图像"/"调整"/"相/饱和度"命令，对每个球体进行不同色相的调整，使每个彩球的颜色不尽相同，效果如图 7.72 所示。

图 7.70 "高光"制作

图 7.71 "星星"图案排列

图 7.72 最终效果

【实训 7.2】 点阵图转矢量图。

【实训目的】 掌握在制图中最常用的使点阵图转化为矢量图的操作方法。

【实训要点】 使用路径工具进行绘制编辑形体轮廓。

【操作步骤】 Photoshop CS3 的长处是专业图像处理，不过也完全可以将点阵图转成矢量图。下面我们用 Photoshop CS3 来处理一张图片，了解一种将点阵图转成矢量图简单方法的具体操作步骤。

（1）打开"小鸟"文件，如图 7.73 所示。

（2）执行菜单"图像"/"模式"/"索引颜色"命令，打开"索引颜色"对话框。设置参数如图 7.74 所示，在"调板"下拉列表框中，选择"局部"选项，在"颜色"文本框中，输入数值"3"，在"强制"下拉列表框中，选择"黑白"选项，其他参数都是默认值。

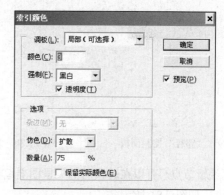

图 7.73　"小鸟"文件　　　　　　　图 7.74　"索引颜色"对话框

（3）单击"确定"按钮，设置后得到的图片颜色为黑白色，如图 7.75 所示。

（4）在工具箱中，用"吸管工具"吸取图像上白色的颜色，如图 7.76 所示。这个步骤很重要，否则后面处理"色彩范围"时得不到所要的效果。

图 7.75　黑白图像　　　　　　　　图 7.76　吸管选取白色

（5）执行菜单"选择"/"色彩范围"命令，打开"色彩范围"对话框，在"选择"下拉列表框中，选定"取样颜色"选项，设定"颜色容差"的值为"51"，如图 7.77 所示，单击"确定"按钮即可。

（6）图像上空白的位置已经被选中了，如图 7.78 所示。

图 7.77　"颜色范围"对话框　　　　　图 7.78　选中空白区域

（7）按 Ctrl+Shift+I 组合键反选，把轮廓部分选中。

（8）找到"路径"面板，选中"将选区添加为路径"按钮，增加一个新的路径，如图 7.79 所示。

（9）复制路径，新建一个文件，再粘贴路径得到可编辑的矢量图，如图 7.80 所示。

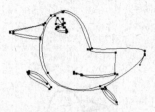

图 7.79　"路径"控制面板　　　　图 7.80　复制路径　　　　图 7.81　编辑节点

（10）编辑节点。可以在转换后的矢量图上编辑了，在工具箱中，选择节点工具，查看图形上的所有节点，如图 7.81 所示。

（11）修改小鸟外观形状。使用调节节点的增加节点、删除节点、转换节点等工具，可以修改图像的外观，如图 7.82 所示。

（12）把小鸟的轮廓稍作修改后，准备给它添加颜色了。用转换节点工具选中一个位置，然后在"路径"面板上，单击"将路径作为选区载入"按钮，此时所选节点的那个区域全部被选中，如图 7.83 所示。

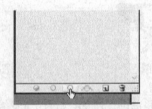

图 7.82　修改图像的外观　　　图 7.83　将路径作为选区载入　　　图 7.84　最终效果

（13）在"调色板"中选中一个颜色，使用"油漆桶工具"，添加所选区域的颜色。按照这个步骤，我们可以随便在图像上添加自己喜欢的颜色，重新打造它了。最后的结果，如图 7.84 所示。

第8章
文字

文字排版在图形图像处理软件中占有重要位置，Photoshop CS3 的文字排版功能已经很成熟，除了支持将文字放置到路径上这一功能外，还可以围绕图层或路径，甚至是在其内部创建、修改文字等，这使得 Photoshop 在文字设计方面可以与一些矢量图形设计软件相媲美，使 Photoshop 在广告设计、封面设计及网页设计领域中的地位大大提升。

本章要点
◇ 文字的输入与编辑。
◇ 文字格式的设置。
◇ 文字的查找与替换。
◇ 文字的变形与修饰。
◇ 文字绕路径的排列及填充路径。

8.1 使用文字工具输入文字

漂亮的画面，配上恰到好处的文字说明，不仅会使图像更加赏心悦目，而且还会进一步使观赏者理解作者的创意初衷。掌握文字的输入方法，是使用 Photoshop CS3 必须掌握的一项基本功。

文字工具包括"横排文字工具"、"直排文字工具"、"横排文字蒙版工具"和"直排文字蒙版工具"4 种，如图 8.1 所示。利用这些工具能够创建不同方向的文字及蒙版。

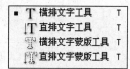

图 8.1 "文字工具"

8.1.1 文字的输入

1. 文字的输入

（1）选择"横排文字工具"或"直排文字工具"在图像中单击，单击处出现插入文字光标，即可输入文字。

（2）"横排文字工具"建立水平方向排列的文字，"直排文字工具"建立纵向排列的文字。系统自动在"图层"控制面板中创建文字层，其图层的缩略图标记为"T"。

（3）文字输入完成后，用鼠标在"图层"控制面板上单击一下，插入文字光标消失，同时该图层的名称转换成为输入的文字内容，表明该文字图层建立完毕。

（4）单击 次，只能输入 排文字，此种方法只适用于输入少量的点缀性文字。

2. 在图像上建立文本框

对于大量的文字只能使用文本框的方法输入。具体操作方法如下。

（1）选取"文字工具"，在图像上单击后不要放开鼠标左键，而是拖曳鼠标，可以拖出一个文本框，此时输入的文字只显示在文本框中。文字会根据框的大小自动进行换行排列。

（2）如果该文本框中不能完全显示所输入的文字，文本框的右下角将显示一个"＋"号，如图 8.2 所示。使用光标拖曳文本框的控制点，将其扩大，即可显示所有的文字，如图 8.3 所示。

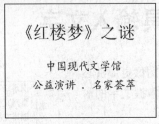

图 8.2 文本框中有未显示的文字　　　　图 8.3 放大文本框显示所有文字

3. 文字的修改

将不同的文字放置在不同的图层上，便于对文字的修改和编辑。

（1）若想修改某个图层中的文字，必须先取消插入文字光标，然后在要修改的文字处单击一下，就会将要修改的文字图层设置为当前层，即可随意插入或删除该层的文字。

（2）图 8.4 所示为创建的文字图像，图 8.5 所示为该文件的"图层"控制面板。

图 8.4 创建的文字图像　　　　　　　图 8.5 "图层"控制面板

8.1.2 建立文字选区

（1）利用"横排文字蒙版工具"或"直排文字蒙版工具"，在图像中选中后，图层被蒙上了快速蒙版，并出现插入文字光标。输入文字后，在"图层"控制面板上单击一下，就得到了文字形状的选区，此选区与第 2 章中讲的选区完全相同。

（2）可以利用这些选区进行填色、描边、制作文字效果等操作，图 8.6 所示为得到的文字选区，图 8.7 所示为根据选区填充颜色后，再制作浮雕效果而形成的凸起文字。

图 8.6 输入文字选区

图 8.7 填充并制作浮雕效果

8.2 文 本 格 式

在 Photoshop CS3 中输入文本，与在 Word 中输入文本的方法一样，可以根据需要设置字体、字形、字的大小、颜色等，也可以删除、插入、对齐文字，还可以进行段落的排版。

8.2.1 设置文字属性

输入文字后，"文字工具"选项栏上显示了文字最基本的各种属性设置，如图 8.8 所示。

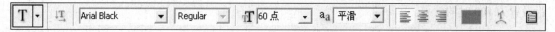

图 8.8 "文字工具"选项栏

若要设置文本的属性，可以在输入前，先在工具选项栏中进行设置。也可以在文字输入以后，选中需要修改的文字后再进行设置，设置后单击工具选项栏最右侧的确认按钮，或直接在选中的文字上单击，即可完成文字属性的修改。

如果要控制文字的更多属性，可以单击工具选项栏中的字符和段落面板提示符，打开"字符"控制面板，如图 8.9 所示。

在 Word 中经常用到的选项就不讲解了，在此只对一些不常用的选项进行介绍。

（1）设置行距：在"行距"文本框中，输入数值，或在其下拉列表中，选择一个数值，可以设置文字行与行之间的距离，数值越大，文本行间的距离越大，图 8.10 中所示文字的间距为 30 点，图 8.11 中所示文字的间距为 40 点。

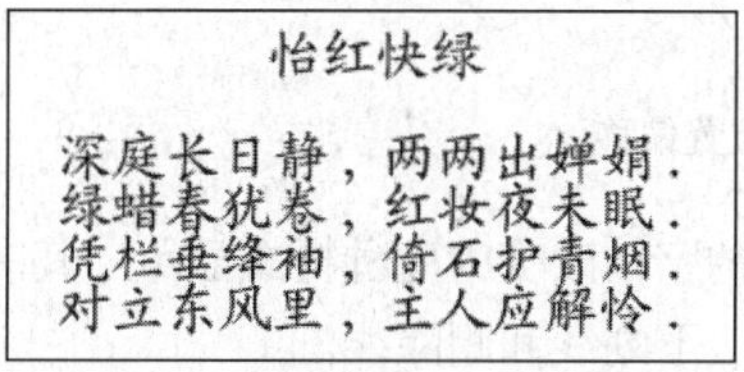

图 8.9 "字符"控制面板

图 8.10 设置行间距为 20 点的图例

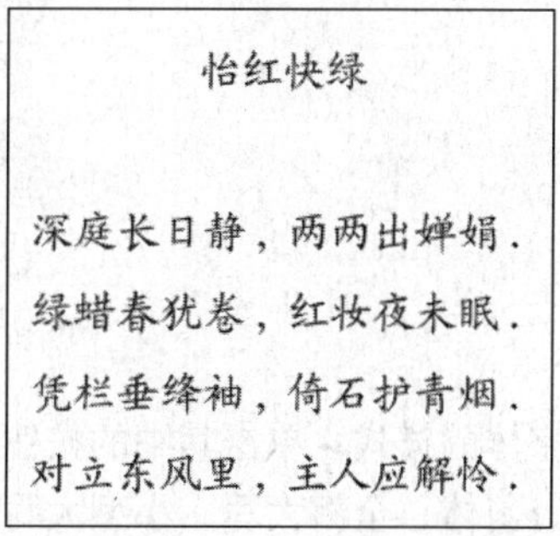

图 8.11 设置行距为 40 点的图例

（2）文字的水平缩放和垂直缩放：用来改变文字自身的宽度与高度。

（3）选中字符的比例间距：用来压缩选中字符间的字距。单击选项提示符，可在弹出的菜单中，选择"压缩比"。"压缩比"的值越大，"字距"越小。

（4）字距微调：将光标插入点放置在两个文字中间，该选项才可以使用，此时，在文本框中输入数值，或在下拉列表中，选择一个数值，可以设置两个字符的间距。数值越大，此间距越宽。图 8.12 所示为"机"字与"德"字之间微调值为 0 时的效果，图 8.13 所示为微调值为

200 时的效果。

图 8.12 字符微调值为 0

图 8.13 字符微调值为 200

（5）选中字符的字距：只有图像中存在选中文字时该选项才可用。此选项调整所选文字的间距。此数值越大，文字间的距离越大。图 8.14 所示为间距设置为–100 的效果，图 8.15 所示为间距设置为 100 时的效果。

图 8.14 间距为 – 100 的效果

图 8.15 间距为 100 的效果

（6）设置基线偏移：控制文字上升或下落的距离。当该值为 0 时，输入的文字以插入文字光标所在位置为基准，水平方向对齐排列；该值大于 0 时，选中的文字向上移；该值小于 0 时，选中的文字向下移。图 8.16 中 "漂亮" 两个字是原来文字的基线位置；"巴" 字的偏移量为–10，它之前的每个字逐一比其后的字多偏移 – 10；最后的 "吧" 字和 "？" 号的偏移量设置为 20。

图 8.16 文字基线位置偏移

（7）字体的样式：单击其中的按钮，可以将选中的字体改变为此种样式显示。其中的按钮依次为粗体、斜体、全部大写、小型大写、上标、下标、下划线和删除线。

（8）选择消除锯齿方法：在该选项下拉列表中，可以选择一种消除锯齿的方法。图 8.17 所示为选择 "无" 选项得到的效果，图 8.18 所示为选择 "锐利" 选项得到的效果。

图 8.17 选择 "无" 的效果

图 8.18 选择 "锐利" 的效果

8.2.2 设置段落属性

（1）单击“字符”标签右侧的“段落”标签，显示如图 8.19 所示的“段落”控制面板。

段落
0 点
0 点
0 点
0 点
0 点
避头尾法则设置: 无
间距组合设置: 无
连字

图 8.19 “段落”控制面板

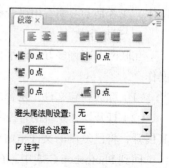

（2）“段落”控制面板中各选项的含义很好理解，只需讲解第一行和最后一个选项即可。段落对齐方式一栏中的前 3 个按钮，为整个段落的左对齐、中对齐和右对齐。后 4 个按钮只控制段落中的最后一行的对齐方式，分别为左对齐、中对齐、右对齐和两端对齐。

（3）选中“连字”复选框，当插入文字光标存在时，当前层上的文字下边会显示一条连线；若取消该选项，文字下边的连线将消失。

（4）图 8.20 所示为未设置段落属性的文字段落，而图 8.21 所示为已设置段落属性的文字段落。

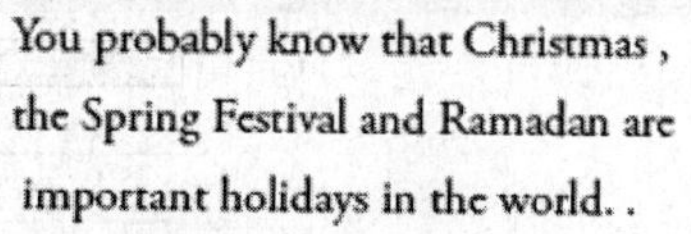

You probably know that Christmas ,
the Spring Festival and Ramadan are
important holidays in the world. .

图 8.20 原文字效果

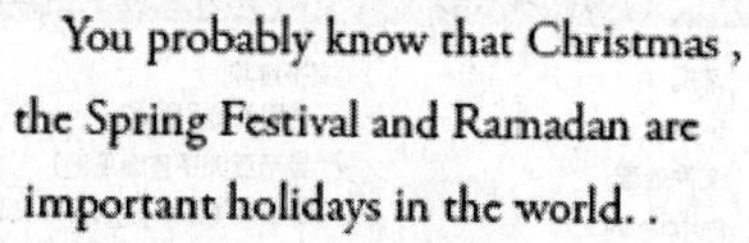

You probably know that Christmas ,
the Spring Festival and Ramadan are
important holidays in the world. .

图 8.21 设置首行缩进后的效果

8.2.3 查找与替换

Photoshop CS3 还提供了与 Word 功能类似的“拼写检查”和“查找与替换”功能，以增强在大段文本中修改文字的效率。

（1）设置要编辑的文字图层为当前层，在“编辑”菜单中，选择“查找和替换文本”命令，打开“查找和替换文本”对话框。

（2）在“查找内容”文本框中，输入要查找的文字，在“更改为”文本框中，输入替换的文字，如图 8.22 所示。

（3）单击“查找下一个”按钮，光标的插入点停在已查找到的文字前。此时，“更改”按钮被激活，单击此按钮即可将找到的文字改变为要替换的文字，如果单击“更改全部”按钮，将一次改变当前文字图层中所有要替换的文字。图 8.23 中“则”字是个错别字，通过“查找和替换文本”命令，查找到每个“则”字并替换成“择”，最终效果如图 8.24 所示。

查找和替换文本
查找内容(F):
则
更改为(C):
择
完成(D)
查找下一个(I)
更改(H)
更改全部(A)
更改/查找(N)
搜索所有图层(S)
区分大小写(E)
向前(O)
全字匹配(W)

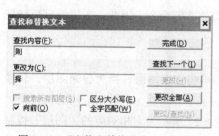

图 8.22 “查找和替换文本”对话框

Photoshop CS具有处理大段文本的功能，因此也增加了新功能“查找与替换”，以增强在大段文本中修改文字的功效。设置要编辑的文字图层为当前操作层，然后选则在编辑菜单中选则“查找和替换文本”命令，在弹出对话框的“查找内容”文本框中输入要查找的文字，然后在“更改到”文本框中输入替换的文字。

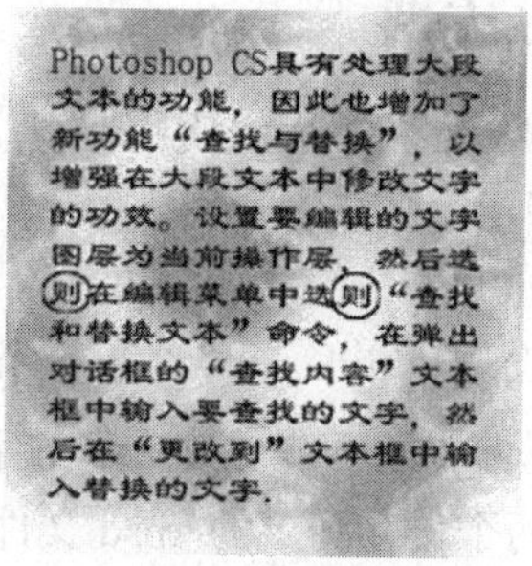

图 8.23 改变前的文字

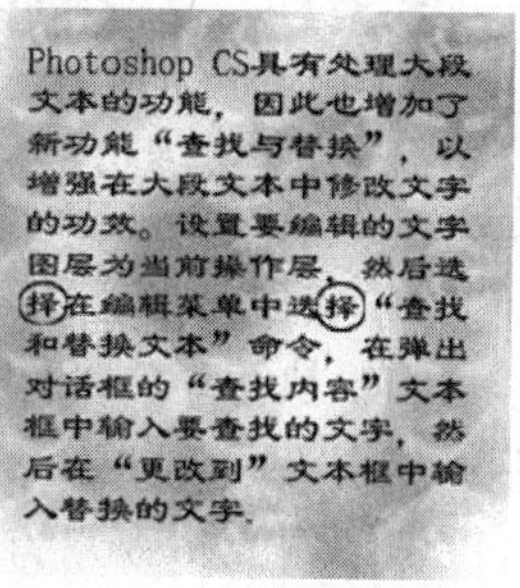

Photoshop CS具有处理大段文本的功能，因此也增加了新功能“查找与替换”，以增强在大段文本中修改文字的功效。设置要编辑的文字图层为当前操作层，然后选择在编辑菜单中选择“查找和替换文本”命令，在弹出对话框的“查找内容”文本框中输入要查找的文字，然后在“更改到”文本框中输入替换的文字。

图 8.24 改变后的文字

8.2.4　字体的添加与中文显示

在工作中经常遇到这种情况：需要一种特殊的字体，而在设置字体的选项菜单中却没有这种字体，或者是不习惯看用拼音标识的字体名称。下面介绍解决这些问题的方法。

1. 添加字体

互联网上有许多好看的字体文件，它们通常是许多文件打包在一起，将其下载后按以下步骤操作。

（1）释放打包文件。从释放的文件中找到所需要的字体文件，按 Ctrl + C 键进行复制。

（2）打开操作系统的"控制面板"，从中找到"字体"文件夹，用鼠标双击"字体"文件夹将其展开，将已复制的文件粘贴到里面即完成操作。

回到 Photoshop CS3 中，在设置字体的选项菜单中就会出现新安装的字体。

2. 字体名称的中文显示

（1）执行菜单"编辑"/"首选项"/"文字"命令，打开"首选项"对话框，如图 8.25 所示。

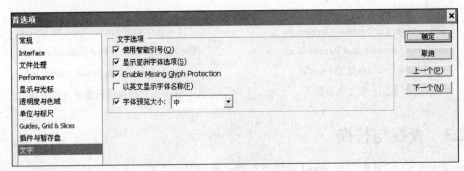

图 8.25　"首选项"对话框

（2）在"文字选项"选项区域中，将 "以英文显示字体名称"选项前边的对号去掉，单击"确定"按钮，即完成设置。

8.3　文字的变形与修饰

输入文字后，如何排列文字，怎样使文字与图像组成一个有机的整体呢？文字设计技巧是视觉传达中必不可少的一项技能，本节重点介绍图层的转换、文字的变形和创建文字特效的相关知识。

8.3.1　文字图层的转换

在 Photoshop CS3 中，对文字图层无法使用滤镜、色彩调节等命令，因此，为了得到更精彩的文字效果，必须进行文字图层的转换。

1. 转换为普通图层

（1）执行菜单"图层"/"栅格化"/"文字"命令，即可将文字图层转换为普通图层，转换后的图层不再具有文字图层属性，即不能更改文字的字体、字号等属性，但可以应用滤镜效果。

（2）图 8.26 所示为输入两个文字图层的*.psd 文件，图 8.27 所示为它相对应的"图层"控制面板，可以看到两个图层都是文字图层。图 8.28 所示为将文字图层转换为普通图层后，执行菜单

"滤镜" / "液化" 命令后的效果，图 8.29 所示为其相对应的 "图层" 控制面板。

图 8.26　原图像

图 8.27　"图层" 控制面板

图 8.28　"液化" 后的效果

图 8.29　将文字层转化为普通层

2. 转换为路径

在进行文字设计时，经常需要用到文字型的路径，以进行文字的描边或将文字的个别笔画变形。

（1）执行菜单 "图层" / "文字" / "转换为路径" 命令，即可直接由文字图层得到该文字的路径。

（2）图 8.30 所示为原文字，图 8.31 所示为由文字生成的文字路径，图 8.32 所示为使用此路径进行描边操作后的效果。

图 8.30　原文字

图 8.31　由文字生成的路径

图 8.32　描边后的效果

8.3.2　文字的变形

我们介绍过许多图形变形的技巧，这些技巧同样适用于文字。同时，文字还具有独特的 "变形文字" 功能，使得文字的变化更加丰富多彩。

1. 自由变换

（1）变换文字时，首先要在 "图层" 控制面板中选中需要变换文字的图层。

（2）执行菜单"编辑"/"自由变换"命令，或按快捷键 Ctrl + T，调出变换控制框，通过拖动变形控制框的控制点，即可对文字进行变换操作。在 3.5.3 小节中讲述的变形知识都适用于文字的变形，在此不再赘述。

例如，图 8.33 所示为未变换的文字，经过变换操作后变成图 8.34 所示的效果。

图 8.33　未变换的文字

图 8.34　变换操作后的文字效果

2．变形文字

（1）选择"文字工具"后，若当前层为文字层，工具选项栏中的"变形文字"按钮就会处于激活状态。此时，单击此按钮，打开"变形文字"对话框，如图 8.35 所示。

（2）在"样式"下拉列表框中，显示"变形文字"如图 8.36 所示，它们都是系统自带的文字变形样式。选中一种样式，当前层上的文本就会发生变形。同时激活对话框下方的参数选项。拖动滑块，每种样式又会呈现出不同的变形程度。

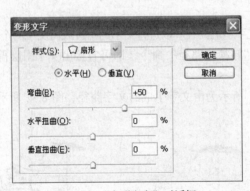

图 8.35　"变形文字"对话框

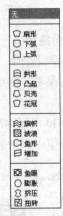

图 8.36　"文字变形"选项列表

这个功能很实用，操作又相当简单。在进行文字设计的过程中，它是很重要的工具

图 8.37 所示为利用"变形文字"命令制作的文字变形效果，其参数设置如图 8.38 所示。

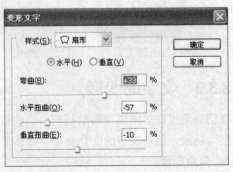

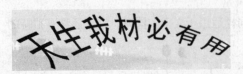

图 8.37　变形后文字效果

图 8.38　"变形文字"对话框

8.3.3　文字特效

文字特效的制作是 Photoshop CS3 的一大亮点。给文字增加特效有如下多种途径。

1. 使用"样式"控制面板添加文字特效

使用"样式"控制面板为文字添加特效非常方便。

（1）将文字图层设置为当前层，在"样式"控制面板中，选择一个合适的样式，在样式上单击，当前层上的文字就具有了漂亮的外观。

（2）图 8.39 所示为添加图层样式前的文字，图 8.40 所示为选择添加的图层样式，图 8.41 所示为添加图层样式后的最终效果。

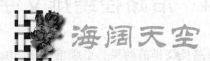

图 8.39　输入的文字

图 8.40　单击选中的图层样式

图 8.41　添加了图层样式的文字

2. 使用"图层样式"命令添加文字特效

"图层样式"命令下的所有子命令都适用于文字图层，选择不同的子命令，可以为文字添加不同的效果。此种方法比较灵活，可以根据用户的需要，选择不同样式的叠加，创意出独特的文字风格。在 5.2 节中对"图层样式"已经作了详细的介绍，此处就不再赘述。

3. 使用滤镜添加文字特效

使用滤镜可以创建许多风格各异的文字特效。但是前提是将文字层转换成普通层或者将文字层与背景层合并。

滤镜的种类繁多，可以制作出很多效果的文字，下面以"冰雪文字"为例，说明滤镜的使用方法。

（1）新建一个白色背景的 RGB 文件，将前景色设置为黑色。选择"文字工具"，将"字体"设置为"华文琥珀"，输入"冰天雪地"4 个字。按 Ctrl + E 组合键，合并图层。

（2）使用"魔术棒工具"，将白色背景作为选区。执行菜单"滤镜"/"像素化"/"晶格化"命令，将"单元大小"设置为 6，处理结果如图 8.42 所示。

（3）按 Shift + Ctrl + I 组合键将选区反选。然后在"滤镜"菜单中选择"杂色"子菜单，再选择"添加杂色"命令，"数量"设置为 40%，选中"高斯分布"和"单色"两个选项。

（4）执行菜单"滤镜"/"模糊"/"高斯模糊"命令，"模糊半径"设置为 2。然后按 Ctrl + D 组合键，取消选区。再按 Ctrl + I 组合键使图像"反相"。

（5）执行菜单"图像"/"旋转画布"/"90 度（逆时针）"命令。执行菜单"滤镜"/"风格化"/"风"命令，将"方法"设置为"风"，"方向"设置为"从左"。最后再将画布顺时针旋转

90 度，即完成"冰天雪地"文字的制作。最终效果如图 8.43 所示。

图 8.42　将背景设置为选区　　　　　　　　　图 8.43　完成的效果

8.4　沿路径绕排文字

以往如果需要制作文字沿路径绕排的效果，必须借助于 Illustrator 等矢量软件，而在 Photoshop CS3 中可以应用新增文字功能，轻松地实现这一效果。

8.4.1　制作文字绕排路径效果

下面以为一则广告增加文字绕排效果为例，讲解如何制作沿路径绕排的文字。

（1）打开需要添加沿路径绕排文字的广告，如图 8.44 所示。

（2）用"钢笔工具"绘制一条路径，如图 8.45 所示。

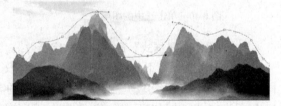

图 8.44　广告背景图像　　　　　　　　　图 8.45　绘制路径

（3）在工具箱中，选择"横排文字工具"，将此工具放于路径线上，直至光标变化为止。

（4）在路径线上单击后即可发现路径线上显示一个文本插入点。

（5）直接在文本插入点的后面输入所需要的文字，得到如图 8.46 所示的效果。

（6）在工具选项栏中，单击"提交"按钮，即可完成输入操作。

完成上述操作后，在"路径"控制面板中将生成一条新的文字绕排路径，其名称则为其上方绕排的文字，如图 8.47 所示。

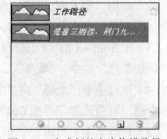

图 8.46　输入文字后的效果　　　　　　　　图 8.47　生成新的文本绕排路径

8.4.2 修改文字绕排路径效果

当文字已经被绕排在路径上后，仍然可以通过各种方法修改文字的各种属性，其中包括字号、字体、水平或垂直排列方式及其他文字属性。除此之外，还可以通过修改路径的曲率、角度和节点的位置来修改绕排于路径上的文字形状及文字相对于路径的位置，具体操作如下。

1. 修改文字的属性

（1）要修改绕排于路径上的文字，只需要在工具箱中选择"横排文字工具"，将路径线上的文字选中，然后在"字符"控制面板中，修改其相应的参数即可。

（2）图 8.48 所示为修改文字的字号与字体后的效果。

2. 修改路径的形状

通过修改路径的形状即可改变文字的绕排形状，而修改路径形状的方法则可以参考前面在"路径"一节中所学过的知识与技巧。

图 8.49 所示为通过修改节点的位置及路径线曲率后的文字绕排效果，可以看出文字的绕排形状已经随着路径形状的改变而发生改变。

图 8.48 修改字体与字号的效果

图 8.49 修改路径形状后的效果

3. 修改文字相对路径的位置

通过修改文字相对于路径的位置，可以为文字找到更好的绕排形状并使绕排效果更加理想。要做到这一点，可以按下面的步骤操作。

（1）在工具箱中，选择"横排文字工具"。

（2）利用"文字工具"在文字中单击一下，以显示文本插入点。

（3）按住 Ctrl 键，此时鼠标的光标将变为形状，拖动文本前面文本位置点（白色圆圈中的小竖线标志），如图 8.50 所示，即可沿着路径移动文字，最终效果如图 8.51 所示。

图 8.50 文字光标

图 8.51 移动后的效果

8.5 异形轮廓文字

除了可以使文字沿路径进行绕排，还可以为文字创建一个规则的边框，从而制作具有异形轮廓的文字效果，如图 8.52 所示。

图 8.52　具有异形轮廓的文字效果

8.5.1　制作异形轮廓文字效果

下面通过一个小实例来讲解制作具有异形轮廓文字的操作步骤。

（1）打开一张需要添加异形轮廓文字的素材图像。

（2）在工具箱中，选择"钢笔工具"，绘制需要添加的异形轮廓路径，如图 8.53 所示。

（3）在工具箱中，选择"直排文字工具"（根据需要也可以选择其他"文字工具"），将工具光标放于第二步所绘制的路径中间，直至光标转换成为 ⌶ 形状，如图 8.54 所示。

（4）在路径中单击一下（不要单击路径线），从而得到一个文本插入点。

（5）直接在插入点后面输入所需要的文字，即可得到所需要的效果，如图 8.55 所示。

当执行上述步骤后，"路径"控制面板中同样将生成一条新的轮廓路径，其名称即为路径中的文字，如图 8.56 所示。

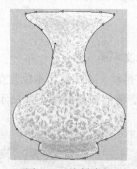

图 8.53　绘制路径

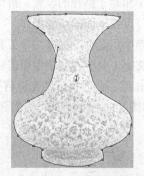

图 8.54　变换的光标

图 8.55　输入文字

图 8.56　"路径"控制面板

8.5.2　修改异形轮廓文字效果

对于具有异形轮廓的文字，可以通过各种方法修改文字的属性，其中包括字号、字体、水平或垂直排列方式及其他文字属性。除此之外，还可以通过修改路径的曲率、角度、节点的位置来修改被纳入到路径中文字的轮廓形状。

（1）若要将垂直或水平排列于路径中的文字改变为另一种排列方式，只需在"图层"菜单中，选择"文字"子菜单，在其中选择相应的命令即可。图 8.57 所示为将垂直排列的文字改变为水平排列后的效果。

（2）如果通过修改路径的节点位置及控制句柄的方向改变了路径的形状，则排列于路径中的文字外形也将随之发生变化，如图 8.58 所示。

图 8.57　修改为水平排列后的效果

图 8.58　修改路径后的文字效果

习　题

1. **思考题**

（1）在 Photoshop CS3 中，有哪几种文字工具？

（2）文字图层能否使用滤镜效果？怎样为文字添加滤镜效果？

（3）Photoshop CS3 具有强大的处理大段文字的功能，那么要替换文字应该使用哪个命令？

2. **选择题**

（1）下列对"图像"菜单中"旋转画布"命令描述正确的是（　　　）。

　　A）"旋转画布"命令是针对整个图像的命令

　　B）"旋转画布"命令与"变换"命令都可旋转图像

　　C）"旋转画布"中的"任意角度"命令能够取代"旋转画布"命令中的所有命令

　　D）"旋转画布"命令对有图层的图像不起作用

（2）文字图层中的文字信息可以进行修改和编辑的有（　　　）。

　　A）文字颜色

　　B）文字内容，如加字或减字

　　C）文字大小

　　D）将义字图层转换为像素图层后可以改变文字的排列方式

（3）段落文字可以进行（　　　）操作。

　　A）缩放　　　　　　　B）旋转　　　　　　　　C）裁切　　　　　　　　D）倾斜

（4）下列有关文字工具说法不正确的是（　　　）。

　　A）使用文字工具输入时，图层面板会自动地创建一个文字图层

　　B）可以通过"图层"菜单中的"栅格化"命令将文字图层转化为普通图层

　　C）可以通过双击文字图层将它转化为普通图层

　　D）可以通过选中文字，在图层控制面板中右击鼠标，选择"栅格化"命令，将文字图层转化为普通的图层

实　　　训

【实训 8.1】　"光芒文字"效果的制作。

【实训目的】　使用文字工具创建文字，并能够设置字体、字号等属性。

【实训要点】　创建文字、设置文字属性、制作文字特效。

【操作步骤】

1. 文字的制作

（1）新建一个 600 像素×200 像素的文件。

（2）在工具箱中，将"前景色"设置为"淡黄色"，"背景色"设置为"墨蓝色"。

（3）按 Ctrl + Delete 组合键，将背景图层填充为背景色的"墨蓝色"，作为衬托文字的背景色。

（4）在图像窗口中，使用"文字工具"输入"光芒文字"文字，"字体"设置为"中意体"，"字号"设置为"120pt"，文字的"颜色"使用默认的"前景色"，设置为"淡黄色"，将输入的文字放到图像窗口的中间位置。

（5）将文字图层转化为普通图层，在"图层"面板的文字图层上，单击鼠标右键，在弹出的快捷菜单中，选择"栅格化图层"命令。

（6）在"图层"面板中，将文字所在的图层复制一层，可用快捷键 Ctrl + Alt + J。

（7）选择复制图层下面文字所在的图层，执行菜单"滤镜"/"模糊"/"径向模糊"命令，打开"径向模糊"对话框，参数设置如图 8.59 所示。在"数量"文本框中，输入"100"。

2. 最后效果

重复执行"径向模糊"命令，或用快捷键 Ctrl+F 来加强光芒的效果，最后效果如图 8.60 所示。

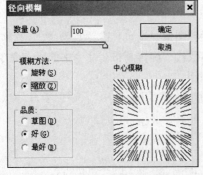

图 8.59　"径向模糊"对话框

图 8.60　最后效果

【实训 8.2】 "珍珠"字效果的制作。

【实训目的】 通过珍珠字效果的制作,主要掌握文字的输入、图层、画笔工具、路径等工具的使用。

【实训要点】 文字的输入、图层、画笔工具、路径等工具的使用。

【操作步骤】

1. 笔头的制作

(1)新建一个 640 像素×480 像素的文件。

(2)在工具箱中,将"前景色"设为"黑色","背景色"设置为"白色"。

(3)在"图层"面板中,新建一图层,在工具箱中,选择"圆形选区工具",在图像窗口中,绘制一个正圆形选区,用"渐变工具"进行填充,在"渐变工具"的选项栏中,设置"渐变色"为"前景色"到背景色,即从黑色到白色;"渐变的方式"设置为"径向渐变";"模式"设置为"正常";"不透明度"设置为 100%。填充的效果如图 8.61 所示。

(4)在"编辑"菜单中,选择"自定义画笔"命令,打开"画笔名称"对话框,如图 8.62 所示,在"名称"文本框中,输入"样本画笔 1",单击"确定"按钮。

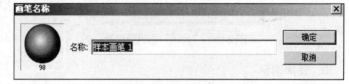

图 8.61 "渐变工具"填充的效果 　　　　　　图 8.62 "画笔名称"对话框

(5)按 Ctrl+D 组合键,取消选区,在"图层"面板中,将新建的图层用鼠标拖曳到"图层"面板下方的"垃圾桶"中将其删除。

2. 珍珠字效果的制作

(1)在工具箱中,选择"文字工具",在图像窗口中,输入文字为"珍珠","字体"设置为"黑体","字号"设置为"350pt",文字的"颜色"使用默认的"前景色"即"黑色",将输入的文字移到图像窗口的中间位置,如图 8.63 所示。

(2)在"图层"面板中,新建一个图层,按下 Ctrl 键后,在"图层"面板中,用鼠标单击文字图层使其浮动,将图层中的图像浮动成选区。将文字图层删除,在"图层"面板中,确认新建的图层为选中状态。

(3)在"路径"面板中,在面板的下方,单击"将选区变为路径"按钮,将文字选区变为路径,如图 8.64 所示。

图 8.63 输入文字后的效果 　　　　　图 8.64 将文字选区转换为路径

(4)在工具箱中,选择"画笔工具",将笔头设置为上面自定义的笔头,在选项栏中,单击"面板"按钮,对画笔进行参数设置,"直径"设置为 13 像素,"间隔"设置为 100%,其他参数为默认,如图 8.65 所示。

（5）在"路径"面板中，单击"描边"按钮，在文字路径的边上，将依据画笔的设置，绘出笔头的形状，效果如图 8.66 所示。

（6）在"路径"面板中，取消选中的工作路径。

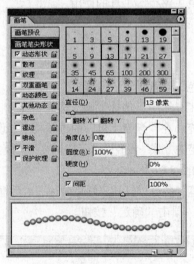

图 8.65　"画笔"面板的设置　　　　　　　　图 8.66　路径描边后的效果

3. 添加阴影

在"图层"面板中，确认"珍珠"字所在的图层为激活状态，单击"添加图层样式"按钮，打开"图层样式"对话框，在"样式"选项栏中，选择"投影"复选框，设置"投影"参数如图 8.67 所示，"珍珠"字制作的最后效果如图 8.68 所示。

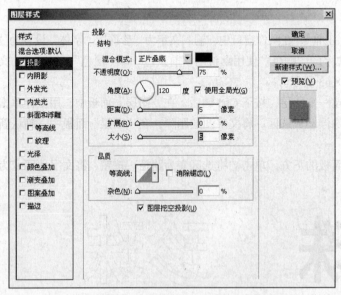

图 8.67　"图层样式"对话框的"投影"参数设置　　　　　图 8.68　最后效果

【实训 8.3】　"印章"效果制作。

【实训目的】　掌握文字的输入、图层、描边、滤镜等工具的使用，来完成印章效果的制作。

【实训要点】　文字的输入、图层、描边、滤镜等工具的使用。

【操作步骤】

阳文"印章"的最后效果如图 8.69 所示，阴文"印章"的最后效果如图 8.70 所示。

图 8.69　阳文最后效果

图 8.70　阴文最后效果

1．阳文印章效果的制作

（1）新建一个 800 像素×800 像素的文件。

（2）在工具箱中，将"前景色"设置为"红色"，"背景色"设置为"白色"。

（3）在工具箱中，选择"垂直类型的文字工具"，在图像窗口中输入文字"無名之印"，"字体"设置为"方正艺黑"，"字号"设置为"180pt"，文字的"颜色"使用默认的"前景色"，即"红色"，将输入的文字放在图像窗口的中间位置。

（4）将文字图层转化为普通图层，在"图层"面板的文字图层上，单击鼠标右键，在弹出的快捷菜单中，选择"栅格化图层"命令。

（5）在"图层"面板中，新建一个图层，名称为"图层 1"。在工具箱中，选择"矩形选区工具"，在图形窗口中文字的外围绘制一个矩形选区。在"编辑"菜单中，选择"描边"命令，打开"描边"对话框，其参数设置如图 8.71 所示，描边后的结果如图 8.72 所示。按 Ctrl+D 组合键，取消选区。

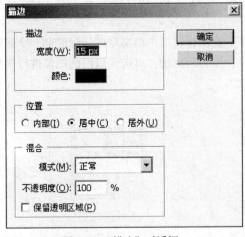

图 8.71　"描边"对话框

图 8.72　描边后的结果

（6）在"图层"面板中，将图层 1 和文字图层进行链接，在工具箱中，选择"移动工具"，在选项栏中，单击"垂直居中"按钮和"水平居中"按钮，将两个图层中的图像进行对齐。按 Ctrl＋E 组合键，将链接的两个图层进行合并，合并后将图层改名为"阳文印章"。

（7）在工具箱中，将"前景色"设置为"黑色"，在"图层"面板中，新建一个图层，名称为"图层 1"，按 Alt＋Delete 组合键，将图层 1 填充为"黑色"。执行菜单"滤镜"/"像素化"/"点状化"命令，打开"点状化"对话框，在"单元格的大小"文本框中，输入"12"，效果如图 8.73 所示。

（8）执行菜单"选择"/"色彩范围"命令，打开"色彩范围"对话框，在"颜色容差"文本框中，输入"100"，单击"图像"单选按钮，单击"白色"后，单击"确定"按钮，确认色彩范围。此时"白色"变为选区。

（9）在"图层"面板中，将"图层 1"删除，确认"阳文印章"图层为选中状态，按 Delete 键，对选区以内的图像进行删除，删除后的效果如图 8.74 所示。按 Ctrl+D 组合键，将选区取消。

图 8.73　点状化命令后的结果　　　　　　图 8.74　删除后的结果

（10）在工具箱中，选择"橡皮擦工具"，选择一个硬边的笔头和一个大小合适的笔头，擦出印章残损的效果，阳文印章制作完成，最后效果如图 8.69 所示。

2. 阴文印章效果的制作

（1）在工具箱中，将"前景色"设置为"红色"，在"图层"面板中，新建一个图层，名称为"阴文印章"，按 Alt + Delete 组合键，将"阴文印章"图层填充为"红色"。

（2）在"图层"面板中，将"阳文印章"图层隐藏，按 Ctrl 键后，单击"阳文印章"图层，将"阳文印章"图层中的图像进行浮动变成选区。在"图层"面板中，确认"阴文印章"图层为选中状态，在工具箱中，将"前景色"设置为"白色"，按 Alt+Delete 组合键，将选区填充成"白色"，效果如图 8.75 所示。

（3）在工具箱中，选择"矩形选区工具"，在图像窗口中沿文字的边缘绘制一个矩形选区，按 Ctrl + Shift + I 组合键，将选区进行反选操作，按 Delete 键，对选区以内的图像进行删除，效果如图 8.76 所示。按 Ctrl + D 组合键，将选区取消。

图 8.75　填充白色后的效果　　　　　　图 8.76　反选删除后的结果

（4）在工具箱中，选择"橡皮擦工具"，选择一个硬边的笔头和一个大小合适的笔头，擦出印章的残损效果，同时也要将白文上的红色进行擦除，留少许即可，阴文印章制作完成，最后效果如图 8.70 所示。

第9章
滤镜

滤镜来源自摄影中的滤光镜。滤光镜可以使相片上的图像产生特殊的效果。Photoshop CS3 中的滤镜不仅可以达到滤光镜的效果，而且还可以使图像产生许多令人惊叹的特殊效果。

滤镜使用起来非常简单，加上丰富的想象力，即可创作出优秀的艺术作品。

本章要点

◇ 滤镜使用的基本知识。

◇ 各种滤镜的功能和作用。

◇ 主要滤镜的应用实例。

9.1 滤镜功能概述

在"滤镜"菜单中的滤镜命令，被称为内置滤镜。此外，还可以安装其他厂商提供的滤镜，我们称之为外挂滤镜。本节重点介绍滤镜使用的基本知识。

9.1.1 滤镜使用规则

滤镜的种类虽然繁多，但操作起来都有以下几个相同的特点，必须遵守这些操作要领，才会更有效地应用滤镜功能。

（1）滤镜会针对图像的选区进行滤镜处理。如果没有定义选区，则对整个图像作处理。如果当前选中的是某个图层或某个通道，则只对当前图层或当前通道起作用。

（2）滤镜不能应用于位图模式、索引颜色和 48bit 位深的 RGB 模式的图像，某些滤镜只对 RGB 模式的图像起作用，如"画笔描边"、"艺术效果"和"纹理"滤镜就不能在 CMYK 模式下使用。另外，滤镜只能应用于图层的有色区域，对完全透明的区域没有效果。

（3）滤镜的处理效果以像素为单位，因此，滤镜的处理效果与图像的分辨率有关，相同的参数设置，处理不同分辨率的图像，得到的效果是不同的。

（4）有些滤镜完全在内存中处理，所以内存的容量对滤镜的生成速度影响很大。有些很复杂的滤镜或是要应用滤镜的图像尺寸很大时，执行时就需要很长时间，如果想结束正在生成的滤镜效果，只需按 Esc 键即可。

（5）最近一次使用的滤镜将出现在"滤镜"菜单的顶部，可以通过执行此命令对图像再次应用上次使用过的滤镜效果。此命令的快捷键为 Ctrl + F。此命令也可以多次执行，使滤镜效果进行累加。如果使用快捷键 Ctrl + Alt + F，则可打开上次使用的滤镜对话框。

（6）在任一滤镜对话框中，按下 Alt 键，对话框中的"取消"按钮，就变为了"复位"按钮，单击此按钮可以将参数重置为调节前的状态。

（7）滤镜库命令，将多滤镜组合在了一个界面中，使滤镜的应用变得更简单。特别是滤镜层的应用可以只调用一次菜单命令，就在图像上叠加多个滤镜的综合效果。

9.1.2　外挂滤镜的使用

外挂滤镜不是 Photoshop 自身的程序，而是由其他厂商提供的。著名的外挂滤镜有 KPT、PhotoTools、EyeCandy、Xenofen、UleadEffects 等。外挂滤镜不但数量庞大，种类繁多、功能不一，而且版本和种类不断升级和更新，外挂滤镜具有很大的灵活性，最重要的是，可以根据自己的意愿来更新外挂，而不必更新整个应用程序。

需要外挂滤镜可到互联网上搜索。外挂滤镜的安装也很简单。有些外挂滤镜自身带安装程序，可以像安装其他软件一样安装。但要注意，一定要将安装路径设置到 Photoshop CS3 下的 Plug-Ins 文件夹下。有些外挂滤镜就是一些程序文件，直接将这些文件复制到 Plug-Ins 文件夹下就可以了。

安装了外挂滤镜后，再启动 Photoshop CS3，在"滤镜"菜单中就会出现新安装的外挂滤镜。这些外挂滤镜的使用方法与内置滤镜的使用方法完全相同。

9.2　特殊滤镜的使用

"滤镜"菜单主要分为两部分：第一部分为几个特殊的滤镜命令，如"滤镜库"命令、"液化"命令和"消失点"命令，每个命令都相当于一个小的应用程序；第二部分为 13 组普通滤镜组，每个组中又包括多个滤镜命令。本节主要介绍"滤镜"菜单中的第一部分内容。

9.2.1　"滤镜库"命令

"滤镜库"的应用，简化了滤镜的操作过程，可以很方便地将多个滤镜同时应用到一个图像中。选择"滤镜库"命令，打开"滤镜库"对话框，如图 9.1 所示。

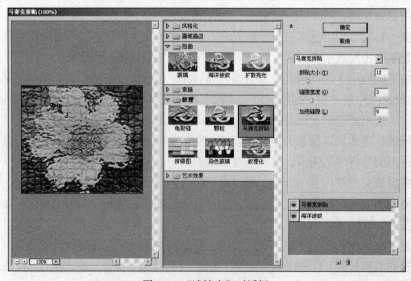

图 9.1　"滤镜库"对话框

对话框总体上分成 3 个区域。

（1）左边为效果预览区。该区域中的缩略图直接反映出了所选滤镜应用到图像中所呈现的直观效果。左下角的"–"和"+"按钮可控制缩略图的显示比例。

（2）中间为滤镜菜单，共有 6 组折叠菜单，单击每组菜单前的三角提示符，即可将该组菜单展开，用鼠标单击滤镜的图标，就可以将该滤镜应用到图像上。菜单展开后再单击三角提示符，菜单会重新折叠起来。

（3）右边的上半部为所选中滤镜的选项，拖动滑块可控制滤镜的作用效果。右边的下半部为滤镜层显示区域。每个滤镜层上可以放置一个滤镜，在图像上就显示了这些滤镜层叠加在一起所表现出的综合效果。单击"建立滤镜层"图标，可以建立新的滤镜层。选中一个滤镜层后，单击"删除滤镜层"图标可将选中的滤镜层删除。

9.2.2　"液化"命令

"液化"命令可以对图像进行任意的扭曲，可以定义扭曲的范围和强度。还可以将调整好的变形效果存储起来或载入以前存储的变形效果，"液化"滤镜为变形图像和创建特殊效果提供了强大的功能。执行菜单"滤镜"/"液化"命令，打开"液化"对话框，对话框的左边为各种变形工具，右边可以对选中的工具进行设置。图 9.2 所示为使用"向前变形工具"对图像进行涂抹后的效果。

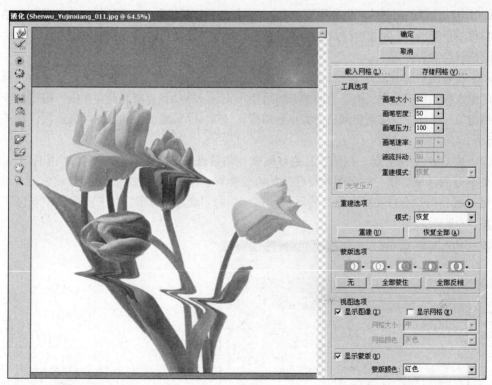

图 9.2　"液化"对话框

9.2.3　"消失点"命令

"消失点"命令是 Photoshop CS2 在滤镜中提供的一个新工具，在 Photoshop CS3 中，对该工具又进行了更加完善的改进。在使用"消失点"命令创建的网格内进行克隆、绘画、粘贴图像等操作时，所做的操作会自动应用透视原理，按照透视的比例和角度自动计算，自动适应对图像的修改，大大节省了用户精确设计和修饰照片所需的时间。

图 9.3 所示为盒子图形，它显示有 3 个面，使用"消失点"命令，我们只要一次操作，就能轻松给盒子换一个包装。

（1）打开需要作为封面的素材图片，如图 9.4 所示。按 Ctrl+A 组合键，将其全选，再按 Ctrl+C 组合键，将其复制到剪贴板上待用。

图 9.3　盒子图形　　　　　　　　　　　图 9.4　封面图片

（2）将盒子图像设置为当前文件。执行菜单"滤镜"/"消失点"命令，打开"消失点"对话框。此时自动选择的工具为"创建平面工具"。单击盒子上面的 4 个角，拉出一个蓝色的网格。假如框拉得不正确的话，网格会变成红色或者黄色。拖动 4 个角上的锚点，使网格与盒子上面相吻合，网格就会变为蓝色。

（3）拉好网格以后，工具会自动转为"编辑平面工具"。按住 Ctrl 键，从已创建的网格边线中间的锚点拉出第二个面。第二个面的方向可能不正确，拖动锚点将其调整正确。按住 Ctrl 键，继续拉出第三个面，仔细调整网格的大小和角度，这时一个完整的立体工作区域就制作好了，如图 9.5 所示。

（4）按 Ctrl+V 组合键，把刚才复制好的图片粘贴进来。选择"变换工具"，把图片拖移到我们创建好的区域。细心地将图片往合适的方位拖移，单击图片边沿的拖移点放大或者缩小，我们可以看到图片会自动对应做好的区域伸展。单击"确定"按钮，盒子就换上了新包装，效果如图 9.6 所示。

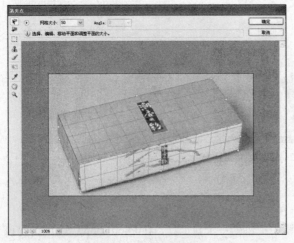

图 9.5　消失点对话框　　　　　　　　　图 9.6　换包装后的盒子

9.3　普通滤镜的使用

滤镜菜单中的第二部分为多组简单的滤镜命令。这些命令多数包括在"滤镜库"中。当调用这些命令时，将在"滤镜库"对话框中打开相应命令页。在"滤镜库"中不包括的命令，才打开单个命令的对话框。本节主要介绍常用滤镜的使用。

9.3.1　"风格化"滤镜组

"风格化"滤镜组最终营造出的是一种印象派的图像效果。这些命令主要通过置换像素并且查找和增加图像中的对比度，在选区上产生一种绘画式或印象派艺术效果。

"风格化"滤镜组共有 6 种滤镜，在此介绍 4 种常用的滤镜。

1."查找边缘"滤镜

"查找边缘"滤镜用相对于白色背景的深色线条来勾画图像的边缘，得到图像的大致轮廓。如果先加大图像的对比度，然后再应用此滤镜，可以得到更多更细致的边缘。"查找边缘"滤镜用于标识图像中有明显过度的区域并强调边缘。在白色背景上用深色线条勾画图像的边缘，对于在图像周围创建边框非常有用，图 9.7 所示为原图像，执行菜单"滤镜" / "风格化" / "查找边缘"命令，执行后的效果如图 9.8 所示。

2."风"滤镜

"风"滤镜是在图像中色彩相差较大的边界上，增加细小的水平短线来模拟风的效果，执行菜单"滤镜" / "风格化" / "风"命令，打开"风"对话框，如图 9.9 所示，在其中可设置相关的选项。

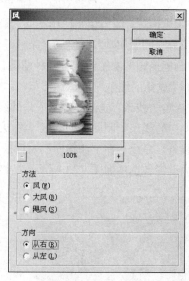

图 9.7　原图像　　　图 9.8　"查找边缘"效果　　　　　图 9.9　"风"对话框

3."浮雕效果"滤镜

"浮雕效果"滤镜使图像形成浮雕效果，对比度越大的图像，浮雕的效果越明显。通过将选区的填充色转换为灰色，并用原填允色勾画边缘，使选区显得凸出或卜陷。执行菜单"滤镜" / "风格化"/"浮雕效果"命令，打开"浮雕效果"对话框，如图 9.10 所示，在其中可设置相关的选项。

4."扩散"滤镜

"扩散"滤镜搅动图像的像素，产生类似透过磨砂玻璃观看图像的效果。根据所选的选项，搅乱选区内的像素，使选区看起来聚焦较低。执行菜单"滤镜"/"风格化"/"扩散"命令，打开"扩散"对话框，如图 9.11 所示，在其中可选择扩散的模式。

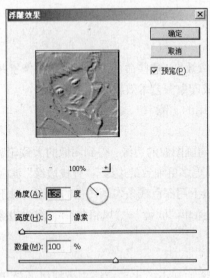

图 9.10 "浮雕效果"对话框   图 9.11 "扩散"对话框

9.3.2 "画笔描边"滤镜组

"画笔描边"滤镜组是使用不同的画笔和油墨笔触效果，产生绘画式或精美艺术品的外观。一些滤镜为图像增加颗粒、绘画、杂色、边缘细节或纹理，以得到点画效果。

"画笔描边"滤镜组共有 8 种滤镜，在此介绍 4 种常用的滤镜。

1."成角的线条"滤镜

"成角的线条"滤镜是使用成角的线条重新绘制图像，用一个方向的线条绘制图像的亮区，用相反方向的线条绘制图像的暗区。图 9.12 所示为原图像，执行菜单"滤镜"/"画笔描边"/"成角的线条"命令，在"滤镜库"对话框中，打开"成角的线条"命令页，在对话框右上角的选项区域内设置各选项如图 9.13 所示，最终的效果如图 9.14 所示。

图 9.12 原图像   图 9.13 "成角的线条"选项设置   图 9.14 成角的线条效果

2. "喷溅"滤镜

"喷溅"滤镜可以创建一种类似透过浴室玻璃观看图像的效果。图 9.15 所示为原图像，执行菜单"滤镜"/"画笔描边"/"喷溅"命令，在"滤镜库"对话框中，打开"喷溅"命令页，在对话框右上角的选项区域内设置各选项如图 9.16 所示，最终的效果如图 9.17 所示。

图 9.15　原图像　　　　图 9.16　"喷溅"选项设置　　　　图 9.17　喷溅效果

3. "强化的边缘"滤镜

"强化的边缘"滤镜将对图像的色彩边界进行强化处理，设置较高的边缘亮度值，将增大边界的亮度，类似白色粉笔；设置较低的边缘亮度值，将降低边界的亮度，类似黑色油墨。图 9.18 所示为原图像，执行菜单"滤镜"/"画笔描边"/"强化的边缘"命令，在"滤镜库"对话框中，打开"强化的边缘"命令页，在对话框右上角的选项区域内设置各选项如图 9.19 所示，最终的效果如图 9.20 所示。

图 9.18　原图像　　　　图 9.19　"强化边缘"选项设置　　　　图 9.20　处理后的效果

4. "深色线条"滤镜

"深色线条"滤镜用短的、绷紧的线条绘制图像中接近黑色的暗区；用长的白色线条绘制图像中的亮区。图 9.21 所示为原图像，执行菜单"滤镜"/"画笔描边"/"深色线条"命令，在"滤镜库"对话框中，打开"深色线条"命令页，在对话框右上角的选项区域内设置各选项如图 9.22 所示，最终的效果如图 9.23 所示。

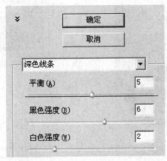

图 9.21　原图像　　　　图 9.22　"深色线条"选项设置　　　　图 9.23　深色线条效果

9.3.3　"模糊"滤镜组

"模糊"滤镜组通过降低色彩的对比度来柔化图像，可以产生看上去好像是照相机的镜头没有对准，而使图像变得模糊的效果。这组滤镜在下列情况会经常用到：通过模糊图像的一部分来强调图片中的主题；模糊图片中不平滑的边缘，使图像的色彩变得柔和；除去图片中的杂色。要对图层的边缘应用各种"模糊"滤镜，应关闭图层面板中的"锁定透明像素"选项。

"模糊"滤镜组共有 8 种滤镜，在此介绍 3 种常用的滤镜。

1."表面模糊"滤镜

"表面模糊"滤镜在保留边缘的同时模糊图像。此滤镜用于创建特殊效果并消除杂色和颗粒。图 9.24 所示为原图像，执行菜单"滤镜"/"模糊"/"表面模糊"命令，打开"表面模糊"对话框，设置"半径"与"阈值"选项后，使图像变为对话框中缩略图的效果，如图 9.25 所示。

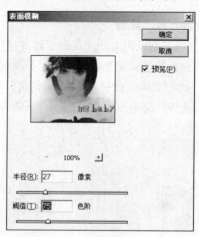

图 9.24　原图像　　　　　　　　　图 9.25　"表面模糊"对话框

2."动感模糊"滤镜

"动感模糊"滤镜对图像沿着指定的方向（−360 度～+360 度），以指定的强度（1～999）进行模糊。应用此滤镜会产生类似于用过长的曝光时间给运动的物体拍照的效果。图 9.26 所示为原图像，执行菜单"滤镜"/"模糊"/"动感模糊"命令，打开"动感模糊"对话框，设置"角度"与"距离"选项后，使图像变为对话框中缩略图的效果，如图 9.27 所示。

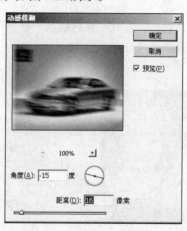

图 9.26　原图像　　　　　　　　　图 9.27　"动感模糊"对话框

3. "方框模糊"滤镜

"方框模糊"滤镜是基于相邻像素的平均颜色来模糊图像，用于创建一种特殊的模糊效果。图 9.28 所示为原图像，执行菜单"滤镜"/"模糊"/"方框模糊"命令，打开"方框模糊"对话框，设置"半径"选项后，使图像变为对话框中缩略图的效果，如图 9.29 所示。

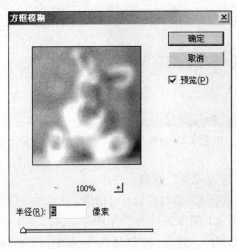

图 9.28　原图像　　　　　　　　图 9.29　"方框模糊"对话框

9.3.4　"扭曲"滤镜组

"扭曲"滤镜组通过对图像应用扭曲变形，实现各种效果。某些滤镜变形很大，完全失去了原图像的特点。某些滤镜可以产生诸如玻璃、海浪等效果。

"扭曲"滤镜组共有 4 种滤镜，在此介绍 3 种常用的滤镜。

1. "玻璃"滤镜

"玻璃"滤镜是使图像产生像是透过不同类型的玻璃来观看的效果。在"纹理"选项中可以选取一种玻璃效果。图 9.30 所示为原图像，执行菜单"滤镜"/"扭曲"/"玻璃"命令，在"滤镜库"对话框中，打开"玻璃"命令页，在对话框右上角的选项区域内设置各选项如图 9.31 所示。设置"磨砂"纹理后的效果如图 9.32 所示。

图 9.30　原图像　　　　　图 9.31　"玻璃"选项设置　　　　　图 9.32　"磨砂"效果

2. "海洋波纹"滤镜

"海洋波纹"滤镜是使图像产生普通的海洋波纹效果，将随机分隔的波纹添加到图像表面，使图像看上去像是在水中。图 9.33 所示为原图像,执行菜单"滤镜"/"扭曲"/"海洋波纹"命令,在"滤镜库"对话框中,打开"海洋波纹" 命令页,在对话框右上角的选项区域内设置各选项如图 9.34 所示,最终的效果如图 9.35 所示。

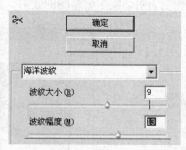

图 9.33 原图像 　　图 9.34 "海洋波纹"选项设置 　　图 9.35 海洋波纹效果

3. "扩散亮光"滤镜

"扩散亮光"是对图像进行渲染。此滤镜可使图像产生一种光芒漫射效果,亮光从暗部图像边缘向外渐隐。图 9.36 所示为原图像,执行菜单"滤镜"/"扭曲"/"扩散亮光"命令,在"滤镜库"对话框中,打开"扩散亮光" 命令页,在对话框右上角的选项区域内设置各选项如图 9.37 所示,最终的效果如图 9.38 所示。

图 9.36 原图像 　　图 9.37 "扩散亮光"选项设置 　　图 9.38 扩散亮光效果

9.3.5 "锐化"滤镜组

"锐化"滤镜组的命令,主要是通过增加相邻像素的对比度来使模糊图像变清晰,用于处理由于摄影及扫描等原因造成的图像模糊。

"锐化"滤镜组共有 5 种滤镜,在此介绍 2 种常用的滤镜。

1. "锐化边缘"滤镜

"锐化边缘"滤镜查找图像中颜色发生显著变化的区域,然后将其锐化。"锐化边缘"滤镜只锐化图像的边缘,同时保留总体的平滑度。使用此滤镜可以在不指定数量的情况下锐化边缘。

2. "智能锐化"滤镜

"智能锐化"滤镜是对图像表面有高斯模糊、动态模糊、景深模糊等类型模糊的图像进行锐化的调整,还可以分别对图像的暗部与亮部进行锐化调整。执行菜单"滤镜"/"锐化"/"智能锐化"命令,打开"智能锐化"对话框,在其中可设置相关的选项,如图 9.39 所示。

图 9.39 "智能锐化"对话框

9.3.6 "素描"滤镜组

"素描"滤镜组用于创建手绘图像的效果，简化图像的色彩。"素描"滤镜组可以将纹理添加到图像上，通常用于获得 3D 效果。这些滤镜还适用于创建精美的艺术品或手绘外观。大部分"素描"滤镜在重绘图像时使用前景色和背景色。

"素描"滤镜组共有 14 种滤镜，在此仅介绍 4 种常用的滤镜。

1. "粉笔和炭笔"滤镜

"粉笔和炭笔"滤镜可以创建类似炭笔素描的效果。用粗糙粉笔绘制的纯中间调灰色背景，被用来重绘图像的高光和中间色调。暗调区用黑色对角炭笔线替换。绘制时，炭笔使用前景色，粉笔使用背景色。在对话框中可以对"炭笔区"、"粉笔区"和"描边压力"进行控制，数值越大，相应的笔触也就会越粗。图 9.40 所示为原图像，执行菜单"滤镜"/"素描"/"粉笔和炭笔"命令，在"滤镜库"对话框中，打开"粉笔和炭笔"命令页，在对话框右上角的选项区域内设置各选项如图 9.41 所示，最终的效果如图 9.42 所示。

图 9.40 原图像

图 9.41 "粉笔和炭笔"选项设置

图 9.42 处理后的效果

2. "水彩画纸"滤镜

"水彩画纸"滤镜用于绘制类似在潮湿的纤维纸上的渗色涂抹，使颜色溢出或混合。图 9.43 所示为原图像，执行菜单"滤镜"/"素描"/"水彩画纸"命令，在"滤镜库"对话框中，打开"水彩画纸"命令页，在对话框右上角的选项区域内设置各选项如图 9.44 所示，最终的效果如图 9.45 所示。

图 9.43 原图像

图 9.44 "水彩画纸"选项设置

图 9.45 处理后的效果

3. "图章"滤镜

"图章"滤镜简化图像，使之呈现图章盖印的效果，此滤镜用于黑白图像时效果最佳。图 9.46 所示为原图像，执行菜单"滤镜"/"素描"/"图章"命令，在"滤镜库"对话框中，打开"图章"命令页，在对话框右上角的选项区域内设置各选项如图 9.47 所示，最终的效果如图 9.48 所示。

图 9.46 原图像

图 9.47 "图章"选项设置

图 9.48 处理后的效果

4. "影印"滤镜

"影印"滤镜模拟影印图像效果。暗区趋向于边缘的描绘，而中间色调为纯白或纯黑色。大范围的暗色区域主要拷贝其边缘的中间调。图 9.49 所示为原图像，执行菜单"滤镜"/"素描"/"影印"命令，在"滤镜库"对话框中，打开"影印"命令页，在对话框右上角的选项区域内设置各选项如图 9.50 所示，最终的效果如图 9.51 所示。

图 9.49 原图像

图 9.50 "影印"选项设置

图 9.51 处理后的效果

9.3.7 "纹理"滤镜组

"纹理"滤镜组为图像创造各种纹理材质的感觉。该命令组可以直接在空白层上产生纹理。对于图像，则进行抽象化与风格化处理。

"纹理"滤镜组共有 6 种滤镜，在此介绍 3 种常用的滤镜。

1. "龟裂缝"滤镜

"龟裂缝"滤镜根据图像的等高线生成精细的纹理，应用此纹理使图像产生浮雕的效果。在凹凸的浮雕石膏表面上绘制图像，沿着图像的轮廓产生精细的裂纹网格。使用此滤镜，可以为包含大范围颜色或灰度值的图像创建浮雕效果。图 9.52 所示为原图像，执行菜单"滤镜"/"纹理"/"龟裂缝"命令，在"滤镜库"对话框中，打开"龟裂缝" 命令页，在对话框右上角的选项区域内设置各选项如图 9.53 所示，最终的效果如图 9.54 所示。

图 9.52　原图像　　　　图 9.53　"龟裂缝"选项设置　　　　图 9.54　处理后的效果

2. "马赛克拼贴"滤镜

应用"马赛克拼贴"滤镜，可使图像看起来好像由小片或块组成，并在块与块之间增加了缝隙。图 9.55 所示为原图像，执行菜单"滤镜"/"纹理"/"马赛克拼贴"命令，在"滤镜库"对话框中，打开"马赛克拼贴"命令页，在对话框右上角的选项区域内设置各选项如图 9.56 所示，最终的效果如图 9.57 所示。

  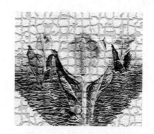

图 9.55　原图像　　　　图 9.56　"马赛克拼贴"选项设置　　　　图 9.57　处理后的效果

3. "染色玻璃"滤镜

"染色玻璃"滤镜以图像的色相为基准，绘制出一些单元格，好像一块染色玻璃拼接的效果。图 9.58 所示为原图像，执行菜单"滤镜"/"纹理"/"染色玻璃"命令，在"滤镜库"对话框中，打开"染色玻璃"命令页，在对话框右上角的选项区域内设置各选项如图 9.59 所示，最终的效果如图 9.60 所示。

9.3.8 "像素化"滤镜组

"像素化"滤镜组将图像分成一定的区域,将这些区域转变为相应的色块,再由色块构成图像,产生类似于色彩构成的效果。

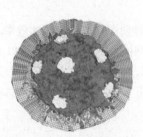

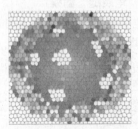

图 9.58　原图像　　　　图 9.59　"染色玻璃"选项设置　　　图 9.60　处理后的效果

"像素化"滤镜组共有 3 种滤镜,在此介绍 2 种常用的滤镜。

1. "彩块化"滤镜

"彩块化"滤镜是使纯色或相近颜色的像素结块形成颜色相近的像素块。此滤镜使扫描的图像看起来像手绘的效果,或使现实主义图像变成抽象派图像。

2. "马赛克"滤镜

"马赛克"滤镜是使像素分组并转换成颜色单一的方形块,进而产生马赛克的效果。块中像素的颜色相同,调整单元格大小可控制色块的尺寸。图 9.61 所示为原图像,执行菜单"滤镜"/"像素化"/"马赛克"命令,打开"马赛克"对话框,在对话框中设置单元格的大小如图 9.62 所示,最终的效果如图 9.63 所示。

图 9.61　原图像　　　　图 9.62　"马赛克"对话框　　　图 9.63　"马赛克"效果

9.3.9 "渲染"滤镜组

"渲染"滤镜组在图像中创建三维对象(立方体、球体和圆柱),以及从灰度文件创建纹理填充,以制作类似三维的光照效果。

"渲染"滤镜组共有 2 种滤镜,在此介绍常用的"3D 变换"滤镜。

"3D 变换"滤镜的对话框比较复杂,上面有许多工具,可用来创建立方体、球体和圆柱体。

图 9.64 所示为原图像，执行菜单"滤镜"/"渲染"/"3D 变换"命令，打开"3D 变换"对话框，选择"立方体工具"，拖动鼠标在图像的缩略图上拖出一个绿色的立方体边框。可以使用"选择工具"改变边框的位置；使用"直接选择工具"改变边框的形状；使用"轨迹球工具"改变立方体的立体透视角度，如图 9.65 所示。单击"确定"按钮后，将立方体从原图像中抠出，最终的效果如图 9.66 所示。

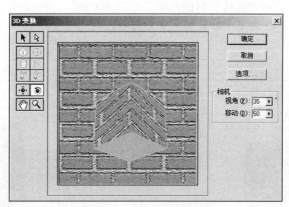

图 9.64　原图像　　　　　　图 9.65　"3D 变换"对话框　　　　　　图 9.66　立体效果

9.3.10　　"艺术效果"滤镜组

"艺术效果"滤镜组，模仿天然或传统的媒体效果。该滤镜组共包括 15 种滤镜，在此介绍 3 种常用的滤镜。

1."彩色铅笔"滤镜

"彩色铅笔"滤镜在纯色背景上绘制图像，产生类似彩色铅笔画出的手绘效果，图 9.67 所示为原图像，执行菜单"滤镜"/"艺术效果"/"彩色铅笔"命令，在"滤镜库"对话框中，打开"彩色铅笔"命令页，在对话框右上角的选项区域内设置各选项如图 9.68 所示，最终效果如图 9.69 所示。

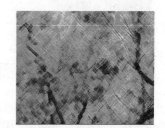

图 9.67　原图像　　　　　图 9.68　"彩色铅笔"选项设置　　　　　图 9.69　彩色铅笔效果

2."绘画涂抹"滤镜

"绘画涂抹"滤镜可以选取各种大小（1～50）和类型的画笔来创建绘画效果。

画笔类型包括"简单"、"未处理光照"、"暗光"、"宽锐化"、"宽模糊"和"火花"。图 9.70 所示为原图像，执行菜单"滤镜"/"艺术效果"/"绘画涂抹"命令，在"滤镜库"对话框中，打开"绘画涂抹"命令页，在对话框右上角的选项区域内设置各选项如图9.71所示，最终的效果如图9.72所示。

3."木刻"滤镜

"木刻"滤镜将图像描绘成好像是由剪下的彩色纸片组成的。高对比度的图像看起来呈剪影状，而彩色图像看上去是由几层彩色纸组成的。图 9.73 所示为原图像，执行菜单"滤镜"/"艺术效果"/"木刻"命令，在"滤镜库"对话框中，打开"木刻" 命令页，在对话框右上角的选项区域内设置各选项如图9.74所示，最终的效果如图9.75所示。

图 9.70　原图像　　　　图 9.71　"绘画涂抹"选项设置　　　图 9.72　处理后的效果

图 9.73　原图像　　　　图 9.74　"木刻"选项设置　　　图 9.75　处理后的效果

9.3.11　"杂色"滤镜组

"杂色"滤镜组用于添加或移去杂色或带有随机分布色阶的像素，这有助于将选区混合到周围的像素中。"杂色"滤镜可创建与众不同的纹理或移去图像中有问题的区域，如灰尘和划痕。

"杂色"滤镜组共有 5 种滤镜，在此介绍 2 种常用的滤镜。

1."减少杂色"滤镜

"减少杂色"滤镜可以减少数字图像的杂色、JPEG 图像的不自然感以及扫描的胶片颗粒。执行菜单"滤镜"/"杂色"/"减少杂色"命令，打开"减少杂色"对话框，如图 9.76 所示，设置各选项后，其效果如预览窗口所示。

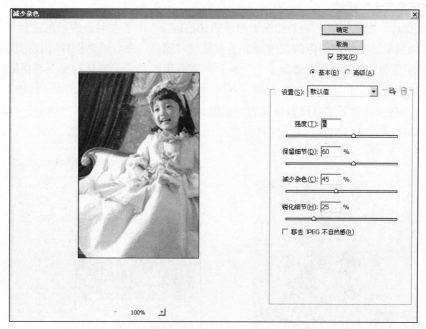

图 9.76　"减少杂色"对话框

2."蒙尘与划痕"滤镜

"蒙尘与划痕"滤镜可以捕捉图像或选区中相异的像素，并将其融入周围的图像中去，通过更改相异的像素来减少杂色。为了在锐化图像和隐藏瑕疵之间取得平衡，可尝试半径与阈值设置的各种组合，或者在图像的选中区域应用此滤镜。图 9.77 所示为原图像，执行菜单"滤镜"/"杂色"/"蒙尘与划痕"命令，打开"蒙尘与划痕"对话框，设置各选项后，如图 9.78 所示，其效果如预览窗口所示。

图 9.77　原图像　　　　　　　　图 9.78　"蒙尘和划痕"对话框

9.3.12　"其它"滤镜组

"其它"滤镜组的主要作用是修饰某些细节部分，并允许创建自己的滤镜。该滤镜组共有 5 种滤镜，在此介绍 2 种常用的滤镜。

1. "高反差保留"滤镜

"高反差保留"滤镜按指定的半径保留图像边缘的细节。用于在明显的颜色过渡处，保留指定半径内的边缘细节，并隐藏图像的其他部分。在使用"阈值"命令后将图像转换为位图模式前，在连续色调的图像上应用"高反差保留"滤镜是非常有用的。对于要从扫描图像提取线画稿和大块的黑白区域的情况，此滤镜也非常有用。图 9.79 所示为原图像，执行菜单"滤镜"/"其它"/"高反差保留"命令，打开"高反差保留"对话框，如图 9.80 所示，设置"半径"选项后，其效果如预览窗口所示。

图 9.79　原图像　　　　　　　　　图 9.80　"高反差保留"对话框

2. "自定"滤镜

"自定"滤镜，可以按照预定义的数学算法，更改图像中每个像素的亮度值。以其周围的像素值为基础，每个像素被重新分配一个值，这种操作与通道的"相加"或"减去"运算相似。可以存储创建的自定滤镜，并将它们用于其他图像。执行菜单"滤镜"/"其它"/"自定"命令，打开"自定"对话框，设置各选项后，如图 9.81 所示，其效果如预览窗口所示。

图 9.81　　"自定"对话框

9.3.13　"水印"滤镜

"水印"滤镜的功能主要是让用户添加或查看图像中的版权信息。

（1）"读取水印"滤镜

可以查看、阅读该图像的版权信息。人眼一般看不见这种水印（作为杂色添加到图像中的数字代码）。水印以数字和打印形式长久保存，并且在经历典型的图像编辑和文件格式转换后仍然存在。当打印出图像然后扫描回计算机时，仍可检测到水印。

（2）"嵌入水印滤镜"命令

在图像中产生水印。用户可以选择图像是受保护的还是完全免费的。水印的耐用程度设置得越高，则越经得起多次的复制。如果要用"数字水印"注册图像，可单击"个人注册"按钮，用户可以访问 Digimarc 的 Web 站点获取一个注册号。

习　　题

1. 选择题

（1）在 Photoshop CS3 中，提供滤镜效果最多的滤镜组是（　　）。

　　A）素描　　　　　　B）艺术效果　　　　　C）画笔描边　　　　　D）模糊

（2）在 Photoshop CS3 中，可以对以下选项使用滤镜的是（　　）。

　　A）jpg 格式图片　　B）tif 格式图片　　　C）bmp 格式图片　　　D）文本

（3）在滤镜菜单中的纹理联级菜单中，提供了（　　）种滤镜效果。

　　A）5 种　　　　　　B）8 种　　　　　　　C）10 种　　　　　　　D）6 种

2. 填空题

（1）最近一次使用的滤镜将出现在"滤镜"菜单的_____，可以通过执行此命令，对图像再次应用上次使用过的滤镜效果。

（2）使用快捷键 Ctrl + Alt + F，可打开_____的滤镜对话框。

（3）"滤镜库"的应用，可以很方便地将_____同时应用到一个图像中。

（4）"液化"命令可以对图像进行任意的扭曲，可以定义扭曲的_____。

（5）"消失点"命令是 Photoshop CS3 在滤镜中提供的一个新工具，在 Photoshop CS3 中，对该工具又进行了_____的改进。

（6）"风格化"滤镜组最终营造出的是一种_____的图像效果。

（7）"浮雕效果"滤镜使图像形成浮雕效果，_____的图像，浮雕的效果越明显。

（8）"强化的边缘"滤镜将对图像的色彩_____进行强化处理。

实　　训

【实训 9.1】　制作一个镜框效果的图像。

【实训目的】　熟悉各种效果滤镜，并提高灵活使用的能力。

【实训要点】　"马赛克"滤镜、"高斯模糊"滤镜、"光照效果"滤镜和"便条纸"滤镜的使用。

【操作步骤】

打开 T9-1.TIF 图像文件，如图 9.82 所示，这是一副漂亮的电影海报，利用学过的滤镜知识，制作一个如图 9.83 所示的镜框效果。

图 9.82 原图像

图 9.83 特殊镜框效果

（1）打开 T9-1.TIF 图像文件，在"选取工具"中，单击"椭圆选框工具"，在属性栏中，将"羽化值"设置为"3"。

（2）在图像上选择合适的位置，作椭圆选区。

（3）执行菜单"选择"/"反选项"命令，或者按快捷键 Shift + Ctrl + I，使选区反选。

（4）执行菜单"滤镜"/"像素化"/"马赛克"命令，此时选择区域有了晶格的效果，可以调整晶格的大小。

（5）执行菜单"滤镜"/"模糊"/"高斯模糊"命令。

（6）执行菜单"滤镜"/"素描"/"便条纸"命令，调整其中的粒度大小和凸出的程度。

（7）此时选区中已经出现了镜框的效果，如图 9.83 所示。

【实训 9.2】 将达芬奇的《蒙娜丽沙》制作成石雕效果的图像。

【实训目的】 熟悉各种效果滤镜，并提高灵活使用的能力。

【实训要点】 "查找边缘"滤镜、"浮雕效果"滤镜以及"去色"命令和"亮度对比度"命令。

【操作步骤】

打开 T9-2.TIF 图像文件，如图 9.84 所示，这是一张著名的绘画，达芬奇的《蒙娜丽沙》，利用所学的知识制作一张如图 9.85 所示的石雕效果的图像。

图 9.84 原图像

图 9.85 浮雕效果

（1）打开图 9.84 所示的原文件。

（2）执行菜单"滤镜"/"风格化"/"查找边缘"命令，图像出现了边缘清晰的效果。

（3）执行菜单"滤镜"/"风格化"/"浮雕效果"命令，调整浮雕的角度、高度以及数量的大小。

（4）执行菜单"图像"/"调整"/"去色"命令，画面形成了单色调的浮雕效果。

（5）执行菜单"图像"/"调整"/"亮度／对比度"命令，调整雕塑效果的亮度和对比度。

（6）完成后的效果如图 9.85 所示。

【实训 9.3】 将照片制作成素描画。

【实训目的】 学习粗糙蜡笔等滤镜工具的使用，了解图层及图像的效果在实际中的应用。

【实训要点】 使用艺术效果、粗糙蜡笔滤镜、图像/调整/去色、图层透明度等工具，将照片制作成素描画。

【操作步骤】

（1）打开图像文件如图 9.86 所示，将它制作成素描画的效果，如图 9.87 所示。

图 9.86　原图像　　　　　　　　图 9.87　素描画效果

（2）复制图层，执行菜单"图像"/"调整"/"去色"命令。

（3）执行菜单"滤镜"/"艺术效果"/"粗糙蜡笔"命令，打开"粗糙蜡笔"对话框，调整各选项的数值，如图 9.88 所示，调整后的效果如图 9.89 所示。

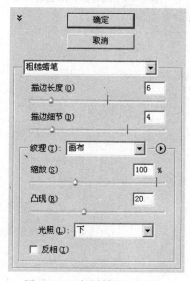

图 9.88　"粗糙蜡笔"对话框　　　　　图 9.89　"粗糙蜡笔"的调整效果

（4）选中画面中最暗的部分，然后反选，如图 9.90 所示。

（5）剪切后，初步完成的效果如图 9.91 所示。

（6）新建图层，填充自己喜欢的颜色，如图 9.92 所示。

图 9.90　反选画面

图 9.91　初步的效果

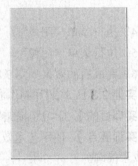

图 9.92　新建图层

（7）调低图层透明度，如图 9.93 所示。

（8）选中素描图层中的暗部，复制、粘贴，并调整透明度，如图 9.94 所示。

（9）最终效果如图 9.87 所示。

图 9.93　调低图层透明度

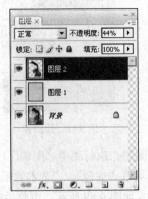

图 9.94　调整素描图层透明度

第 **10** 章
综合设计及图像的输出

使用 Photoshop CS3 是根据需要创作出艺术作品，如商品广告、招贴宣传画、包装设计、书籍装帧、网页等。为了使读者更好地应用 Photoshop CS3 完成设计制作工作，本章首先介绍综合设计的要点，重点讲解打印输出图像的设置，同时简要说明印刷的基本知识。

本章要点
◇ 综合设计的基本步骤。
◇ 印刷的基本知识。
◇ 输出图像的基本要求和页面设置方法。
◇ 打印输出的基本操作。

10.1 综合设计要点

用计算机进行综合设计与徒手绘画设计都属于造型艺术，从创意过程到表现手法二者所遵循的基础理论是相同的，只是二者使用的工具不同。对于非美术专业人员来说，不仅要掌握计算机软件的使用，还要具有平面构成和色彩构成的基础知识，同时还需要有丰富的构思和敏锐的观察力。本节介绍进行平面创作的知识要点，使读者对设计过程有一个初步的认识，为应用 Photoshop CS3 进行艺术创作打下基础。

10.1.1 构图

构图能力是进行创作的基础。平面构成的基础理论是构图必须遵循的原理。任何一幅图形，都是以点线面构成基本框架，不同的点线面组成的构图形式不同，风格不同，所传达的信息也就自然不同。下面以"艾格冬季女装"招贴画的创作实例来进行说明。

"艾格"品牌的服装受众人群为 20～30 岁的女性人群，是年轻化，具有活力的品牌。风格端庄大方是这一品牌的主要特色。由以上两个特点定位了"艾格冬季女装"的构图风格。

以下是 3 种不同的构图方案。

图 10.1 所示为最初的构图草稿。它是以穿着艾格冬装的卡通漫画为描绘手法的时尚女孩为主要形象，采用标准构图的方法。主要考虑整体构图风格应与艾格品牌风格相呼应，但过于刻板。

图 10.2 所示图形增加了整体构图的斜线，使之活跃。但完成后，整体感觉轻佻，不够稳重，与品牌的特色不符。

图 10.3 所示仍然采用穿着艾格冬装的卡通漫画为描绘手法的时尚女孩为主要形象，整体构图以垂线为主要构成。夸张女孩背的背包，以斜线构成背包。画面上垂线与斜线产生对比，既端庄大方又不缺少青春活力。这也是最终所应用的构图方案。

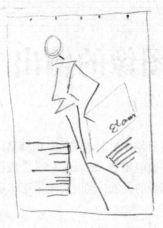

图 10.1　方案一　　　　　　图 10.2　方案二　　　　　　图 10.3　方案三

构图方案确定后，就可以着手在 Photoshop CS3 中进行绘制和编辑了。除了用软件原创图像外，还可以进行素材图片的收集。图片的来源方式很多，可以到互联网上去寻找，也可以用数码相机去拍摄，还可以用扫描仪将手头现有的资料扫描后存储到计算机中。还有人用黏土捏制出人物或动物，然后用数码相机拍摄成图像，调入 Photoshop 中，进行色彩调整，形成具有黏土固有质感的造型图片。素材图片收集很容易，关键是创意构思要有丰富的想象力，要注意创新。要做到这一点，除了多进行创意实践外，还要多欣赏名家的佳作，以提高自己的审美能力。

10.1.2　色彩

在视觉传达上，色彩与图形相比，会给浏览者留下更深刻的初始印象。

根据色彩理论的分析，任何颜色都具有 3 种重要的性质：色相、明度和纯度，即色彩的三要素。色彩三要素是用以区别颜色性质的标准。

（1）色相：色相指色彩的相貌，如红、黄、蓝等能够区别各种颜色的固有色调。每一种颜色所独有的与其他颜色不相同的表相特征称为色别。在诸多色相中，红、橙、黄、绿、青、蓝、紫是 7 个基本色相，将它们依波长秩序排列起来，可以得到像光谱一样美丽的色相系列，色相也称色度。

（2）明度：明度指色彩本身的明暗程度，也指一种色相在强弱不同的光线照耀下所呈现出的不同明度。光谱 7 色本身的明度是不等的，亦有明暗之分。每个色相加白色即可提高明度，加黑色即可降低明度。在诸多色相中，明度最高的色相是白色，明度最低的色相是黑色。

（3）纯度：纯度指色彩的饱和度。达到了饱和状态的颜色，即达到了纯度要求，为高纯度。分布在色环上的原色或系列间色都是具有高纯度的色。如果将上述各色与黑、白、灰或补色相混，其纯度会逐渐降低，直到鲜艳的色彩逐渐消失，由高纯度变为了低纯度。黑、白、灰等没有色彩倾向的色称为非色彩，也称中性色，其纯度为零。

全部色彩都存在着色相、明度、纯度这 3 个相互独立的性质。各色相纯度不同，明度也不同。

判断该用何种色调，要看作品的风格。"艾格冬季女装"，其"冬季"颜色应厚重沉稳，给人以暖意。"艾格"品牌的特色是大方、端庄且时尚，用色就应当高雅。

这里我们采用蓝灰色调为主，根据"色彩构成"原理进行配色。在灰色调中同样讲究色相的搭配以及明度的差别。完成的作品如图 10.4 所示。

色彩运用的总原则是：整体上和谐统一，局部上突出变化。这两点是相辅相成的，缺一不可。只有和谐统一，没有变化，作品就会单调、呆板；只有变化没有统一，作品就会散漫、杂乱。

色彩的美学原理中有许多规则，只要掌握最基本的要点，就可以设计出漂亮的作品。

第一，"同色系"的色彩最容易产生和谐感。

第二，三原色（红、黄、蓝）是相互对比的，互补色之间是对比的（黄和蓝、品红和绿、青和红）。

图 10.4 完成的作品

第三，冷色（绿、青、蓝、紫）和暖色（红、橙、黄）之间也有对比作用。

10.1.3 印刷基本知识

要将图像印刷出图，是需要达到一定印刷标准的。如果没有达到印刷标准的要求，就不会得到令人满意的印刷品。

1. 印刷制品的出图过程

不论是书的封面、物品的包装，还是广告招贴画，只要最终需通过印刷工序制作出成品，其出图方式就与直接打印出图有所不同。

对于编辑好的图像，印刷前首先要输出胶片，彩色印刷需要出四色胶片。输出胶片后，还要进行印前打样，以便确认最终成品是否达到了预期的效果，是否完全满足了用户的要求。确认胶片没有任何问题后，才可批量生产印刷制品。

2. 印刷图像的要求

相对于直接打印出图，印刷图像的要求标准要严格些，这与印刷过程是紧密相关的。

（1）图像的尺寸

在设计作品时，首先要确定图像的尺寸。如果印刷后的成品最终需要进行裁切，一定要在需裁切一侧的原尺寸之上增加出 3mm，这 3mm 的距离就是通常所说的"出血"。

为什么要保留"出血"呢？这是因为按原尺寸设计图像，一旦成品裁切不准确，会使裁切的边缘留下一条白边。加上 3mm 后可避免裁切不准确造成的白边问题。

例如，封面设计中，图像的宽度=封面宽度＋封底宽度＋书脊的宽度+6mm，其中书脊的宽度=纸的厚度×书的总页数。图像的高度=封面高度+6mm。

（2）图像的分辨率

要保证印刷品中的图像清晰，出胶片所用图像的分辨率必须最少达到 300 像素/英寸。图像的分辨率小于 300 像素/英寸，则会因为精密度不够，使印刷品模糊不清。

（3）图像的色彩模式

在图像的编辑过程中都使用 RGB 模式。只有在输出胶片前，才需要进行模式的转换。根据印刷品的类型不同，输出胶片采用以下两种色彩模式。

◇ 灰度图：用于非彩色印刷的图像要采用灰度图模式。由于灰度图中有 256 种灰度，可以很好地表现出图像中的亮度变化，使印刷品中的图像能很好地表现原图像的明暗细节。

◇ CMYK 模式：用于彩色印刷的图像要采用 CMYK 模式。彩色印刷要出的四色胶片：青、洋红、黄和黑正好与 CMYK 模式的 4 个单色通道相同，所以 CNYK 模式的图像可以直接用来输出用于彩色印刷的四色胶片。

在进行图像的模式转换时，一定要使用 Lab 模式作为转换的中介，因为这种模式提供在所有模式中定义颜色值的一个系统。先将 RGB 模式转换为 Lab 模式，再转换为 CMYK 模式，可以确保在转换过程中，颜色信息不丢失，颜色的明度、色相、纯度都不会发生明显的改变。

（4）图像文件的格式

要保证编辑好的图像能顺利出胶片，还必须将图片用 TIFF 格式保存。因为这种格式的文件输出的胶片能完整保留原图像中的颜色数据，使印刷品中的图像表现出与原图像相同的效果。也可以使用 EPS 格式出胶片。但绝不能使用一般图像常用的 JPEG 格式，使用这种格式，将会使原图像中的许多数据丢失，造成的后果很可能使彩色图像变成了灰度图，或是图像丢失。

只有在图像的尺寸、分辨率、色彩模式和文件的格式都达到了要求，才能保证顺利输出胶片，使印刷出来的作品达到理想的效果。

10.2　图像的输出

设计完成的图像可以放置到网页上，也可以由打印机直接打印出图，还可以制作成印刷品。由于图像的使用目的不同，对于图像的要求也是不一样的。网络图像的输出设置问题，将在第 11章中介绍，本节主要介绍直接打印出图与印刷出图的相关问题。

10.2.1　图像的页面设置

在实际工作中经常需要将编辑好的照片、风景画或巨幅广告进行输出。虽然这些图像在尺寸上相差很大，但它们的输出过程是相同的，都属于直接打印出图类型。下面具体介绍对这类图像的要求和打印输出的过程。

1．对图像的要求

（1）由于图像处理编辑好后，直接用打印机或用喷绘机输出，所以图像的色彩模式可以是 RGB 的，图像由编辑到输出不必进行模式上的转换。

（2）图像的格式一般设置为 JPEG 格式。

（3）图像的分辨率最好设置为 300 像素/英寸。但对于大型的喷绘广告，可以适当降低其分辨率，以免图像文件太大，造成计算机处理过程的极度缓慢。在这种情况下，一般将分辨率设置为 150 像素/英寸。

很多专业印刷公司，采用的是苹果机。苹果版的 Photoshop 避免了 PC 版 Photoshop 的偏色和容易意外退出的问题。所以用苹果机输出的图像颜色好，操作中也不易出现问题。两种版本的 Photoshop 在使用上没有区别，只是两种平台的操作界面和个别功能键有些差异。设计作品还可以使用多种平面软件，如 FreeHand、CorelDRAW、Illustrator 和 PageMaker 等。但不管使用哪种软件进行图像编辑，对图像的要求标准是相同的。

2. 页面设置

图像编辑好后，首先要进行页面设置。页面设置主要是对打印纸的大小和打印纸的方向进行选择。

打开需要进行打印的图像，在"文件"菜单中，选择"页面设置"命令，打开"页面设置"对话框，如图 10.5 所示。

（1）"纸张"选项栏：用来设置纸张的大小和选择进纸的方式。

◇　"大小"选项：单击下拉按钮，在弹出的下拉列表框中，可选择打印纸张的大小。默认的纸张大小为"A4"。

◇　"来源"选项：单击下拉按钮，在弹出的下拉列表框中，可选择一种合适的进纸方式，默认的为"自动选择"方式。

（2）"方向"选项栏：用来设置纸张的方向。

◇　"纵向"单选项：选中该选项，将图像纵向打印在纸张上。

◇　"横向"单选项：选中该选项，将图像横向打印在纸张上。

设置好各选项后，单击"确定"按钮，页面即设置完毕。

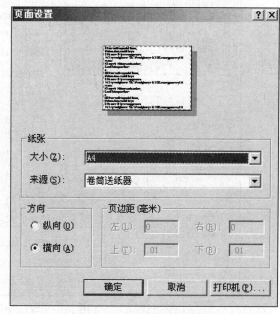

图 10.5　"页面设置"对话框

10.2.2　图像的打印输出

1. 打印预览

为了保证输出质量，Photoshop CS3 不仅设有"页面设置"命令，而且还设有"打印预览"命令，以更好地进行打印预览和设置图像的缩放。在"文件"菜单中，选择"打印预览"命令，打开"打印预览"对话框，如图 10.6 所示。

（1）对话框左上边显示的为打印预览缩略图，该图真实地反映了当前图像打印到所选纸张上的排版效果。默认的纸张方向为纵向，若想改变纸张的方向，可单击对话框右边的"页面设置"按钮，打开"页面设置"对话框（见图 10.5），从中可将纸张的方向设为"横向"。

（2）"位置"选项栏：用于设置图像在打印纸中的位置。

◇　"居中图像"复选框：选中该选项，图像将在打印纸上居中摆放。取消该选项，"顶"和"左"选项才变为可用。

◇　"顶"选项：用来设置图像上边框距页面顶端的距离。

◇　"左"选项：用来设置图像左边框距页面左边的距离。

（3）"缩放后的打印尺寸"选项栏：用来设置图像缩放的尺寸。

◇　"缩放"选项：该选项的文本框中默认显示的数值为"100%"，表明图像按原尺寸打印。若改变该数值，打印的图像会按输入的数值进行缩放。

　　下面的"高度"和"宽度"选项与该选项是相互约束的，只要改变其中一个数值，另两个数值也会随之发生改变。

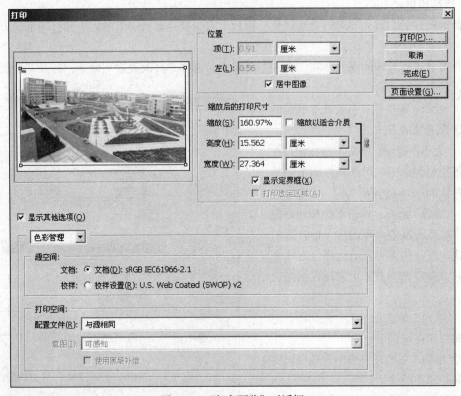

图 10.6　"打印预览"对话框

　　◇"缩放以适合介质"复选框：选中该复选框，图像将以适合所选纸张的大小自动进行缩放，以铺满打印纸。

　　◇"显示定界框"复选框：选中该复选框，图像的四周将显示定界框。定界框的 4 角有 4 个控制点，拖动控制点可以对图像进行任意缩放。

　　◇"打印选定区域"复选框：若图像上存在矩形选区，选中该复选框将只打印选区中的内容。

　　(4)"显示其他选项"复选框：选中该复选框，可对更多选项进行设置。不同的打印机，出现的选项会有所不同，一般情况下均采取默认值即可。

　　各选项设置好以后，单击"完成"按钮，将保存图像的各项打印设置，退出该界面。若单击"打印"按钮，打开"打印"对话框，可以对设置好的图像进行打印输出。

　　2. 打印输出

　　设置好了图像的页面和打印预览后，就可以打印图像了。在"文件"菜单中，选择"打印"命令，打开"打印"对话框，如图 10.7 所示。

　　(1)"打印机"选项栏：该选项栏中显示着打印机的"名称"、"状态"、"类型"和接口"位置"等信息。一般情况下，该选项栏的内容不用重新设置。若打印机工作异常，找不到其他原因，就要认真核对一下该选项是否设置正确。在 Windows 控制面板中，选择"打印机和传真"选项进行查看和设置。

　　若选中"打印到文件"复选项，图像将不在打印机上输出而是保存到一个文件中。

（2）"打印范围"选项栏：用来设置输出的范围。

◇ "全部"单选项：可打印整个图像。

◇ "页码范围"单选项：可指定打印图像的某些页。

◇ "选定范围"单选项：若图像上存在选区，选中该选项将只打印选区中的内容。

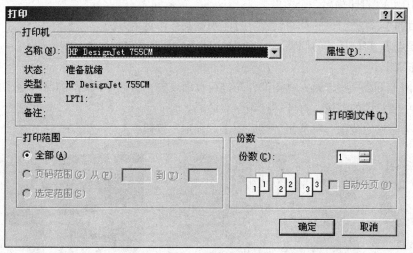

图 10.7　"打印"对话框

（3）"份数"选项栏：用来设置打印的份数，在文本框中，可直接输入要打印的份数。

设置好各选项后，单击"确定"按钮，即开始进行打印输出。

习　　题

1．思考题

（1）对电脑美术师的最基本要求是什么？对于图形，可细分为哪 3 个要素来进行思考？

（2）色彩美学中，最基本的原则是什么？用于印刷的图像有哪些设置要求？

（3）用打印机直接输出的图像，有哪些设置要求？

2．填空题

（1）在书的封面设计中，增加"出血"是为了防止_____ 的出现。

（2）同色系的颜色，最容易产生_____。

（3）收集图片素材的方式有很多，如_____、_____、_____和_____。

（4）执行_____命令，可以设置打印纸的方向。

3．选择题

（1）（　　）模式的 4 个单色通道的颜色与彩色印刷中的四色胶片颜色相同。

　　A）CMYK　　　　　　B）RGB　　　　　　C）Lab　　　　　　D）HSB

（2）用于出片的图像，其分辨率必须要达到（　　）像素/英寸。

　　A）150　　　　　　　B）200　　　　　　C）300　　　　　　D）100

（3）用于出片的图像需要存储为（　　）格式。

　　A）GIF　　　　　　　B）SWF　　　　　　C）TIFF　　　　　　G）JPEG

实　　训

【实训 10.1】　打印输出一个图像。

【实训目的】　掌握图像的页面设置、打印预览及打印输出方法。

【实训要点】　打印尺寸的调整。

【实训步骤】

（1）在网上下载一些卡通人物图像，先进行页面设置，再打印预览，如图 10.8 所示。

（2）选中要打印的图像，打开"打印"对话框。

（3）单击"选定范围"单选钮，然后单击"确定"按钮。

图 10.8　打印预览芭比娃娃

【实训 10.2】　打印输出一组图像。

【实训目的】　掌握图像的页面设置、打印预览及打印输出。

【实训步骤】　在网上下载一些鲜花图像，先进行页面设置，再打印预览，如图 10.9 所示。

图 10.9　打印预览鲜花

第**11**章
数码照片的编辑与输出

本章主要介绍利用 Photoshop CS3，将数码照相机拍摄的照片进行剪裁、色调的调整、自动拼接以及照片的成组输出等操作。

11.1　照片的裁剪

1. 照片的规格

无论是传统照片还是数码照片，所冲印出的照片尺寸都有统一的规格。通常照片的尺寸为 3.5×5（5 英寸），4×6（6 英寸）、5×7（7 英寸）等，每个尺寸的长宽比例都不一样。但是数码相机拍摄的照片长宽比例通常是固定的，为 4∶3 左右。如果保持数码相机的照片尺寸不加以调整，那么冲印出来的照片会被裁剪一部分或留有白边，严重影响照片的整体效果。

2. 照片的长宽比例

在数码照片交付冲印之前，一定要调整数码照片的长宽比例。比如冲印最常见的 5 英寸照片，其长宽比例是 4∶2.8，那么就需要在 Photoshop 中把待冲印照片的长边与短边裁切成 4∶2.8 比例。假如照片原来的尺寸是 2 592 像素 × 1 944 像素，则调整后应为 2 592 像素 × 1 814 像素或 2 048 像素 × 1 434 像素，长和宽的具体数值不必固定，只要比例值相符就可以。

表 11.1 所示为几种常见照片尺寸的长宽比例。

表 11.1　　　　　　　　　　　　　　　常见照片尺寸的长宽比例

照片尺寸	长（英寸）	宽（英寸）	长∶宽
5 英寸	5	3.5	4∶2.8
6 英寸	6	4	4∶2.667
7 英寸	7	5	4∶2.857
8 英寸	8	6	4∶3
10 英寸	10	8	4∶3.2
12 英寸	12	10	4∶3.334
14 英寸	14	12	4∶3.429

3. 照片的最小像素数

为了保证照片的质量，长边的像素数不得少于：长边的英寸数 × 300。

4. 照片的裁剪

下面介绍照片的裁剪过程。

（1）执行菜单"编辑"/"首选项"/"单位与标尺"命令，打开"首选项"对话框，如图 11.1 所示，在"单位"选项区域中，在"标尺"下拉列表框中，选择"像素"，单击"确定"按钮。

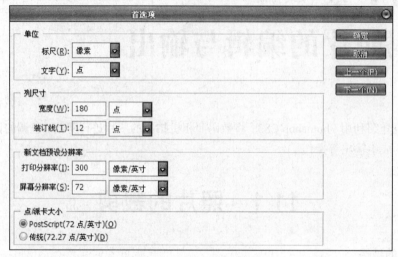

图 11.1　"首选项"对话框

（2）打开要裁剪的照片，选择裁剪工具，工具的选项栏如图 11.2 所示。在"宽度"和"高度"选项中，输入所需要的数值。

图 11.2　"裁剪工具"选项栏

（3）按住鼠标左键，在照片中拖曳形成带有控制点的虚线矩形框，如图 11.3 所示。矩形框内的图像就是裁剪后所保留的内容。

① 拖动控制点，可改变矩形框的大小。

② 将鼠标指针放在矩形框内拖动，可改变矩形框的位置。

③ 将鼠标指针放在矩形框外拖动，可旋转矩形框，从而调整图像位置不正的照片。

（4）选择好要保留的内容后，按回车键，照片即可按要求裁剪，如图 11.4 所示。

图 11.3　照片裁剪前

图 11.4　照片裁剪后

不论矩形框有多大，裁剪后的图片尺寸都与选项栏中所填的数据相一致。采用裁剪的方式，不仅可以改变照片的长宽比例，而且也可以使图片中的内容局部放大。

11.2　照片色调的快速调整

由于光线明暗等原因，有些照片的色调不太令人满意。简单地使用"图像" / "调整"命令下的"自动色阶"、"自动对比度"、"自动颜色"命令，可以改善图片的效果。特别是使用"暗调/高光"命令，会极大地提高曝光不足图片的观赏性。

（1）打开"风景"图像文件，如图 11.5 所示。这张照片曝光不足，暗调处的细节未能表现出来，可观赏性很差。

（2）执行"图像" / "调整" / "暗调/高光"命令，在打开的对话框中，不用做任何调整，只需单击"确定"按钮，图像暗调处的细节就显露出来了，使照片产生了活力，如图 11.6 所示。

图 11.5　调整前的风景照片　　　　　　　　图 11.6　调整后的风景照片

11.3　照片的自动拼接

照片的取景范围是有限的。为了得到全景图片，以前只能依靠操作者的眼力，在 Photoshop 中进行自动拼接。通过使用 Photoshop CS3 的新功能，可以使多张图片进行自动拼接。下面以两张照片为例，介绍照片自动拼接的过程。

（1）执行菜单"文件" / "自动" / "Photomerge（组合）"命令，打开"Photomerge"对话框。单击"浏览"按钮，在打开的"打开"对话框中，选中所有要组合的照片，单击"打开"按钮，所选择的文件名就出现在"Photomerge"对话框的文件列表中，如图 11.7 所示。

（2）选择"尝试自动排列源图像"复选框，单击"好"按钮，Photoshop 就自动进行拼接，如图 11.8 所示。

（3）用"裁剪"工具，将不规则的边缘剪切掉，再调整一下图像的色调，保存图像文件，一张拼接照片就制作完成了。最终的效果如图 11.9 所示。

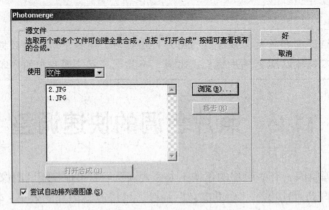

图 11.7　"Photomerge"对话框

图 11.8　拼接后的照片

图 11.9　最终效果

11.4　照片的成组输出

如果想在一张相纸上同时输出一照片不同规格的一组照片，使用 Photoshop CS 的"图片包"功能，可以轻松实现一次排版，多次调用。下面具体介绍"图片包"功能的使用。

1．自定义版面

（1）执行菜单"文件"/"自动"/"图片包"命令，打开"图片包"对话框。

（2）在"图片包"对话框中，单击"浏览"按钮，打开"选择一个图像文件"对话框，如图8.14 所示。

（3）选择一个图像文件，如选择"女孩 1"文件，单击"打开"按钮，返回"图片包"对话框，如图 11.10 所示。

在版面显示区区域，出现当前文档的照片组。

（4）在"文档"选项区域中包括"页面大小"、"版面"、"分辨率"及其单位、"模式"和"拼合所有图层"选项。

① 在"页面大小"下拉列表框中，可以选择相纸的尺寸。

② 在"版面"下拉列表框中，列有一些已经设置好的版面。图 11.10 中选择的是"A4 – 4 幅"。这些已有版面很难满足用户的多种需求，用户根据自身需要，也可以进行自定义设置。

③ 在"分辨率"文本框中，输入"300"。

④ 在"单位"下拉列表框中，选择"像素/英寸"；在"模式"下拉列表框中，选择"RGB颜色"。

⑤ "拼合所有图层"复选项，默认状态是选中状态。

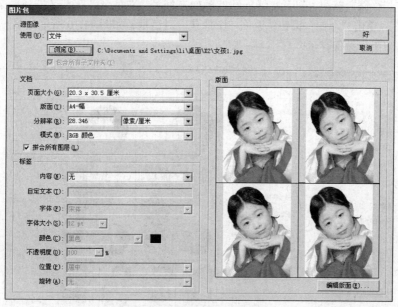

图 11.10　"图片包"对话框

（5）在"图片包"对话框中，单击"编辑版面"按钮，打开"图片包编辑版面"对话框，如图 11.11 所示。在这个对话框中，可以根据自身需要，设置个性化版面。

（6）单击每张小照片，照片的四周会出现带有 8 个控制点的变换框，如图 11.11 所示，通过拖动控制点可以缩放小照片。将鼠标指针放在小照片上，按住鼠标左键可以移动小照片所处的位置。

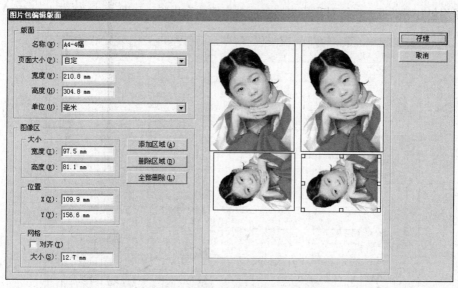

图 11.11　"图片包编辑版面"对话框

（7）单击"添加区域"按钮，就会增加另一张小照片，同样可以随意改变新增小照片的大小和位置，按要求设置好版面，如图 11.12 所示。

（8）在"版面"选项区域中，可以为设计好的版面命名，定义相纸的尺寸。在"名称"文本框中，输入"A4－7幅"，相纸设置为 A4 的尺寸，如图 11.12 所示。

（9）单击"存储"按钮，打开"输入新的版面文件名"对话框，在"文件名"文本框中，输入"A4－7幅"，单击"存储"按钮，返回"图像包"对话框，如图 11.10 所示，单击"好"按钮。刚才设计好的版面就被保存了。

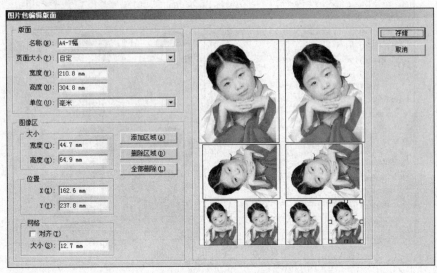

图 11.12　"图片包编辑版面"对话框的版面效果

2. 建立"图片包"文件

利用上面设置的版面格式，可将照片成组输出，用户也可以重新设置版面的各种参数。

（1）打开一张照片文件，如"女孩 2"文件，执行菜单"文件"/"自动"/"图片包"命令，打开"图片包"对话框，系统对当前文档自动进行缩放和排版，如图 11.13 所示。

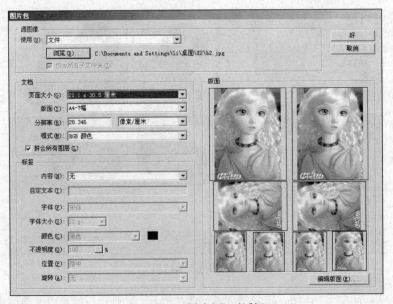

图 11.13　"图片包"对话框

（2）单击"好"按钮，一个"图片包"文件就轻松制作完毕，可以保存"图片包"文件。

（3）执行菜单"图像"/"旋转画布"/"90 度（顺时针）"命令，将照片顺时针旋转 90 度。

（4）执行菜单"文件"/"存储"命令，打开"存储为"对话框，在此对话框中，单击"保存"按钮，保存文件。

（5）"女孩 1"的"图片包"的最终成组效果如图 11.14 所示。

图 11.14　组成输出照片的效果

实　　训

【实训 11.1】　图像的拼接。

【实训目的】　掌握图像的拼接方法。

【实训要点】　调用"文件/自动/Photomerge"命令，使图片自动拼接。

【实训要求】

请将如图 11.15、图 11.16 和图 11.17 所示的图像，组合成如图 11.18 所示的图像。

图 11.15　风景 1　　　　　图 11.16　风景 2　　　　　图 11.17　风景 3

图 11.18　组合风景

【**实训 11.2**】 卡通人物照片的成组输出。

【**实训目的**】 掌握在一张像纸上输出多个照片的方法。

【**实训要点**】 调用"文件/自动/图片包"命令，完成照片的排布。

【**实训要求**】

卡通人物的照片如图 11.19 所示，在 A4 像纸上输出 8 张，效果如图 11.20 所示。

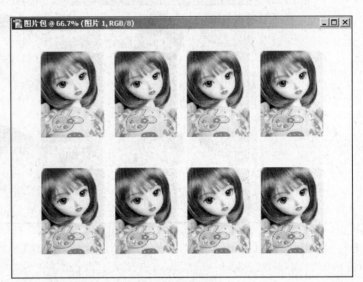

图 11.19　原照　　　　　　　　　　　　　　　图 11.20　成组输出照片

第12章
人像修饰与美容

本章通过实例介绍对照片上的人像进行美白、制作闪亮唇彩、老照片翻新、头发巧变色、给职业女性化妆、给人物换发型等人物照片的修饰与美容方面的内容。

12.1 脸部美白

人物照片的色彩调整绝对不是简单地调整图像的色彩平衡、色相/饱和度，本节介绍在图层面板中创建新的填充或调整图层来调整色彩，掌握复制图层，并改变图层混合模式和"不透明度"的调整方法。

操作步骤如下。

（1）打开要调整的图片，如图 12.1 所示。

（2）单击"创建新的填充或调整图层"图标，打开"可选颜色选项"对话框，在"颜色"下拉列表框中，选中"黄色"，将"黄色"降至"-54%"，"洋红"调至"+14%"。单击"确定"按钮，如图 12.2 所示。

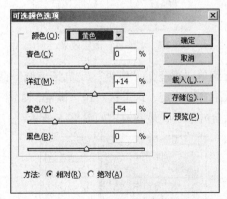

图 12.1　图片文件　　　　　　图 12.2　"可选颜色选项"对话框（1）

（3）在"颜色"选项栏中，选中"红色"，将"洋红"降至自己满意的效果，在此提高到"+35%"，单击"确定"按钮，如图 12.3 所示。

（4）单击"创建新的填充或调整图层"图标，打开"曲线"对话框，调至自己满意的效果后，单击"确定"按钮，如图 12.4 所示。

（5）增加一个背景图层，叠加方式改为"滤色"，"不透明度"设置为"10%"，如图 12.5 所示。

（6）再增加一个背景图层，将"叠加方式"改为"柔光"，"不透明度"设置为"30%"，如图12.6所示。

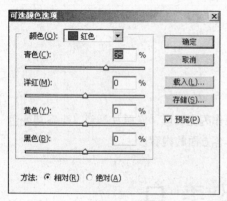

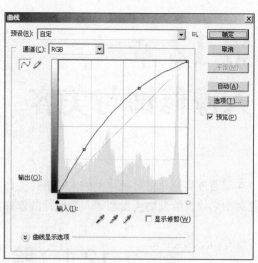

图12.3　"可选颜色选项"对话框（2）　　　　图12.4　"曲线"对话框

图12.5　"滤色"图层效果　　　　图12.6　"柔光"图层效果

（7）执行菜单"滤镜"/"模糊"/"高斯模糊"命令，打开"高斯模糊"对话框，"半径"大小可以根据效果自己决定，这里选"10"像素，如图12.7所示。

（8）最后合并图层，最终效果如图12.8所示。

图12.7　"高斯模糊"对话框　　　　图12.8　最终效果

12.2 闪亮唇彩的制作

本节通过给照片上人物的嘴唇制作闪亮的唇彩效果，介绍钢笔工具、滤镜/杂色/添加杂色、色阶蒙版、曲线调整的使用方法，学会利用图像/调整/去色、图像/调整/渐变映射、图层模式等工具对图像进行调整。

操作步骤如下。

（1）打开一张要修改的图片，如图 12.9 所示。

（2）使用"钢笔工具"，勾出嘴唇的轮廓，并存储为路径 1，如图 12.10 所示。

图 12.9 要修改的图片

图 12.10 路径

（3）新建图层 1，在嘴的选区填充 50%的黑色，执行菜单"滤镜"/"杂色"/"添加杂色"命令，打开"添加杂色"对话框，如图 12.11 所示。

（4）按 Ctrl+L 组合键，打开"色阶"对话框，如图 12.12 所示。调节该图层的色阶，使白色大小和密度达到满意为止。

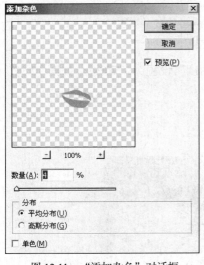

图 12.11 "添加杂色"对话框

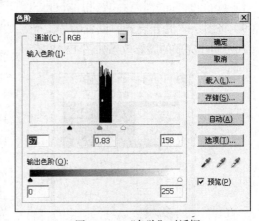

图 12.12 "色阶"对话框

（5）执行菜单"图像"/"调整"/"去色"命令，将图层混合模式改为"线性减淡"。

（6）按 Ctrl+M 组合键，打开"曲线"对话框，如图 12.13 所示，调整嘴唇的显示效果，如图 12.14 所示。

（7）将图层"不透明度"设置为"50%"，效果如图 12.15 所示。

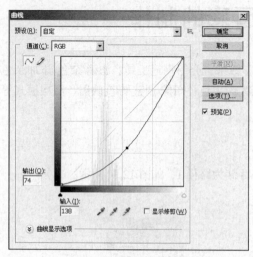

图 12.13　"曲线"对话框　　　　图 12.14　曲线调整效果　　　图 12.15　不透明度效果

（8）再复制一个背景层放在最上面，执行菜单"图像" / "调整" / "渐变映射"命令，打开"渐变映射"对话框，如图 12.16 所示。这个调整的优点是可以把任意颜色的地方定义为白色，具体设置如图 12.16 所示。

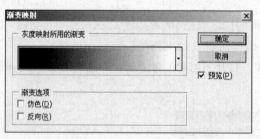

图 12.16　"渐变映射"对话框

（9）将图层"混合模式"设置为"柔光"，"不透明度"设置为"70%"，如图 12.17 所示。

（10）制作完成的唇彩效果如图 12.18 所示。

图 12.17　图层设置　　　　　　　　图 12.18　最终效果

12.3　老照片翻新

本节介绍使用仿制图章工具、图像/调整/去色、亮度/对比度、图层样式、滤镜/模糊/高斯模糊、色相/饱和度、图像/调整/变化等工具，修补照片破损的地方，并为它重新上色，将老照片翻新。

操作步骤如下。

（1）打开"老照片"文件，如图 12.19 所示。

（2）复制背景层，执行菜单"图像"/"调整"/"亮度/对比度"命令，打开"亮度/对比度"对话框，如图 12.20 所示，适当地调整"亮度"和"对比度"的值。

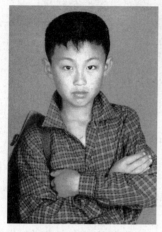

图 12.19　老照片

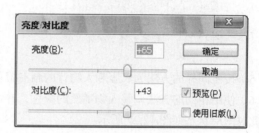

图 12.20　"亮度/对比度"命令

（3）在图像上会有许多需要修补的地方，例如，一些不该存在的点和区域，以及照片上的裂痕，可用仿制图章工具进行修补。使用"模糊工具"对人像脸颊两侧及额头部分做适当模糊处理，使成片的黑杂色减弱。使用"减淡工具"提亮脸部及鼻梁、鼻尖部分。执行菜单"滤镜"/"减少杂色"命令，设置如图 12.21 所示，减少杂色后的效果如图 12.22 所示。

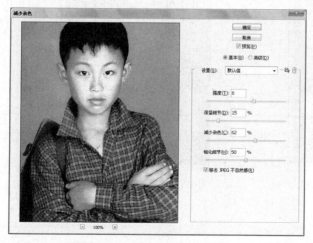

图 12.21　"减少杂色"对话框

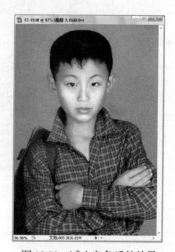

图 12.22　减少杂色后的效果

（4）修补破损的程序已经完成了，接下来介绍如何为皮肤着色。新建图层，设置前景色为皮肤色（这里填充颜色为 R:239,G:198,B:194），使用"画笔工具"在身上涂抹，效果如图 12.23 所示。将图层混合模式改为"颜色"，降低图层的"不透明度"。设置图层后的效果如图 12.24 所示。

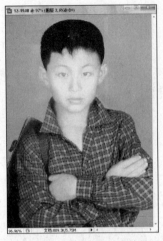 

图 12.23　"画笔工具"涂抹效果　　　　　　图 12.24　设置图层后的效果

（5）按照同样的方法为衣服和人物背的画夹着色，如图 12.25 所示。

（6）使用相同的方法调整人物嘴唇的颜色，并为人物的脸颊稍微上一些腮红，如图 12.26 所示。此时图层状态如图 12.27 所示。

（7）选取灰色背景区域并填加一个自己喜欢的背景，这样，这张照片制作完成了，最终效果如图 12.28 所示。

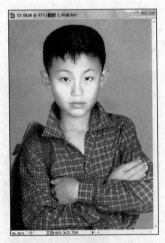 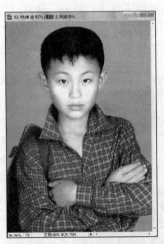

图 12.25　衣服、画夹着色　　　　　　图 12.26　嘴唇、脸颊效果调整

图 12.27 图层状态图

图 12.28 最终效果

12.4 头发巧变色

本节介绍使用画笔工具、滤镜/模糊/高斯模糊、图层样式、橡皮擦等工具，给照片中的人物添加漂亮头发颜色的方法。

操作步骤如下。

（1）打开"头发染色照片"文件，如图 12.29 所示。

（2）新建一个图层，使用"画笔工具"，沿着头发的走向，画出想添加的颜色，如图 12.30 所示。

图 12.29 上色图片

图 12.30 画笔绘制颜色

（3）执行菜单"滤镜"/"模糊"/"高斯模糊"命令，打开"高斯模糊"对话框，如图 12.31 所示。

（4）将"图层样式"设置为"颜色"，如图 12.32 所示。

（5）用一定透明度的橡皮擦掉多出来的边缘，头发颜色添加好了，如图 12.33 所示。

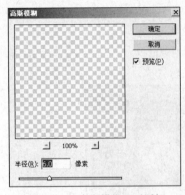

图 12.31 "高斯模糊"对话框

图 12.32 图层设置

图 12.33 最终效果

12.5 给职业女性化妆

本节将介绍画笔工具及画笔面板的使用，图像调整命令的应用，图层混合模式等操作，重点掌握人物化妆的设计方法，特别是职业妆在图像处理中的技巧。最终效果如图 12.34 所示。

实训步骤如下。

（1）首先从网上下载"PS 睫毛笔刷画笔"，下载解压后直接放入 Photoshop CS3 安装文件夹中的画笔目录中，比如 Photoshop CS3 安装在 D 盘中，则路径为 D:\Program Files\Adobe\Adobe Photoshop CS3\预置\画笔。或者按照以下方法操作。

① 下载笔刷并解压缩后，打开 PS 软件。单击"编辑"/"预置管理器"。

② 在打开的"预置管理器"对话框中，预置"类型"选择"画笔"。

③ 在"载入"对话框中，找到"笔刷"后，单击"载入"按钮。

④ 完全载入后，在工具箱中，单击"画笔工具"，在工具属性栏中，即可找到新画笔。

图 12.34 最终效果

（2）按 Ctrl+O 组合键，打开需要处理的人物图片文件，如图 12.35 所示。

图 12.35 人物原照

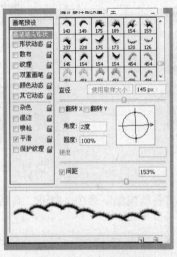

图 12.36 左眼参数设置

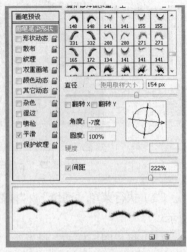

图 12.37 右眼参数设置

（3）将"前景色"设置为"黑色"。选择"画笔工具"，打开"画笔"对话框中，选择一种比较适合人物"眼睫毛"的笔刷，调整"画笔"对话框中的参数，使"笔刷"适合左眼睛的角度及大小，如图 12.36 所示。同理调整参数使"笔刷"适合右眼睛的角度及大小，如图 12.37 所示，给人物添加完睫毛。

（4）使用同样的方法添加眼睛下边的眼睫毛，与上边不同的是颜色比较浅且有些稀疏，使用"橡皮擦"工具修理内外眼角。

（5）复制背景图层，使用"加深"、"减淡"工具调整人物脸部的肤色，使额头、鼻梁、脸颊前面和下巴亮一些，脸颊两侧稍暗。调整后的结果如图 12.38 所示。

（6）为方便修改，再次复制图层，使用"加深"、"减淡"工具重点调整人物眼睛及鼻子周围的明暗变化，使其更具有立体感，结果如图 12.39 所示。

（7）眉毛处理。新建图层，使用"画笔工具"选择深棕色绘制眉毛的外形，结合"涂抹工具"和"加深"、"减淡"工具调整眉毛的整体效果（可以绘制一个，另外一个复制翻转，如果原来的眉毛不需要，可以使用"仿制图章"工具修补），效果如图 12.40 所示。

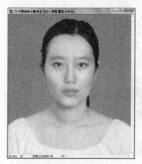 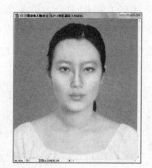 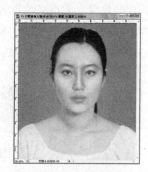

图 12.38　调整肤色　　　　图 12.39　眼睛、鼻子立体感调整　　　图 12.40　眉毛效果

（8）给人物加眼影。新建图层，将"前景色"设置为"蓝紫色"（与衣服颜色同色系搭配），选择柔和边缘的"画笔"在眼睛周围涂抹，将图层"混合模式"设置为"色相"，根据具体情况调整图层的"不透明度"及颜色的色调，调整后的结果如图 12.41 所示。

（9）给人物打腮红。新建图层，"前景色"设置为"粉红色"，使用"画笔工具"在两侧颧骨偏下方上色，并结合橡皮擦工具进行修理，将图层"混合模式"设置为"颜色"。效果如图 12.42 所示。

（10）给人物涂口红。用上述同样的方法，调整为比较自然的冷红色，参照 12.2 节"闪亮唇彩的制作"方法制作唇彩效果，并使用"加深工具"塑造嘴唇的外轮廓，使唇形更明显，如图 12.43 所示。

图 12.41　给人物加眼影　　　图 12.42　给人物打腮红　　　图 12.43　给人物涂口红

12.6 给人物换发型

本节介绍使用通道面板创建选区，利用羽化命令，图像修饰工具，色彩、色调调整命令等给人物换发型。

操作步骤如下。

（1）打开"生活照"和"发型"图像文件，如图 12.44 和图 12.45 所示。

（2）选择"发型"图像，在"通道"面板中选取对比度较大的红色通道，复制该通道，按 Ctrl+I 组合键执行"反相"命令，使用"画笔"工具将图像中除头发以外的区域涂黑，此时"通道"面板如图 12.46 所示。

（3）按住 Ctrl 键，单击红色副本通道调出选区，返回到图层面板。打开"生活照"图像，使用"移动"工具将"头发"拖动到"生活照"中，按 Ctrl+T 组合键，调出"自由变换"变换框，变换头发的角度、大小、位置等，使其与人物相吻合，效果如图 12.47 所示。

（4）使用"橡皮擦工具"等，选择边缘柔和的画笔对头发细节进行修理。

（5）复制头发图层，使头发效果更浓密。最终效果如图 12.48 所示。

图 12.44 生活照

图 12.45 发型

图 12.46 通道面板

图 12.47 头发调整效果

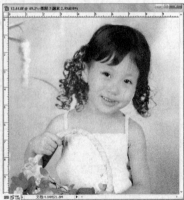

图 12.48 最终效果

实　　　训

【实训 12.1】　给人物换发型。

【实训目的】　应用电脑技术给照片上的人物换发型。

【实训要点】　使用钢笔工具创建选区，以及羽化命令，图像修饰工具，色彩、色调调整命令等的使用。

【实训步骤】　具体制作方法参考 12.6 节。原图像如图 12.49 所示，发型如图 12.50 所示，合成照片如图 12.51 所示。

图 12.49　原图像　　　　　　图 12.50　发型　　　　　　图 12.51　合成照片

【实训 12.2】　头发变色。

【实训目的】　给人物照片上的头发添加漂亮的颜色。

【实训要点】　画笔工具、滤镜/模糊/高斯模糊、图层样式、橡皮擦等工具的使用。

【实训步骤】　具体制作方法参照 12.4 节。原图像如图 12.52 所示，变色的最终效果如图 12.53 所示。

图 12.52　原图像　　　　　　　　　图 12.53　最终效果

第13章
照片特效制作

　　本章通过实例介绍照片蒙太奇效果的制作、照片合影的制作、为照片上的人物换装、为照片上的裙子添加图案、为照片上的衣服换花样、对照片上的人物身材进行美化、照片"移花接木"技术、给照片上的人物戴上帽子、合成人物婚纱照片等特效制作。

13.1　照片蒙太奇效果的制作

　　本节通过为照片制作蒙太奇效果，要掌握图片无缝拼接的方法，熟悉画布大小命令与变换命令，以及橡皮擦在照片合成中的应用。最终效果如图 13.1 所示。

图 13.1　最终效果图

　　操作步骤如下。

　　（1）按 Ctrl＋O 组合键，打开"椰子风情"图像文件。执行菜单"图像"／"画布大小"命令，打开"画布大小"对话框，将画布的宽度扩大一倍。具体设置如图 13.2 所示，执行效果如图 13.3 所示。

　　（2）用鼠标右键在背景图层上单击，在弹出的快捷菜单中，选择"复制图层"命令，新增加一个背景层副本。使用"魔棒工具"选择新复制图层上的白色，按 Delete 键删除，露出透明背景。按 Ctrl＋D 组合键，取消选择。图层状态如图 13.4 和图 13.5 所示。

　　（3）执行菜单"编辑"／"变换"／"水平翻转"命令，调整图片的位置，如图 13.6 所示。

　　（4）打开"河边倒影"图像文件，使用"移动工具"将其拖动到图 13.6 中。调整"图层"面板中图层的透明度，使下边的背景能够透出来，使"河边倒影"图像中的羊群倒影正好在"椰子风情"图片中。图层状态如图 13.7 所示，画面效果如图 13.8 所示。

（5）使用"橡皮擦工具"，将"画笔类型"选择为"喷枪柔角圆形"画笔，选择较大画笔，在图片的边缘处涂抹，效果如图 13.9 所示。

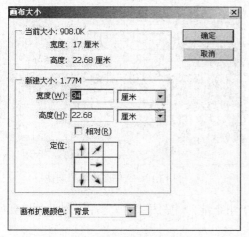

图 13.2　"画布大小"对话框

图 13.3　画布扩大效果

图 13.4　复制图层

图 13.5　图层背景透明

图 13.6　调整图像位置

图 13.7　"图层"面板状态图

图 13.8　"河边倒影"图像状态图

（6）打开"两人合影"图像文件，使用创建选区的方法，将"人物"选择出来。选择"移动工具"，将"人物"拖动到图 13.9 中，新增加了图层 2。按 Ctrl + T 组合键，调整图像的大小和尺寸，效果如图 13.10 所示。

图 13.9　图像边缘效果处理

图 13.10　人物图像效果调整

（7）复制图层 2，得到图层 2 副本。按 Ctrl + T 组合键，调整图片的大小和尺寸，放置到如图 13.11 所示的位置。

图 13.11　复制变换人物图片

（8）同理将"婚纱照"图像中的"人物"选择下来，放置到图 13.11 中，调整大小及位置，最终效果如图 13.1 所示。

13.2　照片合影的制作

本节将综合应用抠图知识进行选区的创建，并结合相关的图像编辑命令，进行图像的合成操作，最终效果如图 13.12 所示。

操作步骤如下。

（1）按 Ctrl + O 组合键，打开"先生"图像文件。使用"魔棒工具"，配合使用属性栏上的"添加到选区"按钮（见图 13.13），将人物之外的白色背景圈选下来。按 Ctrl + Shift + I 组合键反选，得到人物的选区，如图 13.14 所示，按 Ctrl + C 组合键，复制人物。

（2）打开"背景花园"图像文件，按 Ctrl + V 组合键，将复制的人物粘贴到文件中。新增加了一个图层 1。

（3）打开"女士"图像文件，使用"套索工具"，将人物大致选择下来。按 Q 键，进入"快速蒙版模式"，按 D 键，设置前景色、背景色为默认颜色。选择"画笔工具"，在该模式下细致地调整创建的人物选区（红色区域为非选区，前景色为黑色时，减小选区，为白色时增加选区），最后涂抹效果，如图 13.15 所示。

图 13.12　最终效果

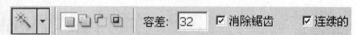

图 13.13　属性栏设置

图 13.14　人物选区

图 13.15　涂抹效果

（4）按 Q 键，退出"快速蒙版模式"，得到人物的选区，如图 13.16 所示。使用"移动工具"，将选区内容拖动到"背景花园"文件中，得到新的图层 2。

（5）分别选择图层 1 和图层 2，按 Ctrl + T 组合键，调出变换框，调整男、女人物的尺寸（将光标放到变换框的 4 个角上，按住 Shift 键同比例缩放），并放置到合适的位置。图层状态如图 13.17 所示，执行效果如图 13.12 所示。

图 13.16　人物的选区

图 13.17　图层面板

13.3　照片换装的制作

本节通过为照片上的人物换装，要求掌握色彩调整命令和图层混合模式在图像处理中的应用方法和技巧，能够针对不同照片，熟练地完成照片的换装操作。最终效果如图 13.18 所示。

操作步骤如下。

（1）按 Ctrl + O 组合键，打开"换装的模特"图像文件。使用"钢笔工具"或其他"选择工具"，将模特的裙子圈选下来，如图 13.19 所示。

图 13.18　最终效果图

图 13.19　裙子选区

（2）按 Ctrl + J 组合键，将裙子复制到新的图层 1 中。执行菜单"图像"/"调整"/"去色"命令，将裙子变为黑白颜色，效果如图 13.20 所示。

（3）选出和服的上身，按 Ctrl + J 组合键，复制到新的图层 2 中，使用"修复画笔工具"将和服上的图案去掉，图层状态如图 13.21 所示。

图 13.20　裙子去色

图 13.21　图层状态图

（4）打开"服装图案"图像文件，按 Ctrl + A 组合键全选，再按 Ctrl + C 组合键复制。

（5）切换到"换装的模特"文件中，按住 Ctrl 键，同时单击图层 1（裙子层），调出裙子的选区。按 Ctrl + Sift + V 组合键，执行菜单"粘贴入"命令，将图案放到裙子上，新创建了一个图层 3（布料层）。按 Ctrl + T 组合键，变换图案的大小及位置，效果如图 13.22 所示。

（6）将图层 1（裙子层）拖放到图层 3（布料层）的上边，将图层"混合模式"设置为"亮度"。效果如图 13.23 所示。

图 13.22　添加裙子图案效果

图 13.23　图层混合后的效果

（7）选择图层3（布料层），按Ctrl+U组合键，打开"色相/饱和度"对话框，参数设置如图13.24所示，色彩调整效果如图13.25所示。

（8）选择图层2（和服上半身），按Ctrl+Shift+U组合键去色。按Ctrl+B组合键，打开"色彩平衡"对话框，参数设置如图13.26所示。最终效果如图13.18所示。

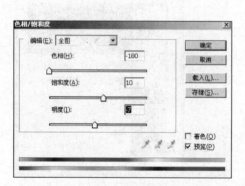

图13.24　"色相/饱和度"参数设置　　　　图13.25　色彩调整效果

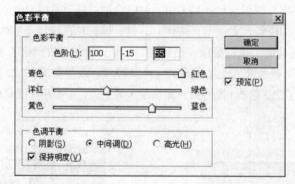

图13.26　"色彩平衡"参数设置

13.4　为照片上的裙子添加图案

本节将介绍如何为照片上的裙子添加图案，通过实例了解图层混合模式的强大功能，学会为人物制作多彩服装的基本操作方法。添加图案后的最终效果如图13.27所示。

操作步骤如下。

（1）按Ctrl+O组合键，打开"服装模特"图像文件。使用创建选区的方法将模特的白色裙子圈选下来。如图13.28所示。

（2）打开"布料图案"图像文件，按Ctrl+A组合键全选，再按Ctrl+C组合键复制。

（3）切换到"服装模特"文件中，当前仍然有选区显示，按 Ctrl + Shift + V 组合键，执行菜单"粘贴入"命令。将"图层混合模式"更改为"点光"，执行后的效果如图 13.29 所示。

（4）使用"选择工具"为人物以外的背景创建选区，如图 13.30 所示。

（5）选择"图层"面板底部的"创建新的填充或调整图层"图标，执行菜单"色相/饱和度"命令，打开"色相/饱和度"对话框，调整背景的色调，具体设置如图 13.31 所示。最终效果如图 13.27 所示。

图 13.27　最终效果图

图 13.28　制作裙子选区

图 13.29　执行效果

图 13.30　创建背景选区

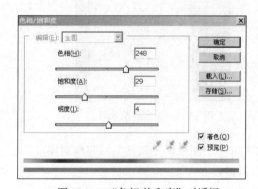

图 13.31　"色相/饱和度"对话框

13.5　为照片上的衣服换花样

本节将使用自由选择工具以及图层样式调整、图像调整、亮度对比度等工具，把单色的衣服变换花样。

操作步骤如下。

（1）打开"衣服"和"花样"图像文件。将"花样"拖放到"衣服"文件中，调整好位置，使其能够盖住要添加图案的衣服区域，如图 13.32 所示。

（2）先将"花样"图案所在图层隐藏，使用"自由选择工具"，创建衣服的选区，注意要有一定的羽化，如图 13.33 所示。

（3）选择"花样"图案所在图层，此时的效果如图 13.34 所示。

图 13.32 调整图案

图 13.33 衣服选区

图 13.34 图案与选区效果

（4）反选，将多余图案部分删除，按 Ctrl+D 组合键，取消选区。效果如图 13.35 所示。

（5）将"花样"图层样式设置为正片叠底，如图 13.36 所示。

图 13.35 图案当前效果

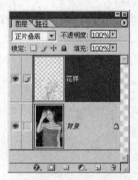

图 13.36 图层状态

（6）执行菜单"图像"/"调整"/"亮度对比度"命令，打开"亮度/比度"对话框，如图 13.37 所示，进行色调调整。

（7）设置完成后，最终效果如图 13.38 所示。

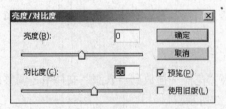

图 13.37 "亮度/对比度"对话框

图 13.38 最终效果

13.6　对照片上的人物进行束身

本节介绍用蒙版工具，并用编辑/变换/扭曲/斜切/透视、图章、涂抹等工具，对照片上的人物身材进行美化。

操作步骤如下。

（1）打开原图像如图 13.39 所示，下面将为这张照片上的人物身材进行美化。

（2）首先进入快速蒙版，设置前景色为黑色，背景色为白色，选择透明度为 100% 的画笔，对人物的腰部进行涂抹，如图 13.40 所示。按 Q 键，退出快速蒙版，将选区反选，这时候需要做整形的部位就选好了，如图 13.41 所示。

（3）按 Ctrl+J 组合键，将选区的部分复制到新层。如图 13.42 所示。

（4）执行菜单"编辑"/"变换"/"扭曲"命令，调整形状，再执行菜单"编辑"/"变换"/"斜切"/"透视"命令，效果如图 13.43 所示。

（5）充分利用自身图像素材反复修整局部，如图 13.44 所示。

图 13.39　原图像

图 13.40　画笔涂抹

图 13.41　腰部选区

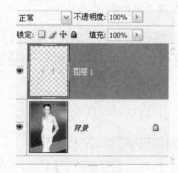

图 13.42　复制图层

图 13.43　局部变形

图 13.44　局部变形修整

（6）最后自然连接可以用"图章"和"涂抹工具"修改，效果如图 13.45 所示。注意：涂抹容易丢掉细节，不宜经常使用。

（7）至此，人物腰身的处理已经完成，效果如图 13.46 所示。

（8）用同样的方法，将照片上人物两个胳膊上多余的赘肉去除，最终效果如图 13.47 所示。

图 13.45　图章和涂抹工具修改　　　图 13.46　腰身完成效果　　　图 13.47　最终效果

13.7　照片"移花接木"技术

本节通过实例介绍照片"移花接木"技术。

操作步骤如下。

（1）打开"移花接木"图像文件，打开要调整的图片，如图 13.48 和图 13.49 所示。

图 13.48　移花接木 1　　　　　　　　　图 13.49　移花接木 2

（2）将需要换脸的照片放大到整张脸，使用"钢笔工具"，绘制脸部轮廓，如图 13.50 所示。

（3）按 Ctrl+Enter 组合键将路径转换成选区，按 Ctrl+Alt+D 组合键调出"羽化选区"对话框，将"羽化半径"设置为"5"，如图 13.51 所示。

图 13.50　用"钢笔工具"绘制脸部轮廓　　　图 13.51　"羽化选区"对话框

（4）使用"移动工具"，将选中的脸部画像拖到婚纱图像中，按 Ctrl+T 组合键，调出自由变换框，将脸部画像水平翻转，并调整大小及位置，效果如图 13.52 所示。

（5）执行菜单"图像"/"调整"/"色彩平衡"命令，调整脸部的色调，使之与婚纱照协调。参数设置如图 13.53 所示。

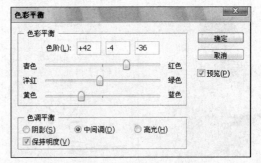

图 13.52　头像的调整　　　　　　　　　图 13.53　"色彩平衡"对话框

（6）执行菜单"图像"/"调整"/"曲线"命令，调整脸部的明暗。如图 13.54 所示。

（7）使用"橡皮擦工具"，选择边缘柔和的画笔，将脸部多余的地方擦除。然后使用"模糊工具"，选择边缘柔和的画笔，将脸部边缘拼接的地方进行融合处理。最终效果如图 13.55 所示。

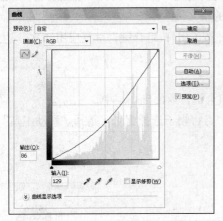

图 13.54　"曲线"对话框　　　　　　　图 13.55　最终效果

13.8　给照片上的人物戴上帽子

本节将介绍给照片上的人物戴帽子的制作方法。其效果如图 13.56 所示。

操作步骤如下。

（1）打开"人物"图像文件，如图 13.57 所示。执行菜单"图像"/"画布大小"命令，打开"画布大小"对话框，以画布的下边为基准，增加画布的高度，调整画布的大小。参数设置如图 13.58 所示，执行效果如图 13.59 所示。

（2）在工具箱中，选择"修复画笔工具"，按住 Alt 键定义背景源

图 13.56　最终效果

点，在空白处，把背景补充完整，如图 13.60 所示。

图 13.57 人物图像

图 13.58 "画布大小"对话框

图 13.59 画布执行效果

（3）选择"通道"面板，从 RGB 颜色通道中，选择对比度最强一个。这里选择"绿色"通道。

（4）单击"通道"面板右上角的黑三角，选择"复制通道"命令，打开"复制通道"对话框，如图 13.61 所示，进行设置后得到一个名为"阴影"的新文件。

（5）执行菜单"滤镜"/"杂色"/"去斑"命令，按 Ctrl+F 组合键，重复应用 4 次，达到柔化图像的目的，效果如图 13.62 所示。

（6）保存该文件并关闭。

（7）返回到最初的"人物"文件中，按 Ctrl+～组合键，返回到图层中。

（8）打开"帽子"图像文件，使用"魔术棒工具"，将帽子选择下来。选择"移动工具"，将帽子拖动到"人物"图像文件中。

图 13.60 补充背景图

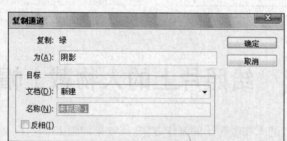

图 13.61 "复制通道"对话框

图 13.62 图像去斑后效果

（9）按 Ctrl+T 组合键，调整帽子的大小，将其戴在人物的头上，可以自己调整颜色。如图 13.63 所示。

（10）使用"套索工具"，画出阴影的大致选区，按 Ctrl+Alt+D 组合键，打开"羽化"对话框，羽化值设置为 10，效果如图 13.64 所示。

（11）新建图层，放在帽子图层的下边，将前景色设置为 50%的灰色，按 Alt+Delete 组合键，进行填充，效果如图 13.65 所示。

图 13.63　调整帽子

图 13.64　阴影选区

图 13.65　填充灰色

（12）按 Ctrl+D 组合键，取消选区。执行菜单"滤镜"/"扭曲"/"置换"命令，打开"置换"对话框，如图 13.66 所示进行具体的设置。单击"确定"按钮，打开"选择一个置换图"对话框，选择上面保存过的"阴影"文件。将图层的"混合模式"设置为"正片叠底"，根据情况可以调整图层的布透明度。制作效果如图 13.67 所示。

（13）使用"橡皮擦工具"，擦除头部以外的阴影，调整图形的最终效果，如图 13.56 所示。

图 13.66　"置换"对话框

图 13.67　阴影制作效果

13.9　合成人物婚纱照的制作

本节使用钢笔工具创建选区，然后利用羽化命令，图像修饰工具，色彩、色调调整命令等合成婚纱照片。

操作步骤如下。

（1）打开"婚纱照"、"生活照 1"和"生活照 2"文件如图 13.68、图 13.69 和图 13.70 所示。

（2）将"生活照 2"中的人物放大到整张脸，选取人物脸部，如图 13.71 所示。

（3）按 Ctrl+Alt+D 组合键，打开"羽化"对话框，将羽化值设置为 5，将其拖动到"婚纱照"

文件中。按 Ctrl+T 组合键，调出变换框变换人物的角度及大小、位置等。

（4）执行菜单"图像"/"调整"/"色相/饱和度"命令，调整人物脸部的色调，使之与婚纱照协调。

图 13.68　婚纱照

图 13.69　生活照1

图 13.70　生活照2

（5）使用"橡皮擦"、"模糊"、"减淡"等修饰类工具对脸部边缘作进一步完善。效果如图 13.72 所示。

（6）用同样的方法调整女主人公的照片。最终效果如图 13.73 所示。

图 13.71　人物选区

图 13.72　调整后效果图

图 13.73　最终效果

实　　训

【实训 13.1】　制作人物变脸。

【实训目的】　应用电脑技术给照片上的人物换脸。

【实训要点】　使用选区工具，羽化命令，图像修饰工具，色彩、色调调整命令等。

【实训步骤】　具体的设计方法参考 13.7 节。原照 1 如图 13.74 所示，原照 2 如图 13.75 所示，最终效果如图 13.76 所示。

图 13.74　原照 1

图 13.75　原照 2

图 13.76　最终效果

【实训 13.2】　制作合成人物婚纱照片。

【实训目的】　应用电脑技术合成婚纱照片。

【实训要点】　使用钢笔工具创建选区，以及羽化命令，图像修饰工具，色彩、色调调整命令的应用。

【实训步骤】　具体的设计方法参考 13.9 节。原照 1 如图 13.77 所示，原照 2 如图 13.78 所示，原婚纱照如图 13.79 所示，合成婚纱照最终效果如图 13.80 所示。

图 13.77　原照 1

图 13.78　原照 2

图 13.79　原婚纱照

图 13.80　合成婚纱照

【实训 13.3】　制作合成人物婚纱照片。

【实训目的】　应用电脑技术合成婚纱照片。

【实训要点】　使用钢笔工具创建选区，以及羽化命令，仿制图章工具，图像修饰工具，色彩、色调调整命令的应用。

【**实训步骤**】 具体的设计方法参考 13.9 节。婚纱照如图 13.81 所示，生活照如图 13.82 与图 13.83 所示，合成婚纱照最终效果如图 13.84 所示。

本例使用的生活照片 2，人物的右边脸部需要使用修补工具修补完整手遮盖的部分。

图 13.81　婚纱照

图 13.82　生活照 1

图 13.83　生活照 2

图 13.84　合成婚纱照

第14章
创意与包装设计

本章主要介绍蓝天、草地与足球画面设计，手提袋的包装设计，水果包装盒的设计，通过 3 个实例的制作，使用户掌握平面广告设计及包装设计的操作方法。

14.1 蓝天、草地、足球设计

本节介绍蓝天、草地和足球画面设计，重点掌握足球的绘制方法，并能够熟练运用其他图像编辑工具，从而达到综合运用绘画及编辑工具绘制图形的目的。最后效果如图 14.1 所示。

图 14.1　最终效果

操作步骤如下。

（1）按 Ctrl+N 组合键，新建一个 RGB 空白文件。

（2）新建图层，选择"多边形工具"，属性栏的设置如图 14.2 所示。

图 14.2　属性栏的设置

（3）设置前景色为黑色，按住 Shift 键拖动鼠标画出正五边形，如图 14.3 所示。

（4）将当前图层拖动到"新建图层"命令上，得到一个图层 1 副本。执行菜单"编辑/变换—垂直翻转"命令。使用"移动工具"，调整两个多边形的位置，使其垂直居中对齐，如图 14.4 所示。

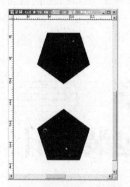

图 14.3 绘制正五边形　　　图 14.4 复制正五边形

（5）执行菜单"视图/标尺"命令，调出标尺。选择图层 1 为当前可操作图层，按 Ctrl+T 组合键，调出变换控制框，其旋转中心确定为该多边形的中心点。拖出水平及垂直参考线，交叉于变换控制框的旋转中心上，如图 14.5 所示。

（6）按 Esc 键，取消变换操作。选择图层 1 副本为当前可操作图层，按 Ctrl+Alt+T 组合键，调出变换控制框，将旋转中心移到步骤（5）确定的旋转中心上，如图 14.6 所示。属性栏的"旋转角度"设置为 72 度。按两次 Enter 键，确定，效果如图 14.7 所示。

（7）按 Ctrl+Alt+shift+T 组合键，多次应用旋转复制。最终效果如图 14.8 所示。

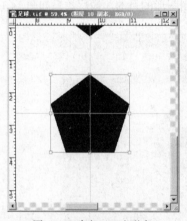

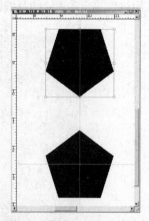

图 14.5 确定正五边形中心　　　图 14.6 调整正五边形旋转中心

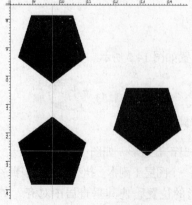

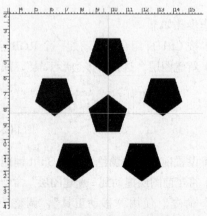

图 14.7 一次旋转复制　　　图 14.8 多次应用旋转复制

（8）将所有多边形所在图层链接，按 Ctrl+E 组合键，合并图层。

（9）前景色设为黑色，选择"直线工具"，属性栏中选择"填充像素"图标，输入合适的"粗细"参数值，分别用直线连接多边形。如图 14.9 所示。

（10）选择"椭圆选框工具"，按住 Alt+Shift 组合键，将十字光标放到辅助线交叉点，画一个适合足球外形的选区。新建图层，放置到多边形图层的下面，选择"渐变工具"，颜色为深灰色到白色渐变，"类型"设置为"径向渐变"，在选区中进行填充，如图 14.10 所示。

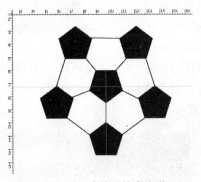

图 14.9　直线连接多边形

图 14.10　绘制渐变的圆

（11）合并多边形与渐变图层。将辅助线拖到绘图窗口外边，将其删除。

（12）当前仍然显示着选区，执行菜单"滤镜"/"扭曲"/"镜头校正"命令，打开"镜头校正"对话框，如图 14.11 所示，设置对话框中的参数（主要更改"移去扭曲"及"比例"两项），单击"确定"按钮，使足球成为立体的球体。按 Ctrl+D 组合键，取消选区，如图 14.12 所示。

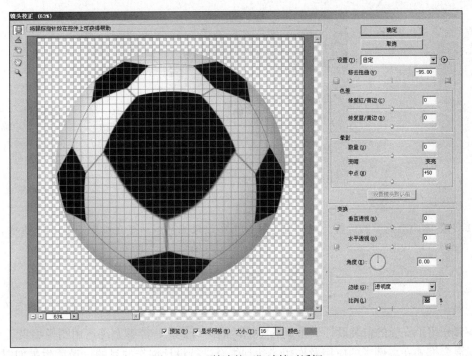

图 14.11　"镜头校正"滤镜对话框

（13）选定背景层为当前可操作图层，选择"渐变工具"，进行白色—绿色的"线性渐变"填充。

（14）打开"天空"图片，使用"拖移工具"，将图片拖动到"足球"文件中。按 Ctrl+T 组合键，调整图片的大小及位置，如图 14.13 所示。

（15）选择"天空"所在图层为当前可操作图层，单击"图层面板"下方的"添加图层蒙版"图标。选择"渐变工具"，设置当前为黑白线性渐变，从下向上拖动鼠标，使天空与背景能自然地融合为一体。渐变操作效果，如图 14.14 所示。

图 14.12　立体的球体效果

（16）新建图层，选择"画笔工具"，设置前景色与背景色的颜色（草以绿色为主色调，叶以黄色为主色调），在属性栏上，分别选定草、叶画笔类型，调整画笔的大小，画出草地的画面图形，如图 14.15 所示。

图 14.13　调整"天空"图片

图 14.14　应用"图层蒙版"效果

图 14.15　绘制草地

（17）整体调整图形的位置、大小等，完成图形效果的制作。最终效果如图 14.1 所示。

14.2　手提袋设计

本节介绍手提袋的包装设计，重点熟悉选区的高级操作，能够熟练运用图像编辑工具，掌握图层混合模式在本例中的应用及作用，达到综合进行设计创作的目的。最后效果如图 14.16 所示。

操作步骤如下。

（1）按 Ctrl+N 组合键，新建一个 RGB 空白文件。设置前景色 RGB 颜色值分别为 45，151，167，按 Alt+Delete 组合键，填充，如图 14.17 所示。

（2）新建图层，绘制手提袋的正面。选择"矩形选框工具"，画出一矩形选区，并填充白色。按 Ctrl+D 组合键，取消选择，如图 14.18 所示。

图 14.16　最终效果

图 14.17　填充背景色

图 14.18　绘制手提袋正面

（3）新建图层 2。使用"矩形选框工具"，画出宽窄不同的选区，设置前景色 RGB 颜色为 255，134，183，按 Alt+Delete 组合键，填充，如图 14.19 所示。

（4）同理新建图层，绘制背面。选择"矩形选框工具"，绘制手提袋的背面，设置前景色 RGB 颜色为 216，207，225，填充。将该图层放置到正面图层的下面，效果如图 14.20 所示。

（5）制作手提袋的右侧面。选择"多边形套索工具"，绘制不规则选区，如图 14.21 所示，设置与步骤（3）的填充颜色相同，按 Alt+Delete 组合键，填充，如图 14.22 所示。

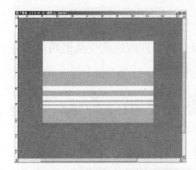

图 14.19　绘制袋上的装饰条

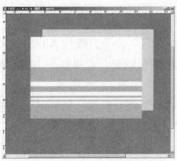

图 14.20　制作手提袋背面

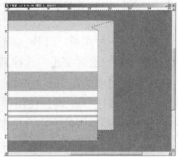

图 14.21　手提袋侧面选区

（6）新建图层。当前仍然显示着选区，使用"渐变工具"，将"渐变色"设置为灰色—白色渐变，从左向右拖动鼠标填充。效果如图 14.23 所示。

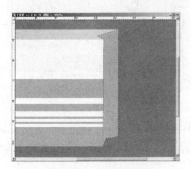

图 14.22　手提袋侧面

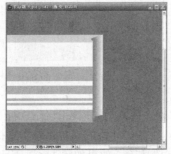

图 14.23　渐变色填充

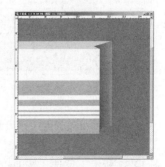

图 14.24　侧面制作效果图

（7）将渐变层的"图层模式"设置为"正片叠底"。按 Ctrl+D 组合键，取消选择，效果如图 14.24 所示。图层状态图，如图 14.25 所示。

（8）同理绘制手提袋左侧面。如图 14.26 所示。

（9）选择"椭圆形选框工具"，按住 Shift 键，拖出一个正圆形，设置前景色为洋红色，填充效果如图 14.27 所示。

图 14.25　图层状态图

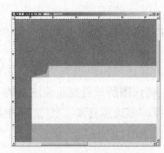

图 14.26　左边侧面制作

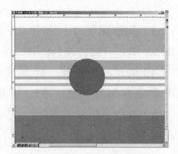

图 14.27　圆圈的制作

（10）执行菜单"选择 / 变换选区"命令，按住 Alt+Shift 组合键，向内拖动变换框四角的任意一个点，使选区变小。选择其他颜色填充，效果如图 14.28 所示。

（11）同理绘制出其他的圆，效果如图 14.29 所示。

（12）按住 Alt 键，使用"移动工具"拖动，复制出一个彩色的圆。执行菜单"编辑/自由变换"命令，调整圆的大小及位置，如图 14.30 所示。

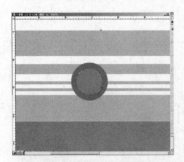

图 14.28　小圆圈的制作

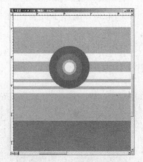

图 14.29　小圆圈的制作

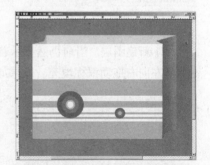

图 14.30　复制彩色的圆圈

（13）同理复制一个圆并拉大，放置到手提袋的右上角，如图 14.31 所示。

（14）切换到"图层面板"，按住 Ctrl 键的同时，单击手提袋的"正面"图层，调出选区，如图 14.32 所示，反选，按 Delete 键删除，效果如图 14.33 所示。

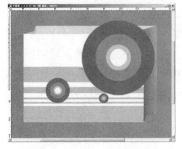
图 14.31 右上角圆的制作

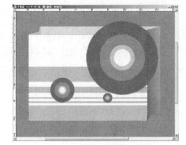
图 14.32 调出选区

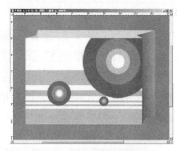
图 14.33 圆的制作效果

（15）打开名为"手提袋标志"的文件，使用"移动工具"，将其拖到文件中来并调整效果，使用"文字工具"输入文字，如图 14.34 所示。

（16）绘制线绳。新建"线绳"图层，放到最上面。使用"钢笔工具"，绘制一条弧形路径，选择"画笔工具"，设置画笔大小为 10，设置前景色为暗红色。切换到"路径"面板，单击底部的"用前景色描边路径"按钮 ◢，效果如图 14.35 所示。

（17）同理绘制后边的绳。效果如图 14.36 所示。

（18）使用"橡皮擦工具"，将应该被手提袋背面遮挡的部分擦除。效果如图 14.16 所示。

图 14.34 输入文字

图 14.35 制作前边的线绳

图 14.36 制作后边的线绳

14.3　水果包装盒设计

本节介绍水果包装盒的设计，重点熟悉选区的高级操作，能够熟练运用图像编辑工具，完成水果包装盒的制作，达到综合进行设计创作的目的。最后效果如图 14.37 所示。

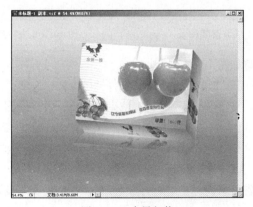
图 14.37 水果包装

操作步骤如下。

（1）按 Ctrl+N 组合键，新建一个 RGB 空白文件，命名为"水果包装盒"。

（2）打开"樱桃 1"图片文件，按 Ctrl+A 组合键，全部选择，按 Ctrl+C 组合键，复制图片，切换到"水果包装盒"文件，选择"矩形选框工具"，绘制包装盒的正面，按 Ctrl+Shift+V 组合键，粘贴图片到选区中，调整图片的大小及位置，图层混合模式设置为"线性光"，按 Ctrl+D 组合键，取消选择。包装盒正面如图 14.38 所示。

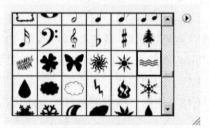

图 14.38　包装盒正面图　　　　　　　　图 14.39　自定义形状

（3）新建图层 2。在"自定义形状工具"面板中，选择"波浪"选项，设置前景色为浅绿色，如图 14.39 所示。在盒的正面绘制形状图形并做变形调整，如图 14.40 所示。

（4）使用"橡皮擦工具"或图层蒙版效果，将多余部分去掉，如图 14.41 所示。

图 14.40　绘制盒上的波浪装饰条　　　　　图 14.41　去掉波浪线右边多余部分

（5）复制波浪线，调整如图 14.42 所示。

（6）新建图层。在"自定义形状"面板中，选择"冬青枝"选项，在左上角绘制形状并复制，分别填充不同的绿色。输入文字"水果一族"，填充橘红色，效果如图 14.43 所示。

（7）使用"钢笔工具"，绘制不规则曲线图形，并填充黄绿"线性"渐变色，如图 14.44 所示。

（8）打开"樱桃 2"文件，选择樱桃并拖动到包装盒文件中，编辑樱桃的状态，如图 14.45 所示。

（9）输入文字"辽宁省著名商标，老百姓放心产品"，创建文字变形效果，输入文字"净重：1000 克"，如图 14.46 所示。

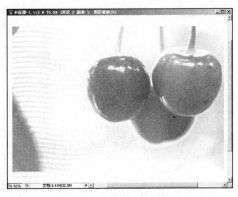

图 14.42 复制波浪线

图 14.43 制作左上角的图形和文字

图 14.44 不规则图形绘制及填充

图 14.45 左下角樱桃效果制作

（10）参照以上制作方法，分别制作包装盒的其他两个面，效果如图 14.47 所示。

图 14.46 文字的制作

图 14.47 平面展开图效果

（11）执行菜单"编辑/变换"命令，调整包装盒的展开图，使之成为立体的盒，效果如图 14.48 所示。

（12）调整侧面的色调。分别在包装盒的侧面和盒底两个面上方新建两个图层，填充灰白渐变色，将图层"混合模式"设置为"正片叠底"，效果如图 14.49 所示。

（13）拼合所有图层。将包装盒单独选取并复制到新的图层中，制作包装盒的倒影，为背景填充黄绿渐变色，完成最终效果图的制作。

图 14.48 立体包装盒的制作

图 14.49 侧面色调的调整

实　　　训

【实训 14.1】　设计制作粽子包装袋。

【实训目的】　根据所学的实例独立完成粽子食品包装袋的制作。

【实训要点】　钢笔工具、渐变填充、加深工具、自由变换命令、图层面板等的使用。

【实训步骤】

具体制作方法参考 14.3 节。

主要的素材如图 14.50 至图 14.55 所示。

图 14.50 粽子文本

图 14.51 竹叶

图 14.52 竹子

图 14.53 小串粽子

图 14.54 大串粽子

图 14.55 粽子包装袋

【**实训 14.2**】 设计制作月饼包装盒。

【**实训目的**】 根据所学的实例独立完成月饼盒包装的制作。

【**实训要点**】 选区工具、渐变填充、自由变换命令、图层面板等的使用。

【**实训步骤**】

具体制作方法参考 14.3 节。

主要的素材如图 14.56 和图 14.57 所示。

图 14.56 素材图

图 14.57 最终效果图

参考文献

［1］任重远，欧军利．Adobe Photoshop CS2 标准培训教材．北京：人民邮电出版社，2006．

［2］Adobe 公司北京代表处．Adobe Photoshop CS2 基础培训教程．北京：人民邮电出版社，2006．

［3］邓鸿．Photoshop 数码照片处理 108 例．北京：中国青年出版社，2005．

［4］〔美〕Deke McClelland．Photoshopcs 宝典．陆旭东，邱燕明，周瑜萍等译．北京：电子工业出版社，2004．

［5］郭万军．神奇的美化师 Photoshop 7.0．北京：北京希望电子出版社，2003．

［6］Adobe 专业人员资格认证教材编委会 Photoshop 7.0 专业资格认证标准教程．北京：科学出版社，2003．

［7］陈有卿，石兰．Photoshop 6.0 创意设计大制作．长沙：国防科技大学出版社，2002．